温州大学中文学科建设丛书

论两宋词话

颜翔林 · 著

中国社会科学出版社

图书在版编目（CIP）数据

论两宋词话/颜翔林著．—北京：中国社会科学出版社，
2019.11

ISBN 978 - 7 - 5203 - 5494 - 3

Ⅰ.①论… Ⅱ.①颜… Ⅲ.①词话（文学）—文学研究—
中国—宋代 Ⅳ.①I207.23

中国版本图书馆 CIP 数据核字（2019）第 232254 号

出 版 人	赵剑英
责任编辑	张　林
特约编辑	宋英杰
责任校对	王佳玉
责任印制	戴　宽

出　　版	中国社会科学出版社
社　　址	北京鼓楼西大街甲 158 号
邮　　编	100720
网　　址	http://www.csspw.cn
发 行 部	010 - 84083685
门 市 部	010 - 84029450
经　　销	新华书店及其他书店

印　　刷	北京明恒达印务有限公司
装　　订	廊坊市广阳区广增装订厂
版　　次	2019 年 11 月第 1 版
印　　次	2019 年 11 月第 1 次印刷

开　　本	710 × 1000　1/16
印　　张	21.25
插　　页	2
字　　数	273 千字
定　　价	118.00 元

序

钟振振[*]

六一作诗话，于词恨阙如。后山作词话，诗主词其奴。
元素本事曲，词话此权舆。实归名不至，散佚亦可吁。
曼倩搜今古，必也正名初。辑本仅传世，窥豹得全躯。
所病在荒诞，听说皆道途。见讥苕溪隐，野哉诮痴符。
迨至碧鸡出，清角扫滥竽。世多好腻柳，彼独推豪苏。
歌从人心发，词元不诗殊。辞曲分本末，灼见真灼乎！
后来指迷者，词源颇异趋。未识江海大，止补藩篱疏。
教人以法度，用力事锤炉。炉锤顾一善，勿肆极口诬。
尚有零碎语，散在百氏书。或抉词心秘，或赏词采敷。
固多侯鲭录，难免禅野狐。披沙金待简，集腋裘可图。
颜生洪泽彦，慕我竭泽渔。都将宋词话，载归问字车。
他山石攻玉，此水蚌生珠。美参中西学，取精去其粗。
洋洋廿万字，矻矻六载余。操刀真能割，淋漓大笔濡。
书成索我序，呕翰费踌躇。乃吾畏友耳，敢以师自居？
聊赋五言古，芜辞致区区。光耀展卷在，何庸我吹嘘！

---

[*] 钟振振，中国韵文学会会长，著名词学家。

目　　录

第二编　南宋前期词话
——词话的发展

导　　论

一　两宋词话的理论形态

1. 艺术生产

艺术，作为人类精神结构的自由象征，是人类对世界和对自我的想象性的直觉把握。马克思主义文艺理论从辩证唯物主义的视角，将文艺规定为意识形态的存在之一，视之为社会存在的审美反映。它一方面受经济基础的制约，另一方面对经济基础有反作用。从宏观的社会历史视角对艺术进行阐释，马克思又提出"艺术生产"① 的概念，强调文艺的实践性和生产性，将艺术生产视为人类精神对世界和对自我的一种特殊的把握方式，这就是审美的或想象的把握。宋词，也属于"艺术生产"的精神果实。而"词话"，这种与词相联系的文本样式，则作为对词的"理论把握"的存在形式。

我们从"艺术生产"这个观念出发，简略考察两宋词话的历史文化背景，试图获得对两宋词话的理论形态的初步认识。

词的产生一方面属于一种自然历史过程，是客观的社会历史的产物；另一方面属于精神存在的审美创造，是主观心灵的想象化的

---

① ［英］柏拉威尔：《马克思和世界文学》，生活·读书·新知三联书店 1980 年版，第383页。

符号活动，既是人类精神的价值实现过程，也是含蕴教益的自我娱乐的文化形式。词，从"艺术生产"的理论意义上讲，它呈现为社会历史的精神文化产品，是社会实践和精神创造的主客观相统一的产物。

从词的艺术生产的审美特征看，词是文学与音乐相融合的艺术结果，是以文学为主体、以音乐为辅佐的艺术形式。词，由于按曲歌唱，"依曲拍为句"，又称"曲子词"。另外，尚有"倚声""乐府""长短句"等名。词是隋唐燕乐兴盛而造成的客观的艺术产品，是历史文化发展的必然产物。如果说《诗经》时代，诗歌与音乐就建立了广泛而深刻的联系，那么，词这种文体形式不过是这种联系的进一步发展和延伸。燕乐，作为隋唐时期的新兴的音乐形式，与诗歌形式融合后，最终诞生词这一新型文学样式。《隋书·音乐志》云：

> 始开皇初定令，置七部乐，一曰国伎，二曰清商伎，三曰高丽伎，四曰天竺伎，五曰安国伎，六曰龟兹伎，七曰文康伎。又杂有疏勒、扶南、康国、百济、突厥、新罗、倭国等伎。

> 及大业中，炀帝乃定清乐、西凉、龟兹、天竺、康国、疏勒、安国、高丽、礼毕，以为九部。

至唐太宗时，燕乐发展至十部之多，《宋史·乐志》云：

> 一曰燕乐，二曰清商，三曰西凉，四曰天竺，五曰高丽，六曰龟兹，七曰安国，八曰疏勒，九曰高昌，十曰康国，而总谓之燕乐。

另外，唐代的"教坊曲"在开元、天宝年间就达三百余首，它们也是唐五代词调的重要来源之一。王灼《碧鸡漫志》说："盖隋以来，今之所谓曲子者渐兴，至唐稍盛。"张炎《词源》认为："粤自隋唐以来，声诗间为长短句。"有关词的起源和发展，当然有诸多的因素起作用，但隋唐燕乐无疑是主要原因之一。宋词的艺术生产，无疑遵循了音乐与文学相融合的一般艺术规律，只是宋词的审美形式，比以往文学形式具有更严谨而完善的音韵格律。到了温庭筠时期，词已发展为精致的审美形式。至南宋时期，形成以姜夔、吴文英、张炎等为代表的格律派。从社会功能来考察，词广泛地介入世俗生活，以现实内容作为艺术表现的对象，密切生活与艺术的关系。另一方面，词在两宋作为一种文化潮流，成为最普遍的文化样式和社会交往媒介，是精神文化和意识形态的传播工具之一。词，也体现了雅文化与俗文化的结合，推动整个社会文化的发展进程。所以，两宋以"词"作为文化的价值核心之一和重要的审美形式之一。两宋词家的高手迭出和绝妙佳作的不断呈现，构成其历史文化的一个独特的美学景观，艺术生产的繁荣和经济发展表现为相平衡的比例关系。

2. 理论把握

两宋词话正是对在上述历史文化背景下产生的艺术生产的客观结果所展开的描述与评价。

所谓"词话"，从文体形态上说，由诗话演变而来，是针对词这种文学形式所进行的审美批评。欧阳修的《六一诗话》，一般被认为是最早的诗话，而杨绘的《时贤本事曲子集》，则被认为是最古之词话。从发展形态上看，早期的诗话与词话，并非是理论形态的著述。在写作动机上，写作者并未有意识地将之上升成为严格的理论模式，甚至也不确立什么逻辑概念或美学范畴，其目的只是资闲谈和供消遣，随意和即兴地就诗词有关的问题发表意见，往往闪

— 3 —

烁着思想火花和包含着审美悟性。在写作方式上，采取短小灵活、叙议结合的形式，多涉及诗词的创作"本事"以及具体的修辞技巧方面的问题，表述上一般舍弃抽象的思辨和逻辑的推导，当然也不追求理论的系统性。

随着历史文化的发展，诗话与词话逐渐有意识地向理论形态过渡，写作者经过缜密的理论思考，系统地、深入地阐述相关的美学问题，并着重从艺术概念和逻辑范畴上进行探索，尝试建立自己的理论体系。如诗话，有姜夔的《白石道人诗说》、张戒的《岁寒堂诗话》、严羽的《沧浪诗话》等。如词话，则有王灼的《碧鸡漫志》、沈义父的《乐府指迷》、张炎的《词源》等。这些诗话与词话，和前期的诗话与词话存在着一定程度的差异。一方面是理论上的自觉，有意识地向美学理论或艺术理论的高水平的思维境界靠拢，另一方面是尝试建立自我的逻辑起点、核心概念、理论体系，力图将诗词的研究推进到新的阶段。两宋词话的发展过程基本上是这样的性质，经历了从现象描述到经验评价、再从经验评价到理论建构的发展过程，这也是两宋词话的"理论把握"的逻辑序列。

如果说理论存在是以客观现象为对象的逻辑归纳，是以概念、判断、推理等方式对现象进行描述、分析、总结、概括，以达到某种规律性的认识。那么，两宋词话作为这样的理论存在还有一个逻辑发展的过程，并在这个发展过程中形成自己的理论存在方式。

描述性的理论存在方式。两宋词话受诗话的影响而生成，如果说作为最早的诗话——欧阳修的《六一诗话》始于熙宁四年（1071），而最早的词话——杨绘的《时贤本事曲子集》，大约作于元丰初年（1078—1081），梁启超称为"最古之词话"。初期词话，作为一种词的评论样式，体现出随意自由和灵活多变的批评特点，它关注对艺术现象进行具体的描述和评点，如注重对"本事"的实证性考察，对艳情"故实"投入过多的兴趣，等等。如从北宋时期的吴处厚词话、杨绘的《时贤本事曲子集》、陈师道词话，到南宋初期的杨湜的《古今词话》、鲖阳居士的《复雅歌词》等，这些词话在不同程度上局限于对具体现象的描述而忽略进行更深入的理论抽象。但不可否认的是，这些词话正是以其描述性的存在方式呈现了自身的特色，在对词的创作题材、创作动因、生活内容、审美趣味、艺术技巧、文字修辞等方面的描述过程中，融入了批评者的主观评价。因为"描述"的方式也属于理论的存在方式之一，所以，词话的"描述"性的理论把握构成了它的基本存在特征之一。

经验式的印象性批评。两宋的前期词话侧重于主观经验的印象性批评，对词家与词作的评价倾向于体验式的评论。这种评论虽然在理论把握上有时存在主观性太强的局限，但由于评论者大多具有丰富的艺术经验和审美鉴赏能力，基本上都能对所评对象作出切合实际的批评，甚至有诸多的审美发现。尽管有些批评更多从主观视界阐释文本和评说词家，以汉儒解经的方式去理解文本，采取想象性再创的释义方式诠解词家词作，如杨湜、鲖阳居士等人对苏轼及其词作的阐释，由于对文本采取了超越作者原意的理解，难免有些误读或曲解。但从总体上看，两宋词话的这种经验式的印象性批评呈现为对中国传统艺术批评的"诗化批评"形式的继承和发展，以感悟式的审美发现将词作内在的艺术精神和美学风貌揭示出来，虽然不是以诗论诗或以诗论词，但在对词的领悟过程中体现了空灵超越、自由洒脱的诗性精神，使理论把握的形式上升到新的境界，显示了两宋词话所达到的较高水准。如陈师道、鲖阳居士、王灼、胡仔、张侃等人的词话就具有这样的性质。

思辨性的理论提升。两宋词话也是一个螺旋上升的辩证发展过程，以王灼的《碧鸡漫志》为标志，初步显示了词话这个理论形态达到相对成熟的阶段。《碧鸡漫志》从对现象的描述走向理论的抽象和概括，系统地考察了词的起源论和词的艺术本体论的问题，提出"性情""自然""中正""雅"等词的审美范畴和审美标准，并建立了词的批评的方法论。其后的胡仔，对词的结构美和整体美、意境美和形式美等问题也进行了较系统的理论研究，注重从逻辑思辨的角度去阐释问题，标志着词话的理论水平达到了一个新的阶段。以沈义父的《乐府指迷》和张炎的《词源》为代表，分别体现出两宋词话的理论发展倾向。前者侧重对艺术技巧的探讨，贯穿结构主义的方法和观念，重视对语言修辞方法的研究，使理论研究深入更为具体的层面，对词的创作和欣赏有了更为深刻精湛的认识。后者以一整套的哲学思辨的方法论进行词的音律、曲调、创作、欣赏等方面的分析、研究，确立自我的中心概念和基本范畴，由此建构了相对完整的理论体系，得出众多的审美发现，成为影响后世的词学理论之作。

二 两宋词话的发展过程

1. 词话之酝酿

两宋词话的发展过程大致可以划分为三个阶段，即词话的酝酿期、词话的发展期、词话的丰富期，这既是一种时间划分也是一种逻辑划分。笔者将整个北宋词话称为"词话的酝酿"时期，将南宋词话划分为两个时期，即前期和后期。前期与后期的时间分界线则大致在 12 世纪末、13 世纪初。而这两个时间段，笔者又将之分别视为"词话的发展"和"词话的丰富"两个逻辑环节。

北宋词话处于萌芽时期，数量有限，且掺杂在其他文献之中，专门性质的词话著作不多，理论上所达到的水准也相对有限。然而，作为词话的逻辑起点，这一时期的词话具有重要的意义，因为它们包含了后来词话探讨的诸多艺术问题的思维胚芽，为以后词话的发展奠定了理论基础。由于文献资料的原因，笔者选择了吴处厚词话、杨绘的《时贤本事曲子集》、李之仪词话、陈师道词话、赵令時词话、魏泰词话、叶梦得词话这七个具有代表性的词话进行研究，就某些基本的理论问题进行探讨。

吴处厚的词话主要限于对北宋时期的词家进行观照，注重现象的描述，如对"药名词"这种词作形式表现出浓厚的兴趣，从汉语言的诗性特征去思考问题，从修辞理论上寻找艺术特性的解答。重要的是，吴处厚提出了"气象"这一美学概念，从艺术创作实践上进行论述，使理论与实践达到较好统一。对于词的艳丽与道德的关系，他也给予一定程度的探讨，以辩证的态度分析问题和解决问题，使词话这一批评方式初步有了理论分析的观念。

吴处厚的词话在严格的理论意义上，尚未对词进行专门的理论探讨，因为它是由后人从他的文集中辑录而来，并且也不属于系统性的词的研究。相对而言，杨绘的词话则是对词进行专门性的研究，显露了自身的系统性。所以，《时贤本事曲子集》被认为是"词话的先河"，梁启超认为它是"最古之词话"。客观地讲，《时贤本事曲子集》在理论形态上并无多大的创见，它的潜在意义在于，它作为词话这种批评样式的逻辑起点，建立了特有的文体批评形式，这无疑是个贡献。值得注意的是，《时贤本事曲子集》提出词的"本事"的美学特性，并以此作为对词的批评依据之一，为词之研究提供一个值得借鉴的方法。梁启超评《时贤本事曲子集》："纪北宋中叶词林掌故"，"据所存佚文，知其每条于本事之下，具录原曲全文，是实最古之宋词总集，远在端伯、花庵、草窗诸选本以前。且觇述掌故，亦可称为最古之词话，尤可宝贵"。

李之仪词话，首先从修辞角度认为长短句于"遣词"最为"难工"，词的文字表达和象征比其他文学形式更为困难。其次，认为词自有区别于其他文体的审美风格，有着"格"这样严格的形式规定，倘若背离它的艺术原则，就可能丧失美感。再次，认为词的音律之美超越了以往的诗歌，必须给予"胜韵"足够的重视。最后，在美学意义上，指出词的创作要"才""情"兼备，尤其是"卒章"最好"语尽而意不尽，意尽而情不尽"。李之仪论词以《花间集》作为审美标准，其眼光主要眷注于其形式美，从文体特性考量词的艺术价值，开启了李易安词"别是一家"的理论先河。在李之仪看来，和诗相比，词更适合摹写现实人生和表达生命的真切体验，可以淋漓尽致地抒写自我的生命欲望和审美情绪。

李之仪推崇贺铸才情俱佳，他从贺铸的生命态度和创作实践的关联上阐述自己的词学审美观。词和现实人生密切联系，是生活化的艺术形式，或者说它更贴近世俗化的欲望生存。如果说，诗之文体所表现的是情感闪烁普遍性的道德伦理色彩，那么，词表现的情感则更沉醉于个体的感性冲动和本能的欲望，私密性更强于诗，所以词的"本事"色彩要浓厚于诗，而"本事"多和红粉艳情相关。在创作上，李之仪赞赏才情俱佳的作品，强调审美的独创性。李之仪对于词的认识既从文体意义又从主体情致这两个密切联系的逻辑环节上来思考，认为词的文体特性适合表达生活情感，尤其擅长摹写两性之间的欲望冲动，当然这种欲望冲动形诸词的形式中而达到审美升华的效果。

陈师道对词话也有所涉及，他承袭杨绘的"本事"观念，认为词的创作多来源于现实中的种种机缘，强调词与创作主体的实践意志的密切关系。在理论上的创见是，提出"本色"的概念，为词的艺术特性作出一个明确的界定。尽管有关"本色"的内涵尚缺乏严格的规定性，但毕竟展开了有意义的思维抽象的实践。

在赵令畤的视野中，词成为士大夫获得诗意栖居的新型精神工具，它体现出生命智慧和世俗享乐的双重品格，使主体以一种轻松幽默的态度对待事物。无论是月夜赏花、酌酒助兴，还是调笑红粉、履历记游，都离不开词的出场。和诗往往承载厚重的社会历史的意识形态结构，表现深沉的道德理念和普世的情感忧虑不同，词是个人化的话语流露，属于私密化的生活享乐和审美超越的艺术形式，适合抒写个体性的欲望情绪，它的娱乐功能被作为主要的写作目标。因此，词和士大夫的诗意栖居的人生方式形成密切的精神应和。虽然赵令畤词话没有从纯粹理论的视界进行词的叙事功能的细致表述，然而，却从艺术实践上为词的叙事功能的拓展确立了典范，也深深地影响了后世。因此，赵令畤词话所具有的美学影响是不容忽视的。

魏泰的"本事"词话不一定是"信史"，但也没有充足证据说其为虚构。魏泰词话揭示出官场文人因词结怨的状况，其中隐含的意义超越了讨论词的艺术价值问题，尤其值得今天的文人深思。魏泰具有那个时代可贵的超越性别偏见的豁达胸怀，赞赏女性所显示的写作天才，揭示了因为历史语境的变化，女人也能从事诗词创作并且显示令人瞩目的灵感的历史事实。

叶梦得对词的"本事"特征显然有更广泛的认识，意识到词这种文体更多涉及现实生活，直接抒写国事、政事、家事的内容。词更适合于表达个体生命的现实境遇和寄托超越苦闷的情怀。叶梦得把词看作超越苦闷的艺术工具，强调词所潜藏的心理慰藉的力量，认为词能鲜活地表现生命或生活的故事，它既来源于现实又抗衡现实的美学功能是十分强大的。叶梦得词话还对一些重要的词家进行评价，其评价融入了知人论世和知事论人的意识，运用了历史主义的批评方法，但是，这种历史主义的评价着眼点依然是揭示词人词作的艺术价值和显明其审美的风格。

总的来说，北宋时期的词话一方面还不够丰富，另一方面在理论上显得贫乏，但其意义在于，建立了批评的新文体和新方法，也初步形成了理论的胚芽，为后来的词话发展奠定了基础。

2. 词话之发展

南宋前期词话，以杨湜的《古今词话》、蚼阳居士的《复雅歌词》、王灼的《碧鸡漫志》、胡仔的《苕溪渔隐词话》、张邦基词话、袁文词话、吴曾的《能改斋漫录》、王明清词话、王楙词话、洪迈词话、曾季狸词话、张侃的《拙轩词话》为代表。这一时期的词话在数量上比北宋词话有所增加，理论上也超越了北宋时期的词话，达到一个新的思维境界。

杨湜的《古今词话》论述词的生活内容的扩大，强调词与人生价值的密切关系，艺术视野进一步开阔，对于词的多种功能与特性有了深入的认识。他认为词对实践人生意义有重要作用，词成为达到一定精神品位的文化工具，这一观点具有十分重要的美学意义。杨湜的《古今词话》还关注到词的审美功能的丰富，人生趣味与词的创作的密切联系，并相应作出理论阐释。它更突出的理论价值在于，在阐释学意义上对词家词作进行富有创见性的理解。这种理解有一些合理性的想象再创，对作家作品赋予新的意义，但也有一些不合理的主观猜测，远离文本的客观意义，不免有所失误。杨湜的《古今词话》，给我们留下了阐释学的正反两方面启发和教训。

铜阳居士的《复雅歌词》首创词选和词话合成的体例，论词喜爱采用汉儒解经的方法，以阐发道德观念为目的，提供了一种观念与方法相统一的词话意识。由于铜阳居士的《复雅歌词》散失较多，笔者只能就其所存篇目作简略的评价。铜阳居士的《复雅歌词》对节令和词的关系表现了浓厚的兴趣，对词的题材问题进行了研究，认为民俗与词的艺术表现存在一定的逻辑联系，词应该蕴藏民俗之美。不足之处是，铜阳居士的《复雅歌词》像杨湜的《古今词话》一样，也是机械地运用阐释学的方法，对词作进行比附性解释，难免穿凿附会。这两个词话，均初步尝试逻辑分析的方法，将阐释学的观念运用到词家词作的研究中，呈现出开创性的意义。

王灼的《碧鸡漫志》共分五卷。卷一论乐，总述上古迄今的声歌递变的缘由，为词寻找艺术本体论的理论根据；卷二论词，历论唐季五代至南渡初期的词；卷三、四、五，专论词调。这部著作建立了一个相对完整的理论体系，对词进行了全面而深入的思考，表明了词话这种批评样式有了较大程度的发展。《碧鸡漫志》涉及词的起源论和艺术本体论，从哲学的宇宙生成论和主客体相分的二元论来看文艺问题，所以站在一个较高的思维起点上。它提出词的审美标准——性情、自然、中正、雅等，并对这些概念进行深入具体的探讨，从历史和逻辑的结合上为词的创作与鉴赏确立了自我的美学观念。《碧鸡漫志》对两宋词家的审美风格探讨较多，采用综合比较的方法，开创了词话中审美风格论的先河。在批评方法论方面，运用历史观点和美学观点相统一的批评方法，同时还运用语言分析的方法，显示了作者具有深刻的理论眼光和对方法论运用的重视。《碧鸡漫志》也是两宋最早和较完备讨论曲调起源演变的著作，它考证诸多曲调源流，阐释其音乐演变过程，"始创词调溯源之学"，使词话的有关曲调音律的研究升格到前所未有的高度。

胡仔的《苕溪渔隐词话》，将美学焦点置放在词的艺术创作和批评鉴赏方面，更多讨论文学本身的因素，将以往词话关注的外部研究转向到内部研究，更多地思索艺术性和审美性的问题，体现了理论思维的初步成熟。尤其在词的创作方面，提出一些颇有价值的见解，如词的整体美和结构美、形式美和意境美等。在批评方面，力倡道德批评方法，并在具体的批评中予以实践，其次是遵循实事求是的批评原则，以求实的批评态度进行词家词作的考证、评说，纠正以往词话的某些失误。并且，胡仔的《苕溪渔隐词话》将辩证分析和审美感悟较完美地结合起来，使词话这种批评样式达到一个相对成熟的水平。

张邦基词话，肯定无意识在词的欣赏和创作中的重要作用，认为梦幻对于想象力的激发和灵感、情绪的诞生具有积极的意义。同时认为，词，也是抒写主体情境对生活场景的感受之作，它有着丰富的民俗内容。张邦基以客观陈述的方式表达出对词的创作的美学理解，认为词是主体情境的果实，而主体情境来源于世俗生活的客观场景，它们构成一个密切关联的精神因果，从而形成一个审美创造的艺术逻辑。

袁文词话偏爱对词的写作背景、动机、目的、作者等方面进行考证，力求揭示它们的真实客观性，以利于对词作的深入把握。袁文在对文本的批评过程中，流露出浓重的道德气味，而忽略审美的艺术批评。但是，对于某些文本的具体修辞技巧的分析，却显示出独到的领悟。袁文词话，在考据方面有所创见，在审美感受和艺术判断方面，则缺乏独到发现。

吴曾的《能改斋漫录》，善于对词作进行话语和意境的溯源，寻找其文藻修辞的依据。在考证基础上，既指出某些词作对前人的语词情境的仿袭，揭示出文本点化他人意境而有创新的审美特征。《能改斋漫录》以隐蔽出场的方式对词家名作进行艺术价值和审美特性的判断和评价。在批评风格上，它不同于机械僵化的"学理批评"，也有别于浮光掠影的印象批评，而是建立在对文本深入领悟之上的诗意批评，是将文本的审美直观和细致分析相结合而获得的艺术感受，因此能够传神地揭示出作品的美学内涵。吴曾词话，表明一种有别于西方美学的审美情趣和生命智慧，它肯定感官享受和审美活动、艺术活动的密切关系，没有舍弃生命快感应有的价值和意义，而认为它们和美感存在着潜在或必然的关系，肯定生命存在的权力和其历史的合理性与合法性。尤其意识到，女性的生命本体给予文人墨客丰富的灵感和才情的启迪，激发起审美的冲动和诗意的创造，词这种艺术形式更适宜表现对于女性美的审美渴望和忧郁情怀。《能改斋漫录》关注到词所寄寓的生命的悲剧意识，这种生命的悲剧意识在某种意义上也就是死亡意识。《能改斋漫录》对于词的题材丰富和趣味给予一定程度的注意，除了理论上有建树之外，精湛的考据也是其特点之一。

王明清词话反驳词为"小道""末技"的偏颇观念，以现实生活的政治事件、政治矛盾和词之间的密切关系，表明词也具有作为政治工具的意识形态功能。王明清认为，词的写作起源于有意识的政治倾向和鲜明的社会历史道德准则、主体世界的明确良知。另外，词与梦幻之微妙关系已有人论述，王明清以生动形象的故事和逼真传神的体验进一步深化了这一问题。

王楙词话闪烁着论辩的色彩，不拘前人名家之成见，而以自我的思考和分析，纠正以往的偏见和谬误，从而获得独到的艺术见解，表现出可贵的思想独立。王楙博学深思，擅长考据的学术风格在词话方面也得到一定的体现。他喜欢从词语典故的溯源上寻找出词对于以往诗歌话语的取法与点化，澄清相关的某些对词作的误解和偏颇的观点，以获得客观正确的认识，揭示出词与诗的历史渊源和话语继承。

洪迈的《夷坚志》继承古人的"志怪"艺术传统，将它扩展到词话的领域。洪迈的《夷坚志》和《容斋随笔》对于词在当时的历史文化语境中所具有的丰富功能予以昭示，尤其注意到词的文体形式密切联系世俗生活、日常情境的特点，呈现它具有的人生游戏、生活智慧、机智幽默的审美趣味。洪迈对于词的艺术价值比较关注，能够从词作者的身份和个性考察词作的艺术风格，强调"情致"作为衡量词的艺术价值的一个重要标尺。洪迈注意探究词的话语修辞，认为炼词造句构成词的艺术价值的另一个体现。洪迈对于词的功能范围的认识显然有了拓展，尤其是意识到词广泛地写实人生和昭示命运的作用，特别是对于后一种功能的感受，流露出一种神秘主义的唯心论倾向，然而这种唯心主义的美学倾向也反映出一些有趣的艺术现象。

曾季狸对于词点化于诗及其他文体这一方面比较眷注，认为"夺胎换骨"才是"点化"的关键，一味模仿则丧失艺术的创新机能。因此，他对诸家的名作名句进行词语的考证寻源。曾季狸以简要评点呈现词人或词作的风格、气韵、意象、蕴含、神色、价值等方面，提出"思致"作为衡量词作的价值核心和审美标准，显然在理论中获得一个思维基点，相对而言，比一般仅仅专注于本事、考证、修辞等方面的词话略胜一筹。所谓"思致"，强调词作的精神意蕴，垂青于词的独特的审美境界和审美意象的营造，赞赏其呈现出某些富于超越性的生命智慧和想象力。因此，"思致"作为一个判断词作的美学标准，也作为一个重要的词话概念被提升到理论的范畴。

张侃的《拙轩词话》在理论上的成就主要体现在两个方面，一是对词的起源论有所丰富，二是在批评中广泛运用了词家词作的比较方法，树立横向与纵向的审美比较的典范。张侃的词之起源论，首先，透射着追本溯源的历史意识，显示其宏大的历史主义眼光，从文化产生的本源来思考精神生产的对象；其次，着眼于从艺术本体论的意义来阐释艺术形式的诞生，指出词来源于民间流传的口头歌谣，是人类文明的古老结晶；最后，从道德伦理角度，对词的变异提出批评，维护传统的宗经征圣、淳化民风的文学观念。《拙轩词话》在研究意识上树立了审美比较的原则，既注重从美学视界来比较不同时代词家的历史影响，又注意到同时代词作的不同的审美风格，具有历史与现实纵横联系的辩证思维。尤其值得注意的是，它深入地比较分析了词的内容与形式两方面的审美要素，作出一些甚为精辟的结论。

3. 词话之丰富

与以往词话相比，南宋的后期词话，一方面是数量的增多，另一方面是理论水准的进一步提高。代表性的词话有岳珂词话、张端义词话、魏庆之词话、黄升的《中兴词话》、俞文豹词话、罗大经词话、刘克庄词话、陈郁词话、周密的《浩然斋词话》、沈义父的《乐府指迷》、刘壎词话、张炎的《词源》等。

　　岳珂词话拘泥于现象的评点，理论建树不多。但有两个方面值得注意。一是对刘过的名作《沁园春》的批评，揭示刘过词作的"白日梦"的创作方法，从而阐述艺术的梦幻美特性，对词作与潜意识的审美关系作出了思考。二是批评辛弃疾的词多"用事"，对词的艺术实践有一定的借鉴意义。岳珂词话主要是针对辛词"用事"的负面影响而言的，应该说岳珂论词目光敏锐而专注，善于发现问题，也较早指出辛词多"用事"的不足一面。岳珂词话与早期词话不同的特色之一是，在"词话"的叙述过程中，巧妙运用"对话"方式，且融入了戏剧化的情境、场景、气氛、表情、动作等因素，使词话这种批评方式呈现出与众不同的特征。

　　张端义词话有意识地将作家和作品进行相统一的论述，并且能够在具体论述之中提出词学的概念和理论，达到具体和抽象的结合。传统的美学批评包含一定的伦理批评的色彩，一是因为传统的美学观念和道德观念存在必然的逻辑联系，二是审美活动有时的确难以和意志活动划清界限。因此，伦理批评作为文艺批评的构成之一，就是一个合乎逻辑的结果。张端义词话，体现出伦理批评的倾向，甚至有超越审美的道德批判的倾向。词在两宋成为一种流行文化，或者说，作为一种流行的话语样式而深入社会的各个阶层，成为公共领域的普遍话题，作为社会交往活动的共享工具。如果说，上古时代，"不学诗，无以言"，那么在两宋，对词缺乏理解和掌握，就无法进入公共空间和进行对话、交往活动。所以，词的功能远远超越了诗的功能，尤其它渗透着世俗生活的交往和娱乐的功能，成为文化的公共领域。张端义词话对此有所感受和阐发。

　　魏庆之词话将主观批评和客观批评结合起来，在批评观念上，更辩证一些，获得了一些对词的艺术特性的审美发现，揭示出部分词人的艺术创作的独创性和审美风格的特殊性。应该说，其批评意识表明了南宋词话在批评意识上的自觉与不断完善。然而，魏庆之词话主要引述他人之见，自我创见不多。

黄升的《中兴词话》对词的看法，具有历史主义的思想意识，从历史背景及相关的文化语境来思考词家词作的内容与形式的问题，较多从历史理性的视角去考察作品，如对胡铨、张仲宗等人的词作的分析就贯穿了上述意识。其次，《中兴词话》善于进行审美心理分析，从创作主体与文本符号的结合上分析词作的审美构成，既揭示词家艺术创作的心理隐秘，又对词的审美鉴赏心理进行解释。

俞文豹词话注意微观的文本分析，这种微观的文本分析建立于对词的话语解读，通过解读而阐释自己领会的意义。俞文豹对词的鉴赏，以直接明了的印象式批评和经验性批评贯穿始终，却能切中要害，指出其艺术价值的高下，时常有独到见解。对于词乐起源问题，尤其词与音乐的渊源关系，可以追溯到遥远而复杂的历史与文化诸多方面，是一个相对棘手的问题。而这一问题，往往又是根基性问题，它更能反映出思考者的历史观和文化意识以及艺术观和审美观。俞文豹词话也进行一些研究，通过对词乐的历史溯源，寄寓了自己的意识形态。

罗大经词话的理论价值主要体现在批评观念方面。一是对词进行价值判断，二是对词进行审美判断。罗大经词话偏重从价值判断出发对词家和词作进行探讨，所以弥散着浓厚的道德伦理的气息，体现了社会学批评方法的内涵。罗大经词话还考察了词的审美意象，从鉴赏论角度理解词所包含的美学魅力。罗大经词话还从语言音韵的环节探索词的艺术美表现，这样的研究具有实证性和可操作性的意义。

刘克庄鉴赏词作，敢于进行否定性的评论，无论作者是否为名家、地位显赫者，他表现出思想的锋芒和艺术的个性。他的否定性批评，一是涉及对于前人词作的某些话语的模仿或"掉书袋"现象，二是关系到"崇性理而抑艺文"的狭隘的道德批评的思潮。正是由于不满于流行的道德批评，刘克庄以自我的努力在词话中进行审美的艺术批评。

陈郁词话，从"痛苦"这个情感因素揭示出诗词写作的一个主体动因。痛苦的经历与体验有助于形成道德高尚、灵魂崇高的人格，而这又直接地影响到作家的文学创作活动。它们形成一个紧密的精神链条和情感逻辑，使文学产生永久不衰的热情冲动和心理张力。陈郁的词话思想包含辩证发展的因素，尽管对前人的佳作予以肯定，但是没有墨守对经典的迷信和崇拜，而是以动态的历史发展的眼光审视艺术的进步，因此获得的结论比较客观和具有创见。他认为周美成"二百年来，以乐府独步，贵人学士、市侩妓女知美成词为可爱"，在文本的影响和传播的意义上超越了古人的经典，不能不说是审美和艺术的进步。陈郁意识到，对于前人的借鉴与超越，才可能使文学薪火相传，繁荣发展。而结合历史现实考察，两宋的国家制度或皇权政治给予文士词人的优厚待遇也为他们超越前人、繁荣文学创作提供了良好的社会条件和物质保障。

周密词话在理论意义上主要牵涉词与民俗的关系、词的文学继承性这两个方面。周密对词表现民俗内容予以肯定，意识到词这种文学形式对于民俗美表现的艺术特征。对词的文学继承性，周密从修辞美学的角度，肯定词在语言修辞方面对传统的继承和发展。

沈义父的《乐府指迷》主要包括这几方面内容：

审美创造论。沈义父对词的思考主要围绕创作这个轴心展开，《乐府指迷》开篇即论"作词之法"。然而，这又并非拘泥在具体的写作技巧方面，而是从审美创造的艺术视界，首先为词的创作设定可供参照的价值标准和美学概念，并且从理论上相应规定必须遵守的四个原则，由此开始对词学的思考，并且将思考上升为理论的概括，形成了自我的艺术概念。沈义父为词界定了四个审美创造的原则，即"音律欲其协""下字欲其雅""用字不可太露""发意不可太高"。首先，从形式上规定必须符合音律。只有"协"律，才能使词的审美特性显现出来，不然则成为长短之诗。其次，从审美理想上确立"雅"的目标。此处的"下字欲其雅"，不仅仅局限在语言传达的意义上，而是包括语言表达在内的整个词作的思想意蕴，这个"雅"，既指语言，又指由语言所表现出的文本意义、风格等方面。再次，从传统的艺术观念出发，对词的审美风格作出描述。"用字不可太露"，这一方面涉及艺术传达的技巧，是从语言表现角度强调词应追求字面的曲折委婉；另一方面涉及美学观念的取向，以空灵含蓄作为艺术的价值旨归。后者呈现更重要的理论意义。中国传统诗论讲究"含蓄美"，它既是审美风格的指向，又作为艺术创造的技巧。刘勰推崇"深文隐蔚，余味曲包。辞生互体，有似变爻。言之秀矣，万虑一交。动心惊耳，逸响笙匏"。并将之界定为"隐秀"①。司空图心仪诗歌的"韵外之致，味外之旨"和"不著一字，尽得风流"的艺术境界，将"含蓄"作为艺术美的构成之一。严羽欣赏"羚羊挂角，无迹可求""言有尽而意无穷"的审美趣味。确切地说，《乐府指迷》的这一看法是对上述美学观念的继承。最后，从思想内容的表现方面，主张"发意不可太高，高则狂怪而失柔婉之意"。这则看法，从美学意义上讲，具有一定的创见。沈义父不赞成"发意太高"，一方面是和他主张词的创作应该"含蓄"的观念相对应；另一方面则表明，他也不赞成词的思想意蕴过于"狂怪"，有违传统的伦理道德，或者一味地和意识形态

---

① （南朝）刘勰：《文心雕龙》，上海古籍出版社 2015 年 11 月第 1 版，第 232 页。

相联系，带上明显的说教色彩。而是倾向词的意蕴要"柔婉"，要注重审美特性。

艺术技巧论。《乐府指迷》对艺术的技巧问题十分重视，将之作为探讨的主要对象。沈义父的艺术技巧论，既有从普遍的美学意义上论述词的创作的内容，也有从具体的写作方法的角度，思考一些技术性的表述的环节。《乐府指迷》的"技巧论"，占整个篇幅的大部分，词话总共二十九则，它占去二十则之多，可见作者对其重视的程度。沈义父的技巧论可大略划分为结构方面、语言修辞方面、咏物与用事方面、音韵格律方面等。

辩证的词学眼光。沈义父的词家论虽然在数量上不算多，仅有几则，但精练概括，切中要害。特别值得赞赏的是，他对每一词家纵论得失，以辩证的方法贯穿其中，可谓词话上的先例。

沈义父的《乐府指迷》，标志着南宋后期词话的新的水准，显示了词话这一批评样式的渐趋成熟。但它的缺陷是，在注重审美批评和艺术价值的判断的同时，忽略对词作和词家进行社会历史的批评，因此对现实的思想内容缺乏关注，由于重形式轻内容而导致在思想性上缺乏深度。

对于创作主体的心理结构的分析是刘壎词话的一个重要部分。和其他文学形式一样，词的写作同样是主体心理结构以话语隐喻的方式所表达的情感与意义。因此，对于创作主体的心理气质的认识尤为必要。所以，刘壎认为创作主体的"气象"对于词的意境格调起着决定性的作用。刘壎词话体现出辩证思维的意识，注重从审美角度分析文本的艺术特性、意境情趣、修辞技巧等方面的构成，不囿于对名家的崇拜，辩证地分析他们词作的不足之处，树立了一个良好的批评范例。

张炎积累了丰富的词的创作经验，又有艺术家的悟性与灵感，"诗有姜尧章深宛之风，词有周清真雅丽之思"。张炎的人生，蕴含了历史的悲剧意识，也包容了诗性的情怀。他晚年撰写的词学理论著作《词源》，呈现诗与思交融的心灵历程，将丰富的艺术感悟和严谨的逻辑思辨完好地结合起来，可谓体大思精。既建立相对完整的理论体系，形成一系列逻辑范畴、美学概念，又深入具体地研究了词之创作与欣赏的诸多问题，使词之探讨进入崭新的境界。《词源》的理论构成主要有这几个方面：

音律论。张炎一方面将传统哲学的阴阳五行学说移植到词的音律理论的阐发，以探求构成世界本源的五种元素"土、金、木、火、水"如何影响音律的形成和发展；另一方面，又寻找出社会历史制度等现实性存在的"君、臣、民、事、物"与之相对应，以形成一个符合主观逻辑的理论模式。然后，进一步引入儒家的"信、义、仁、礼、智"的道德伦理原则，使其获得和传统的意识形态相联系的理性结构。在此基础上，为五音的生成找到一个完整而精致的逻辑起点。最后，依据五音的规定性，具体确立了各自存在的特殊性。张炎以五行说为思维圆心，辅佐以儒家哲学的人伦原则，以五音为经纬，勾画出一个相对完善的符合主客观逻辑的音律生成过程及有其内在特性的理论圆圈，建立了自我音律论的思维基石。

其次，张炎凭借华夏文化世代相传的家庭人伦原则和宗法礼教习俗等逻辑规定性，以富有创见力的想象和精致的理念模式，推演出家族血缘和十二阴阳律吕之间的潜在联系。他寻找自然现象和人伦原则的契合点，以获取一种和谐的物质世界和礼法制度的辩证统一的说明，他以这一美学观来阐明：律吕的内在规定性和家族人伦的规定性是如何显示出不可逆转的客观力量，这种力量成为一种无意识的"权力意志"和"生命冲动"，构成精神文化产生的客观基质和深层本体。无疑，张炎在这里贯穿的是理性逻辑，采用的是主观命意的理论推演，有天人感应的哲学色彩，但他所勾画的思维模式的确在一定程度上揭示音乐律吕的内在规律和基本特性，给后世以极大的思维启示。

词的起源和审美特性。和王灼相同，张炎从历史主义的视界考察词的起源，但他似乎更侧重从音乐的角度确立词的起源问题，他甚至将诸多的文学样式界定为来源于"雅正"，可见他把音乐和文学的密切程度提升到前所未有的阶段。他确立了词之诞生的具体时间表，并以周美成为轴枢勾画出词之演变和发展的轨迹，由此为契机，他进一步论述词的审美本质的问题。他甚至对周美成这样的音律大家都存有微词，批评其"而于音律，且间有未谐"。可见张炎对词的音律问题最为眷注，他将词的形式美首先定位在音律的层面上。"故平生好为词章，用功逾四十年，未见其进。今老矣，嗟古音之寥寥，虑雅词之落落，僭述管见，类列于后，与同志者商略之。"在这表露心迹的自述中，我们可以窥见张炎对于词的音律及其审美本质的殷殷之情。应该说，张炎对词的审美本质的注意甚至超过对词的起源问题的关注，他所思考的问题更为深入和具体，已提升到美学理论的高度。

词的审美理想。对这一问题，张炎探讨较多。张炎提出两个对立的范畴：清空与质实。前者作为其艺术的审美理想的核心概念，它既是张炎的美学价值取向，也是其判断词作的批评标准，是引导词之创作和欣赏的先行规定；后者则作为前者的对应性的负面存在，是与前者相背离的创作倾向，它为前者确立了一个可供否定的对象。两者的规定性自然地构成一个逻辑相承的辩证关系，从而上升为理论思维的抽象，这标志着其词话理论思考的自觉和成熟。正是上述美学范畴和艺术核心概念的提出，显示了《词源》区别于以往词话普遍上只沉湎于描述现象或罗列事实而忽略进行理论分析与逻辑抽象的思维特征。正是上述思维方式的确立和艺术标准的阐释，呈现了《词源》作为美学理论的存在价值。

艺术创造论。在审美理想这一价值杠杆的引导下，张炎进一步探讨词的艺术创造的问题。应该说，张炎不同于以往词论家的长处是，他积累了丰富的创作经验，又富有艺术家的灵感和悟性。所以，他论词能使理论和实践相融合，时有独到的发现和精辟的见解。张炎的艺术创造论涉及内容与形式两个方面。

内容方面。《词源》提出"意趣"的概念，将之界定为词创作的首要准绳。艺术创造的首要原则是，在思想内容上必须具有新的意蕴和趣味，不能重复别人的思想和语言。这表明张炎主张词之创作必须具备独创、高远的意趣，强调词人审事立意的重要性，词尚雅正的美学观念首先被规定为在思想内容方面的创新和语言表现形态方面的求变。"不蹈袭前人语意"，就意味着在创作上提出思想和语言的双重独创性的要求。应该说，张炎在这里明确地提出艺术的"不可重复"的美学原则。其次，张炎提出"精思"的原则。他认为在词的创作过程中，"词章先宜精思，俟语句妥溜，然后正之音谱，二者兼得，则可造极玄之域"。张炎的"精思"原则，从文艺学的观念来看，就是强调艺术构思的精致和深入，以思想内容为先导，以巧妙独创的意境为轴心，达到审美创造的目的。张炎同时认为，"精思"为本，而"语句""音谱"的要求为末，可见，他并不主张"以文害辞"，为了审美形式而牺牲思想内容，为了合律而忽略意趣神韵。但张炎的看法是辩证的，对后者也不忽略，他认为在"精思"的前提下，"二者兼得，则可造极玄之域"，从而达到艺术美的理想境界。再次，张炎对词的情感表现问题提出独特的看法，呈现出一定的美学价值。

形式方面。犹如对于内容问题的重视程度一样，张炎对于词的创作的"形式"这一极也十分关注，包含诸多甚启人思的观点。主要包含制曲、句法、字面、虚字等方面。

艺术技巧论。张炎的艺术技巧论牵涉用事、咏物、令曲、韵律等方面，均有诸多的精湛之见。

鉴赏论。张炎的鉴赏或评价的主观标准主要有三个方面：清空、意趣、精思。这个标准，既是创作的美学要求，也是鉴赏的艺术尺度。而统摄这个标准的核心即是所谓的"雅正"。张炎对词家词作的鉴赏，多持客观公允的态度，不尚情绪化的偏激，注重以作品说话，将鉴赏与批评更多赋予审美的理念之中，也鲜明地体现了"雅正"的艺术趣味。

如果说张炎的词话还存在不足之处的话，那就是，因其作者过于沉湎于纯美学纯艺术的理论思考，在某种程度上对词的社会历史内容以及意识形态方面有所忽略。

总而言之，南宋后期词话表现出理论的发展和丰富，呈现理论探讨的系统和深入，有些词话具备相对完整的理论体系和核心概念，具有自我的方法论和理论风格，为后世词话发展奠定了坚实基础。

三 两宋词话的美学精神

1. 审美形式论

两宋词话的美学精神首先体现于审美形式方面。这种审美形式既不同于西方现代文论中的形式主义理论所界定的"形式"（form），又能不简单地归结为文学表现的具体方法或符号媒介。两宋词话所涉及的审美形式更大程度上将有关词的审美理想、审美标准和词的表现技巧、艺术风格统一起来进行思考，体现了其艺术概念的有机统一的原则。综观两宋词话的审美形式论，笔者将之简要地归纳为互相联系的两个方面。

美与形式。两宋词话的美学思考对形式的关注是一个值得注意的特征，认为词的艺术美显现与艺术形式密切关联。首先，注意考察的是词的语言符号形式与艺术美的逻辑关系。如北宋的吴处厚对"药名词"的探讨，从汉语言的诗性特征出发，结合修辞表现形式，以阐释"药名词"所具有的独特的审美形式的趣味。杨湜、铜阳居士则从解释学的角度，论述了凭借语言的释义的活动来对词作进行理解从而实现其审美价值的问题，将词的语言符号看作是构成艺术美的根本性工具，从而将美与形式作了逻辑等同。其次，认为词的创作的修辞形式是构成词的艺术美的必要条件。两宋词话包含这样一个思维结论：词的修辞形式等同于词的审美形式。在某种意义上，由于词是更为精致化的诗，必然决定它在语言形式、修辞形式以及其他的审美形式方面比诗具有更严格、精细、完善的美学要求。而对于修辞形式的要求则作为一个基本的条件被肯定下来，这一思想在词的审美形式发展得较为完善的南宋时期更为明显地体现出来。如王灼推崇词的整体美和结构美，强调词的意境美和形式美，在一定意义上是从修辞美学的视角思考语言修辞和词的艺术美的逻辑关系。后来的沈义父、张炎则从更为深广的层面探索这一问题，获得富有创见性的结论。最后，两宋词话还有一共识，词的文体形式是构成词之形式美的关键。这一思想，两宋均有广泛反映，只是南宋更为深刻。如王灼的《碧鸡漫志》、胡仔的《苕溪渔隐词话》、沈义父的《乐府指迷》、张炎的《词源》均分别从不同的理论视界指出，词的文体特征是决定其审美价值的要素。

对审美形式的进一步思考，逻辑上必然要求进入对审美理想的界定，只有对词的审美理想予以理论的把握，才能深入解决词的艺术美创作的一系列问题。

美与理想。两宋词话的审美形式论在深层意识上将对审美形式的向往转换为对审美理想的追求，或者更确切地说，是将审美形式论上升为审美理想论，为词这种文学形式规定符合审美规律的理想形式。综观两宋词话，这种审美理想形式，大致表现在意境、结构、语言等方面。从意境层面讲，两宋词话主张词应该符合这样一些审美标准，如吴处厚提出的"气象"，陈师道心仪的"本色"，王灼主张的"性情、自然、中正、雅"，曾季狸赞赏的"思致"，沈义父依照吴文英的艺术理念所归纳的"四标准"，张炎推崇的"清空"与"骚雅"等。词论家们对上述审美标准进行深入具体的界定，为词的审美意境确立丰富的规定性，为词的审美创作提供可供依赖的理论基础。从结构层面讲，两宋词话给予结构在审美形式中以重要的地位，认为词无论在语言符号结构或者在写作结构上，都和审美价值存在必然性的逻辑关系，词的结构的严谨与和谐决定了其艺术美的形成。如胡仔力倡词的创作要注重整体美和结构美，要求词句"全篇皆好"，"凡作诗词，要当如常山之蛇，救首救尾"，只有达到这种艺术境界，才能使词的艺术文本符合理想的审美标准。张炎依据丰富的艺术实践，侧重从艺术技巧的角度谈结构与艺术美的关系。如他从词的创作的开头、结尾、过片、选韵、修改等方面，具体探讨结构的问题，投射以一种类似于结构主义的美学眼光。沈义父的《乐府指迷》对结构的思考比《词源》更为细致，特别考虑词的"间架"问题，对词的"起句""过处""结句"均进行缜密思索，表现出结构紧密关涉词的美学价值这样的意识。

2. 美学方法论

和审美形式论密切相关的是美学方法论，两宋词话在理论形态上初步建立自己的美学方法论，大致有如下几种：

阐释学方法。阐释学尽管属于现代的哲学理论，但作为一种思维方法，在中国古代早已有之。而两宋词话则在具体的词家词作的研究过程广泛地运用了这一美学方法。对这一方法运用得较早的人物为杨湜、鲖阳居士，他们主要采用阐释学的主体性原则和相对性原则来对文本进行释义，往往超越词家和文本的客观意义进行主观想象性的理解。这种理解一方面使文本焕发出新思维的艺术意义和审美价值，但另一方面又不免导致文本可能蒙上误读的阴影。同代的胡仔批评杨湜，而后代的王士禛则嘲讽鲖阳居士，对他们的阐释学方法表示了不满。尽管如此，笔者认为，作为一种词学研究的美学方法，杨湜和鲖阳居士的观念具有理论的创新性，毕竟是在词的领域内创造性地运用了阐释学的方法。

社会历史方法。两宋词话普遍采用社会历史方法，所谓词的"本事"的观念，在一定意义上就是社会学的实证性研究的体现。杨湜的《古今词话》在总体的研究思路上，就奉行了社会历史方法，注意从词家的历史背景、社会现实和词的生活内容的联系上考察词作的思想情感与艺术得失。它运用阐释学方法对文本进行理解活动，在一定程度上也遵循了历史主义的基本原则。当然，《古今词话》的社会历史方法的运用还属于粗浅的和机械的性质，后来王灼的《碧鸡漫志》、胡仔的《苕溪渔隐词话》、沈义父的《乐府指迷》、张炎的《词源》，则在更广泛深入和辩证灵活的形态上运用这一方法。这几个词话从文体演变的角度，梳理出词的历史发展过程，将合乎历史逻辑的艺术发展规律作出一定程度的揭示，对词的美学特性和艺术本质进行历史主义的描述，从而得出诸多令人信服的结论。

道德批评方法。两宋是一个民族矛盾、阶级矛盾极其尖锐复杂的历史时期，词家词作均在不同程度上反映了这些矛盾。而与之密切联系的是，两宋词话对词家词作所作的评价，必然涉及对民族矛盾、阶级矛盾的道德判断和价值评价，而南宋词话的表现尤为明显。如罗大经词话即从道德伦理的角度，对康伯可及其词作进行批评，从负面价值方面进行审美解释，得出否定性判断；而对辛弃疾及其词作予以高度的价值评价，由对词作的道德内容的肯定而扩展到对艺术价值的肯定。岳珂的《桯史》中谈词的部分，也多从道德视野来评价词家词作。而黄升的《中兴词话》则带有更强烈的道德批评的色彩。如论胡铨、张仲宗及其词作，即从政治与道德的意识形态进行价值判断，把词看作意识形态的工具，文艺成为政治斗争的手段，以这种观念进行批评，贯穿了强烈的社会历史的责任感和民族意识。两宋词话的道德批评方法，固有其历史合理性的一面，但难免有简单机械的弊病，也往往忽略对审美特性的注意。

形式主义批评方法。这一方法，在某种意义上也可以称为纯审美的批评，因为它较多关注艺术的纯审美形式，而对内容较少涉及。两宋词话所运用最广泛的美学方法即为此类。形式主义批评可以大致划分为四类，一是语言批评，二是文体批评，三是修辞批评，四是风格批评。语言批评，如吴处厚对"药名词"的研究，即是从语言分析入手对词进行审美特性分析和艺术技巧分析。杨湜、酮阳居士对词作的阐释活动，也是凭借对语言的分析而展开到对词作的思想意蕴和审美特性的探索。王灼通过对词作的语言分析而确立艺术的审美标准，如"意趣、中正、雅"等，从狭义上讲，也是对语言的审美要求，它为词的创作和欣赏提供可以评判的尺度。胡仔则借助于对具体作品的语言分析，进而推崇词的"藻丽可喜"和"腔调婉美"，对词的语言的表现提出了审美的规定。岳珂、黄升以及后来的沈义父、张炎均通过对词的语言分析来进行审美风格或艺术价值的判定，获得了一定的美学成果。文体批评，主要以王灼、胡仔、沈义父、张炎为代表，这四位两宋词话的大家，因其广博的学术视野和精湛的理论素养对词学有所贡献。他们注重从文体形式上讨论词的美学问题，所以获得的成果也较丰硕。修辞批评，一方面是指对具体的修辞技巧的研究，另一方面是指从修辞美学的视角对词作进行一般性质的研究。通过这两方面互相联系的研究，从而获得对文学作品的艺术美的发现或说明。如岳珂对辛词的批评，即是运用修辞的批评，针对辛词多"用事"的修辞特征，进行具体的辨析，发表自己的见解。而沈义父、张炎则从一般的修辞美学的形态对词作进行艺术分析，并结合对艺术技巧的探索获得对词的审美解释。如沈义父从技巧论来探讨词的修辞问题，将词的审美形式和修辞形式作了逻辑等同，把修辞提高到美学的高度，甚至将之视为艺术的价值标准之一。张炎对词的音律曲调的研究、艺术创作手法的研究，均不同程度贯穿修辞美学的思想，力图从修辞角度对词作出审美形式的解释。风格批评，法国文论家布封认为：风格即人。他将艺术风格和人的精神品格画了等号。两宋词话的风格批评也是通过对词家精神存在的分析而达到对词作艺术风格的界定，当然，两宋词话更侧重从文本的客观规定性来判断词的风格，还重视通过不同文本的比较来确定不同的艺术风格。如陈师道对苏轼、秦观词风的批评，即是通过对创作主体的精神内质的比较而予以界定的。王灼的风格论，采用历史主义的纵向比较方法，达到对众多词家词作审美风格相对合乎客观实际的评价。张炎的风格批评，具有理论概括的抽象性，凭借概念来阐释不同风格存在的特殊性，达到一定的思辨水准，使风格批评进入新的境界。

两宋词话的美学方法还有其他方面，然而具有理论形态的大致如前所述。

最后，笔者要说明的是，本书所探讨的词话，在文献上划分为三类。第一类是具有独立形态的词话著作，它们的写作目的即是专门探讨有关词的问题，是专业性质的文本。其中有杨绘《时贤本事曲子集》、杨湜《古今词话》、王灼《碧鸡漫志》、黄升《中兴词话》、沈义父《乐府指迷》、张炎《词源》等。第二类是尽管它们并非属于独立形态的词话著述，但来自专门性质的某一种著作或某人专集，其中一些部分涉及词话内容，探讨词学理论，唐圭璋先生在《词话丛编》里辑为"词话"。如胡仔《苕溪渔隐词话》辑自《苕溪渔隐丛话》，张侃《拙轩词话》辑自《拙轩集》，周密《浩然斋词话》辑自《浩然斋雅谈》等。第三类是以作者姓名为标识的词话，如吴处厚词话、陈师道词话、罗大经词话、岳珂词话等，则是从作者的各种文献中收集而来。

第一编
北宋词话
——词话的酝酿

第 一 章

吴处厚词话

吴处厚（生卒不详），字伯固，皇祐五年进士。元祐中，知汉阳军，颇有政绩。嘉靖《邵武府志》云："吴处厚，字伯固，博学能诗文，登皇祐五年进士。……著有《青箱杂记》。"嘉靖《汉阳府志》载："元祐中，知汉阳军，有善政。公余常游郎官湖，赋诗云：'郎官湖上郎官游，只教闲客生闲愁。烟波荡漾四五顷，风月凄凉三百秋。'"所著《青箱杂记》，皆记当代杂事，亦多诗话与词话。陈振孙《直斋书录解题》、马端临《文献通考》均将之列入小说家类。

吴伯固处于北宋中前叶，正值词之创作的一个兴盛期。词家蜂起，佳作迭出。与词之创作相关，词之理论探究也初现端倪。吴处厚对诗词有浓厚兴趣，所著《青箱杂记》蕴含丰富的诗话与词话资料。该书虽不属专门的词学著作，但蕴藏不少有关词话的珠玑之论，为后来的"词话"这一批评样式的滥觞之一。吴处厚的词话以评点为主，时有精粹之见，然总体上略显琐碎，不成系统，笔者仅从以下几个方面略作探讨。

第一节 药名词——词的独特的审美形式

"词"作为诗歌的种类之一，具有独特的艺术审美形式，最大程度地展示了汉语言的诗性意象和审美魅力，呈现古典人文心理对于形式美的执着和沉迷。李清照标举词"别是一家"① 之说。孟称舜云："诗变而为词，词变而为曲。词者，诗之余而曲之祖也。乐府以皦劲扬厉为工，诗余以宛丽流畅为美。"② 近人王国维亦认为："词之为体，要眇宜修。"③ 词，倚仗汉语言特有的审美意象和空间形式，又融入了华夏民族丰厚的音乐文化，形成极其圆融庄严又婉丽空灵的形式美。自北宋以降，对于词之形式美的眷注成为文化人的普遍意识，吴处厚的词话对于形式美的瞩目亦为北宋时期的文化语境使然。在《青箱杂记》中，吴处厚表现出对"药名词"的浓厚兴趣。他对陈亚的"药名词"尤为推崇。《青箱杂记》云："陈亚，扬州人，仕至太常少卿，年七十卒，盖近世滑稽之雄也。尝著药名诗百余首，行于世。……又尝知祥符县，亲故多干借车牛，亚亦作药名诗曰：'地居京界足亲知，措借寻常无歇时。但看车前牛领上，十家皮没五家皮。'览者无不绝倒。亚常言：'药名用于诗，无所不可，而斡运曲折，使各中理，在人之智思耳。'或曰：'延胡索可用乎？'亚曰：'可。'沉思良久，因朗吟曰：'"布袍袖里怀漫刺，到处迁延胡索人。"此可以赠游谒穷措大。'闻者莫不大笑。"又载：

　　（陈）亚与章郇公同年友善，郇公当轴，将用之，而为言者所抑。亚作药名《生查子·陈情》献之，曰："朝廷数擢贤，旋占凌霄路。自是郁陶人，险难无移处。也知没药疗饥寒，食薄何相误。大幅纸连粘，甘草归田赋。"亚又别成药名《生查子·闺情》三首，其一曰："相思意已深，白纸书难足。字字苦参商，故要槟郎读。分明记得约当归，远至樱桃熟。何

① （宋）李清照：《词论》。
② （明）孟称舜：《古今词统序》。
③ 王国维：《人间词话》，上海古籍出版社 2004 年 4 月第 1 版，第 81 页。

事菊花时，犹未回乡曲。"其二曰："小院雨其凉，石竹风生砌，罢扇尽从容，半下纱厨睡。起来闲座北亭中，滴尽真珠泪。为念婿辛勤，去摘蟾宫桂。"其三曰："浪荡去未来，踯躅花频换。可惜石榴裙，兰麝香销半。琵琶闲抱理相思，必拨朱弦断。拟续断朱弦，待这冤家看。"亚又自为亚字谜曰："若教有口便哑，且要无心为恶。中间全没肚肠，外面强生稜角。"此虽一时俳谐之词，然所寄兴，亦有深意。亚又别有诗百余首，号《澄源集》。①

从以上"药名词"来看，其表情言意的艺术功能较为显明，词章中巧妙融入数种中药名称，言情之中隐含着诙谐。前一首委婉陈述了谗言者对自己仕途的阻拦，并抒发苦涩无奈的情绪和表明归隐田园的选择，其中融入幽默的笔调，进行自我宽慰和解嘲；后三首拟闺阁思妇的口吻，抒写了现实生活中离别夫妇的相思之情。诗词中均恰到好处地点缀着中药名称，与词之表意密切地联结起来，没有生硬杂糅之感，显现了作者高超的创作技巧。

由此可见，所谓"药名词"，即是在词章里融入中药药名，以构成具有审美趣味的艺术情境。众所周知，中医药是华夏古老文明的组成部分，是传统文化的结晶，它渗透到古代社会的各个方面，为古人所耳熟能详，心理上容易滋生亲近情绪。所以，以它入词，能具有独特的审美效果。从文艺理论的观点来考察，中药名，在语言学意义上，一方面作为物质对象的命名符号，另一方面则具有某种象征性的人文意蕴。以药名入词，实则呈现了古人对于汉语言的诗意游戏的创造性智慧，既见出汉文化特有的韵致，又显露词之独异的形式美。吴处厚对于"药名词"的关注，

---

① 邓子勉编：《宋金元词话全编》（上册），凤凰出版社 2008 年版，第 70—71 页。

应该说是出于对"形式美"偏爱的艺术视角。"药名词",依现代美学看来,是近乎克莱夫·贝尔"有意味的形式"① 这一理论界定。从更宽泛的意义而言,吴处厚对于"药名词"的喜好,与康德、克罗齐的形式主义的艺术主张有心灵相通之处。其潜在的理论意义还在于,对于传统的文艺观具有纠偏的作用。因为在某些士大夫眼里,词为"末道""小技",与传统的"载道""宗经"的文章不能相提并论。

　　从文学的一个具体的审美功能来看,"游戏"是其构成之一。如果我们从更宽广的美学视角来看,"游戏"(Spiel)概念如伽达默尔所言"在美学中起过重大作用",他认为:"游戏确实被限制在表现自我上。因此游戏的存在方式就是自我表现(Selbstdarstellung)。而自我表现乃是自然的普遍的存在状态……游戏最突出的意义就是自我表现。"② 从这个理论视点看,药名词的写作动机之一,无疑有语言游戏的目的,是中国传统文化人运用"中药"名词进行语言的智慧游戏,而游戏又凭借于"词"这种文学的新样式得以呈现。在游戏的过程中,既使轻松幽默的情绪得以释放,也委婉含蓄地表现出个体的意趣,当然,又客观地达到表现自我的写作意图。这种语言游戏方式,体现出中药知识和艺术智慧的交融,体现出生活经验和文学技巧的渗透。吴处厚的词话对于药名词的关注具有深层的美学意义。从另一个方面考虑,单纯以药名入词,容易远离文学本位。伯固对于"药名词"的垂青,不免超脱社会历史而未有思想意蕴难免落入纯粹的词语游戏的窠臼。

---

① [英]贝尔:《艺术》,周金环等译,中国文联出版公司1984年版,第10页。
② [德]汉斯－格奥尔格·伽达默尔:《真理与方法》上卷,洪汉鼎译,上海译文出版社1999年版,第139页。

第二节 "气象"——词话的理论概念

　　吴处厚对北宋词坛的晏殊甚为称道，认为"晏殊诗词有富贵气象"。吴处厚云："晏元献公虽起田里，而文章富贵出于天然。尝览李庆孙《富贵曲》云：'轴装曲谱金书字，树记花名玉篆牌。'公曰：'此乃乞儿相，未尝谙富贵者。'故公每吟咏富贵，不言金玉锦绣，而唯说其气象，若'楼台侧畔杨花过，帘幕中间燕子飞'，'梨花院落溶溶月，柳絮池塘淡淡风'之类是也。故公自以此句语人曰：'穷儿家有这景致也无？'"（《青箱杂记》）

　　晏殊（991—1005），字同叔，江西临川人，仁宗朝官至宰相，终身优游富贵，性喜文士宾客，"每有佳客必留"，"亦必以歌乐相佐"。① 晏殊词的富贵气象与其个人的生活经历、性格禀赋密切相关。吴伯固所言的"气象"，应包含两个方面的含义，一是指作者生活经历、仕宦地位在词中所呈现的贵族气质，二是指词章中"出于天然"、不事雕琢的通达意境。更确切地说，"气象"构成一种词作的美学风度。叶嘉莹先生认为同叔"不仅能将理性与思致写入词中，而且更能将理性和思致与词之'要眇宜修'的特质作了完美的结合，使其词之风格，在圆融莹澈之光照中，别有一种温柔凄婉之致。晏殊词集以《珠玉》题名，这与他的词珠圆玉润的品格和风格，是十分切合的"②。叶先生对晏殊词的论述甚为精当，与伯固所言之"气象"有异曲同工之妙。吴处厚所谓之"气象"，既是指《珠玉词》所内蕴的美学风度，又是其所称道的美学标准。由此，

────────────────

　　① （宋）叶梦得：《石林燕语　避暑录话》，田松青、徐时仪校点，上海古籍出版社 2012 年 12 月第 1 版，第 127 页。

　　② 缪钺、［加］叶嘉莹：《灵谿词说》，上海古籍出版社 1987 年第 1 版，第 96 页。

"气象"上升为吴氏词话的一个核心概念，作为判断词作的一个审美尺度。其后南宋著名文艺理论家严羽，为吴处厚的邵武同乡，更进一步提出"气象"的诗学概念，认为"诗之法有五：曰体制，曰格力，曰气象，曰兴趣，曰音节"①。尽管"气象"这一概念不是吴氏首创，但严沧浪的"气象"之论，其渊源与伯固的"气象"之言未必毫无关系。两者均以"气象"作为诗词的审美标准之一，只是伯固之"气象"流于一般性质的评点，而未能上升到理论的范畴，沧浪之"气象"则达到一定的概念规定性，具有形而上的理论意味。

第三节　艳丽与道德——对于传统美学观念的纠偏

词是音乐与文学融合的艺术形式，出于按曲歌唱的需要，作词必须"倚声"。随着隋唐"燕乐"的出现，词始得萌芽。词是隋唐以来配合新兴之乐而填写的一种歌词。唐五代至宋初，词被视为不登大雅之堂的"小道""末技"，士大夫认为词之功能在于"用资羽盖之欢"和"娱宾遣兴"。孙光宪《北梦琐言》云："晋相和凝，少年时好为曲子词，布于汴、洛，泊入相，专托人收拾焚毁不暇。然相国厚重有德，终为艳词玷之。"《新唐书·温大雅传附温庭筠传》谓温庭筠"多作侧词艳曲"。词甚至被文人视为"艳科"或"薄技"。在传统文化观念或诗学意识中，词不具备"厚人伦，美教化，移风俗"②、"征圣""宗经""文以载道""经国之大业"等其他文体所具备的社会功能，被定位于"艳科"与"小道"的

---

① （宋）严羽：《沧浪诗话校释》，郭绍虞校释，人民文学出版社 1961 年 5 月第 1 版，第 5 页。
② 《毛诗序》。

"词"，由于其"艳丽"的特征，就与"道德"存在一个精神的鸿沟。吴处厚对于上述艺术观念进行了辩证的分析，为词的"艳丽"作了辩解，初步建立了一种新的词学观念。《青箱杂记》对"正人端士作艳丽词"作了如下的辩解：

文章纯古，不害其为邪；文章艳丽，亦不害其为正。然世或见人文章铺陈仁义道德，便谓之正人君子；若言及花草月露，便谓之邪人。兹亦不尽也。皮日休曰："余尝慕宋璟之为相，疑其铁肠与石心，不解吐婉媚辞。及睹其文，而有《梅花赋》，清便富艳，得南朝徐、庾体。"然余观近世所谓正人端士者，亦有艳丽之词。如前世宋璟之比，今并录之。乖崖张公咏席上赠官妓小英歌曰："天教抟百花，抟作小英明如花。住近桃花坊北面，门庭掩映如仙家。美人宜称言不得，龙脑熏衣香入骨。维阳软縠如云英，亳郡轻纱似蝉翼。我疑天上婺女星之精，偷入筵中名小英。又疑王母侍儿初失意，谪向人间为饮妓。不然何得肤若红玉初碾成，眼似秋波双脸横。舞态因风欲飞去，歌声遏云长且清。有时歌罢下香砌，几人魂魄遥相惊。人看小英心已足，我见小英心未足。为我高歌送一杯，我今赠汝新翻曲。"韩魏公晚年镇北州，一日病起，作《点绛唇》小词曰："病起厌厌，画堂花谢添憔悴。乱红飘砌。滴尽胭脂泪。惆怅前春，谁向花前醉？愁无际。武陵回睇。人远波空翠。"司马温公亦尝作《阮郎归》小词曰："渔舟容易入春山，仙家日月闲。绮窗纱幌映朱颜。相逢醉梦间。松露冷，海霞殷。匆匆整棹还。落花寂寂水潺潺。重寻此路难。"[①]

---

① （宋）吴处厚、何薳：《青箱杂记 春渚纪闻》，尚成、钟振振校点，上海古籍出版社2012年12月第1版，第38页。

　　伯固对于词的"艳丽"非但不回避，反倒为之辩解。其理论意义在于，一方面消解传统艺术观念片面强调诗歌的认识功能和道德功能的做法，另一方面调和传统美学有关"艳丽"与"道德"的形而上学的矛盾对立，确立一种辩证分析的美学眼光。以现代的眼光考量，吴处厚词话体现出形式美感的主体性确立，纯粹的道德理念已经被社会生活的审美丰富性所消解，人需要感性的审美享受和艳丽化的文学写作，而词这种文体形式恰恰提供了这种写作的契机。

　　综观吴处厚词话，不乏吉光片羽、真知灼见，为"词话"这种批评样式作了有益的探索，但其局限性在于理论上缺乏系统性和逻辑性，没有建立较完整的词学概念或美学概念，不过作为前期的词学，其开拓意义是值得赞赏与称道的。

第 二 章

杨绘《时贤本事曲子集》

杨绘（1027—1088），《嘉靖略阳县志》载："杨绘，绵竹人也。知兴州军，为吏敏强，表里洞达，一出于诚。尤以文章著名。仁宗时又知兴元府事。"杨绘《时贤本事曲子集》，体例上模仿孟棨《本事诗》，以记"实事"为主。上及唐五代，下逮时贤。此书南宋后亡佚，梁启超从欧阳修、苏轼词的宋人注释中收罗五条，赵万里从《苕溪渔隐丛话》《敬斋古今黈》增补四则，共计九则。唐圭璋先生《词话丛编》列为词话之首。

第一节　词话——词的专有研究形式

如果说欧阳修的《六一诗话》为中国文学史上第一部"诗话"，那么，杨绘的《时贤本事曲子集》则可称为中国文学史上第一部"词话"，它为词的艺术研究建立一种新的模式。毋庸讳言，它仿效孟棨《本事诗》的体制，着重将词人的词作与创作的背景、成因联系起来考察，把词人写作词的目的、动机与其奇闻逸事记载下来，并融入本人的观点与评价。这种研究方式使作品密切联系词人的生平行藏、思想情绪、审美趣味和价值取向，有助于阐释词的意蕴与风格；形式上也参差历落、灵活有趣，有助于欣赏者对于词的理解。当然，所谓"本事"，有些言之有据，有些难免穿凿附会。有些偏重于艳情逸趣、青楼红粉的故事，此为早期词话之瑕疵。

梁启超称《时贤本事曲子集》为"最古之词话"，认为"其散佚多矣"。① 现转录几则如下：

南唐李国主尝责其臣曰："'吹皱一池春水'，干卿何事！"盖赵公所撰《谒金门》辞有此一句，最警策。其臣即对曰："未如陛下'小楼吹彻玉笙寒'。"

钱塘有一老尼，能诵后主诗首章两句，后人为足其意以填此词。（词略）

范文正公自前二府镇襄下营百花洲，亲制《定风波》五词。（词略）

欧阳文忠公，文章之宗师也。其于小词，尤脍炙人口。有十二月词，寄《渔家傲》调中，本集亦未尝载，今列之于此。前已有十二篇鼓子词，此未知果公作否。（词略）

子瞻始与刘仲达往来于眉山，后相逢于泗上，久留郡中，游南山话旧而作。（《满庭芳》词略）

董毅夫名钺，自梓漕得罪归鄱阳，遇东坡于齐安，怪其丰暇自得。曰："吾再娶柳氏三日而去官，吾固不戚戚，而忧柳氏不能忘怀于进退也。已而欣然同忧患，如处富贵，吾是以益安焉。"乃令家僮歌其所作《满江红》，东坡嗟叹之。次其韵。（词略）

陈述古守杭，已及瓜代，未交前数日，宴僚佐于有美堂，因请二车苏子瞻赋词。子瞻即席而就，寄《摊破虞美人》。（词略）

---

① 参见唐圭璋《词话丛编》第一卷，中华书局 1986 年版，第 3 页。

钱塘西湖有诗僧清顺居其上，自名藏春坞。门前有二古松，各有凌霄花络其上，顺常昼卧其下。时子瞻为郡，一日屏骑从过之，松风骚然，顺指落花觅句，为赋此词。（《减字木兰花》词略）

从以上几则"词话"来看，一方面，它的批评意识还没有明显地呈现，还缺乏对词的创作主体和艺术文本进行理论形态的分析研究，我们姑且将之界定为"前批评状态"。因为，词话收集者主要关注与词之创作有关的材料，揭示词作的缘由、背景、动机、观念，注重作品的逻辑因果，呈现了词与日常生活的密切联系以及词作者的内在情感。另一方面，尽管上述"词话"还缺乏显意识的批评观念和理论操作方法，但毕竟在一定程度上显露词的创作者和艺术文本的潜在联系，揭示词作的思想内容和审美特质，提供给鉴赏者一定的审美接受的信息量和某种价值判断的契机，间接地起到了批评的作用和达到审美发现的效果，也令读者在心理上容易接受。其次，词话家以一种"客观叙事"的方式和"冷静旁观"的态度来进行词坛逸事的"实录"，显露了客观翔实的特点，但其间也渗入了一些自我的感受。另外，有些词话还体现了一定的生活趣味与幽默感。应该说，早期词话是一种将客观陈述与主观感受和谐结合的词的研究形式，表现出理论上还缺乏自觉意识，批评观念还欠成熟的状况。

第二节　本事——词之美学特征和批评方式

梁启超评杨绘《时贤本事曲子集》"纪北宋中叶词林掌故""据所存佚文，知其每条于本事之下，具录原曲全文，是实最古之宋词总集，远在端伯、花庵、草窗诸选本以前。且胪述掌故，亦可称最古之词话，尤为宝贵"①。梁氏从历史文献的意义的角度，高度评价杨绘词话。倘若我们从艺术批评的视角考察，《时贤本事曲子集》的理论意义还呈现为这样两个方面：一是它着眼于"本事"的理念，注意到词与日常生活的广泛联系，词显然比诗更生活化与世俗化，是艺术走入现实的工具，也是帝王与卿臣、文人与文人、文人与市民阶层沟通的桥梁，词比诗更大程度上与实际生活事件相关，因此词在审美特性方面具有强烈的世俗色彩，蕴含着丰富的人文精神和认识意义，具有比诗更整饬严谨、圆润绮丽的形式美，韵律声腔更大范围地与音乐歌舞等艺术交融起来，从而获得特殊的审美意象；二是它在一定意义上承续孟子的"知人论世"与"以意逆志"的批评观念，主张对创作主体的具体背景进行研究，考察其创作动机缘由，厘清词作与实际生活事件的瓜葛，尤其是分析词作者内在的心理活动和思想情绪，寻找主客观的具体联系，由此获得对词作的近乎原旨的阐释。杨绘《时贤本事曲子集》作为一部专门的词话著作，客观地说，由于其草创性质，理论上难免粗疏，方法上也难见新意。但其开拓性价值不可否定，惜其散佚，不见全貌，我们只能予以粗线条的评述。

---

① 参见唐圭璋《词话丛编》第一卷，中华书局1986年版，第10—11页。

第 三 章

李之仪词话

李之仪（1048—?），字端叔，号姑溪居士，沧州无棣人，后徙楚州山阳。英宗治平四年（1067）进士，为万全县令。曾从军西北，出使高丽。元祐中，除枢密院编修官。哲宗元符二年（1099）监内香药库，从苏轼于定州幕府，通判原州。御使石豫言其尝从苏轼辟，不可任京官，诏勒停。徽宗初，提举河南常平，坐为范纯仁遗表作行状，编管太平州，徙唐州。卒年八十余。《东都事略》有传，《宋史》附《李之纯传》。著有《姑溪居士前集》五十卷、《姑溪居士后集》二十卷。有《姑溪词》，记九十四首。冯煦《蒿庵论词》评曰："长调近柳，短调近秦。"《四库全书总目》云："其词亦工，小令尤清婉峭蒨，殆不减秦观。"毛晋《姑溪词跋》云："更长于淡语、景语、情语。"李之仪对词的创作和欣赏都有丰富的经验。

第一节　词的文体特性

导源于文本的鉴赏，李之仪对于词的文体特性产生了自我意识，他在《跋吴师道小词》中论道：

> 长短句于遣词中最为难工，自有一种风格，稍不如格，便

觉龃龉。唐人但以诗句，而用和声抑扬以就之，若今之歌阳关词是也。至唐末，遂因其声之长短句，而以意填之，始一变以成音律。大抵以《花间集》中所载为宗，然多小阕。至柳耆卿，始铺叙展衍，备足无余，形容盛明，千载如逢当日，较之《花间》所集，韵终不胜。由是知其为难能也。张子野独矫拂而振起之，虽刻意追逐，要是才不足而情有余，良可佳者。晏元献、欧阳文忠、宋景文，则以其余力游戏，而风流闲雅，超出意表，又非其类也。谛味研究，字字皆有据，而其妙见于卒章，语尽而意不尽，意尽而情不尽，岂平平可得仿佛哉！思道覃思精诣，专以《花间》所集为准，其自得处，未易咫尺可论。苟辅之以晏、欧阳、宋，而取舍于张、柳，其进也，将不得而御矣。

李之仪首先从修辞角度认为长短句于"遣词"最为"难工"，词的文字表达和象征比其他文学形式更为困难。其次，词自有区别于其他文体的审美风格，有着"格"这样严格的形式规定，倘若背离它的艺术原则，就可能丧失美感。再次，词的音律之美超越了以往的诗歌，必须给予"胜韵"足够的重视。最后，在美学意义上，指出词的创作要"才""情"兼备，尤其是"卒章"，最好"语尽而意不尽，意尽而情不尽"。李之仪论词以《花间集》作为审美标准，其眼光主要着注于其形式美，从文体特性考量词的艺术价值，开启了李易安词"别是一家"的理论先河。

第二节 词与生活情感

在李之仪看来，和诗相比，词更适合摹写现实人生和表达生命的真切体验，可以淋漓尽致地抒写自我的生命欲望和审美情绪：

　　吴女宛转有余韵，方回过而悦之，遂将委质焉。其投怀固在所先也。自方回南北，垢面蓬首，不复与世故接。卒岁注望，虽博记抑扬，一意不迁者，不是过也。方回每为吾语，必怅然恨不即致之。一日暮夜，叩门坠简。始辄异其来非时，果以是见讦，继出二阕，予尝报之曰：已储一升许泪，以俟佳作。于是呻吟不绝韵，几为之坠睫。尤物不耐久，不独今日所叹。予岂木石哉！其与我同一，试一度之。

　　凌高欠台表见江左，异时词人墨客，形容藻绘，多发于诗句，而乐府之传，则未闻焉。一日，会稽贺方回登而赋之，借金人捧露盘以寄其声，于是昔之形容藻绘者奄奄如九泉下人矣。至其必待到而后知者，皆因语以会其境，缘声以同其感，亦非深造而自得者，不足以击节。方回又以一时所寓，固已超然绝诣，独无桓野王辈相与周旋，遂于卒章以申其不得而已者。则方回之人物，兹可量已。[①]

　　从这两则词话，可看出李之仪推崇贺铸才情俱佳，他从对贺铸生命态度和创作实践的关联上进行阐发而获得自己的词学审美观。他认为，词和现实人生密切联系，为生活化的艺术形式，或者说它更贴近世俗化的欲望生存。如果说，诗之文体所表现的情感具有普遍性和道德伦理色彩，而词表现的情感则更沉迷于个体的感性冲动和本能的欲望，其私密性更强于诗，所以词的"本事"色彩要浓厚于诗，而其"本事"多于红粉艳情相关。从创作上，李之仪赞赏才情俱佳的作品，强调审美的独创性。李之仪对于词的认识，既从文体意义又从主体情致这两个密切联系的逻辑环节上来思考，认为词的文体特性适合表达生活情感，擅长摹写两性之间的欲望冲动，当然这种欲望冲动形诸词的形式中达到艺术的抽象而获得审美升华的效果。

---

　　① （宋）李之仪：《姑溪居士前集》。

第 四 章

陈师道词话

陈师道（1052—1102），字履常，一字无己，号后山居士，徐州彭城人。《宋史》有传，云其："少而好学苦志，年十六，早以文谒曾巩，巩一见奇之，许其以文著，时人未之知也。……元祐初，苏轼，傅尧俞，孙觉荐其文行，起为徐州教授，又用梁焘荐，为太学博士。言者谓在官尝越境出南京见轼，改教授颍州。又论其进非科第，罢归。调彭泽令，不赴。家素贫，或经日不炊，妻子愠见，弗恤也。久之，召为秘书省正字。卒，年四十九，友人邹浩买棺敛之。""师道高介有节，安贫乐道。于诸经尤邃《诗》《礼》，为文精深雅奥。喜作诗，自云学黄庭坚，至其高处，或谓过之，然小不中意，辄焚去，今存者才十一。"① 陈师道诗宗杜子美，又学黄鲁直，为江西诗派"三宗"之一，著有《后山集》《后山词》《后山谈丛》《后山诗话》等合三十卷。《四库全书总目提要》说他"为诗宗黄庭坚，然平淡雅奥，自成一家"。至于词之创作，师道颇为自负："余他文未能及人，独于词，自谓不减秦七、黄九。"② 其《渔家傲·从叔父乞苏州湿红笺》云："拟作新词酬帝力，轻落笔，

---

① 《宋史·列传·文苑传》。
② 《书旧词后》，《后山集》卷一七。

黄秦去后无强敌。"其实，师道于词学理论也有探研，其中有些观点对后世影响颇大，具有一定的美学意义。

第一节　本事——词为生活实践的体现

后山词话，有数则涉及"本事"，现辑录如下：

吴越后王来朝，太祖为置宴，出内伎弹琵琶。王献词曰："金凤欲飞遭掣搦，情脉脉，看取玉楼云雨隔。"太祖起，拊其背曰："誓不杀钱王。"

武才人出庆寿宫，色最后庭。裕陵得之，会教坊献新声，为作词，号《瑶台第一层》。

杭妓胡楚、龙靓，皆有诗名。胡云："不见当年丁令威，年来处处是相思。若将此恨同芳草，却恐青青有尽时。"张子野老于杭，多为官妓作词，而不及靓。靓献诗云："天与群芳十样葩，独分颜色不堪夸。牡丹芍药人题遍，自分身如鼓子花。"子野于是为作词也。①

以上"本事"虽不一定为"信史"，但至少表明词表现现实性的世俗生活的功能被强化了。如吴越后王的词，成为世俗生活的政治交往的工具，成为祈求保命的手段；如裕陵的《瑶台第一层》词为美色而作，成为日常生活的审美对象的表现媒介；而像张子野这样既为仕宦又为名流的人物，也常为青楼歌妓作词，词的社会功能与传统的诗学观念存在较大的差异，反映词这种后来的文体样式，更显

---

① 邓子勉编：《宋金元词话全编》，凤凰出版社 2008 年版，第 212—214 页。

现世俗化的色彩，和现实人生更靠近。后山注意到词的上述"本事"现象，体察到词与现实生活的密切关系，他记录这种"本事"现象，虽然主观上不一定给予价值肯定，但在客观效果上倡导这种"本事"的潮流。

第二节 本色——词的传统审美境界

宋词话中最早提出"本色"这一美学概念的是陈师道，它标志"词话"这个理论样式初步诞生自我的思维逻辑，为后来的理论发展提供思维参照，其理论意义不可低估。

《后山诗话》云：

> 退之以文为诗，子瞻以诗为词，如教坊雷大使之舞，虽极天下之工，要非本色。今代词手，惟秦七、黄九尔，唐诸人不逮也。①

"本色"之论又启思南宋的严羽，他进一步丰富"本色"的内涵，其《沧浪诗话·诗辨》云："大抵禅道惟在妙悟，诗道亦在妙悟。……惟悟乃为当行，乃为本色。"严沧浪的"本色"是指"妙悟"，其瞩目于艺术创作心理流程的富有创造性智慧的直觉、想象、体验等构思活动，而后山之"本色"，侧重从文体论的角度，强调词的创作的形式特征和审美风格。"子瞻以诗为词"，在陈师道看来，苏轼的词作，两方面不符合"本色"规定，一是"不谐音律"，二是以"豪放"风格冲击以婉约柔美、恋情幽思为主调的

---

① 邓子勉编：《宋金元词话全编》，凤凰出版社 2008 年版，第 213 页。

词。从维护传统的词的艺术形式和文体风格的意义上看，后山之论不无道理。尽管后来的胡仔指责说"后山之言过矣"①，但陈师道对于"本色"的强调有助于维护词的审美形式，尤其是提出"本色"的概念，使词话这种批评样式初具理论的胚芽。此外，其不囿于师生门户之见的批评品位也可供今人借鉴。当然他也存在不足的一面，那就是忽略词的艺术风格的多样性和独创性，只恪守以往的词学观念，而不能以新的艺术理论去解释新的审美现象，导致对苏轼词作的认识有些偏颇。

第三节　本真——人性的真实存在

在陈师道的审美眼光里，词的文体形式更充盈世俗生活的气象，它放弃传统写作模式的对于道德面具的守护而展现文学主体的本真人性，因此词比较其他文体显得更真实可爱。

> 杭妓胡楚、龙靓，皆有诗名。胡云："不见当年丁令威，年来处处是相思。若将此恨同芳草，却恐青青有尽时。"张子野老于杭，多为官妓作词，而不及靓。靓献诗云："天与群芳十样葩，独分颜色不堪夸。牡丹芍药人题遍，自分身如鼓子花。"子野于是为作词也。

> 柳三变游东都南、北二巷，作新乐府，骫骳从俗，天下咏之，遂传禁中。仁宗颇好其词，每对酒必使侍从歌之再三。三变闻之，作宫词号《醉蓬莱》，因内官达后宫，且求其助。仁宗闻而觉之，自是不复歌其词矣。会改京官，乃以无行黜之，

---

① （宋）胡仔：《苕溪渔隐丛话》。

后改名永，仕至屯田员外郎。

苏公居颍，春夜对月。王夫人曰："春月可喜，秋月使人愁耳。"公谓前未及也。遂作词曰："不似秋光，只与离人照断肠。"老杜云："秋月解伤神。"语简而益工也。

文元贾公居守北都，欧阳永叔使北还，公预戒官妓辨词以劝酒，妓唯唯。复使都厅召而喻之，妓亦唯唯。公怪叹，以为山野。既燕，妓奉觞，歌以为寿。永叔把盖侧听，每为引满，公复怪之，召问所歌，皆其词也。[①]

以上几则词话，足见陈师道的艺术态度和以往美学观念的差异，有意识地拉开写作活动和道德教化的距离，尤其"词"，它和感性的生命欢乐更为贴近，更多表现人性的真实存在。在词里，主体敞开自我的本能欢乐和放松的生活情绪，不再以紧张的政治观念或者沉重的理性原则压抑自我的生命自由和感性享乐。词，可以写对于佳丽美女的感官欲望和宴饮聚会的快乐，可以表现出仕求进的现实要求，它也适合词人寄寓对于大自然的审美情趣。总之，和以往的文体相比，词更大程度上抒写出了人性的真实存在。

---

① 邓子勉编：《宋金元词话全编》，凤凰出版社 2008 年版，第 212—214 页。

第 五 章

赵令畤词话

赵令畤（1061—1134），初字景贶，苏轼为其改字德麟，自号聊复翁。令畤为太祖次子燕王德昭玄孙。元祐六年（1091）签书颍州公事，时苏轼为知州，与其有诗词唱和。后因元祐党祸，废置十载。绍兴初，袭封安定郡王，迁宁远军承宣使，同知行在大宗正事。四年卒。事迹《宋史·燕王德昭传》有相关记载。有笔记《侯鲭录》八卷传世。近人赵万里辑《聊复集》词一卷，记三十六首。王灼《碧鸡漫志》卷二云：“赵德麟、李方叔皆东坡客，其气味殊不近，赵婉而李俊，各有所长。”《商调蝶恋花》十二首，将唐代元稹传奇《会真记》“被之声乐，形之管弦”“句句言情，篇篇见意”（《蝶恋花》序），揭示诸宫调体递变之迹。

《侯鲭录》中有几则词话，反映出赵令畤关于词的见解，其中有几个方面具有一定的理论价值。

第一节　词和“诗意栖居”

“人诗意地栖居”，海德格尔借用荷尔德林的这句话一度成为现代美学的流行话语，其实，古代中国士大夫的生活充盈诗意情怀，他们的日常生活由于审美情趣而沾染了艺术化色彩，而"词"这种文体形式为士大夫在日常生活和艺术人生之间搭建了桥梁，提供诗意栖居的样式。赵令畤在《侯鲭录》记载：

> 元祐七年正月东坡先生在汝阴州，堂前梅花大开，月色鲜霁。先生王夫人曰："春月色胜如秋月色，秋月色令人凄惨，春月色令人和悦。何如召赵德麟辈来饮此花下。"先生大喜曰："吾不知子能诗耶，此真诗家语耳。"遂相召，与二欧饮，用是语作减字《木兰词》云："春庭月午，影落春醪光欲舞。步转回廊，半落梅花婉娩香。轻风薄雾，都是少年行乐处。不似秋光，只供离人照断肠。"①

> 欧公闲居汝阴时，一妓甚韵，文公歌词尽记之，筵上戏约他年当来作守。后数年，公自维扬果移汝阴，其人已不复见矣。视事之明日，饮同官湖上，种黄杨树子……②

> 东坡在徐州送郑彦能还都下，问其所游，因作词云："十五年前，我是风流帅。花枝缺处留名字。"记坐中人语，尝题于壁，后秦少游薄游京师，见此词，遂和之。其中有"我曾从事风流府"，公闻而笑之。③

在赵令畤的视野中，词成为士大夫获得诗意栖居的精神工具，它体现出生命智慧和世俗享乐的双重品格，使主体以一种轻松幽默的态度对待事物。无论是月夜赏花、酌酒助兴，还是调笑红粉、履历记游，都离不开词的写作。和诗往往承载厚重的社会历史的意识形态结构，表现深沉的道德理念和普世的情感忧虑不同，词更是个

---

① （宋）赵令畤：《侯鲭录》，中华书局 2002 年 9 月第 1 版，第 120 页。
② 同上书，第 48 页。
③ 同上书，第 50 页。

人化的话语流露，属于私密化的生活享乐和审美超越的艺术形式，适合抒写个体性的欲望情绪，它的娱乐功能是主要的写作目标之一。因此，词和士大夫的诗意栖居的人生方式形成密切的精神应和。海德格尔说："人类从何处获得我们关于居住和诗意本性的信息？人类从何处听到达到某种本性的呼吸？人类唯有在他接受之处才能听见这种呼唤。他从语言的倾诉中接受它。"① 诗意地栖居与语言之间存在潜在和本质的联系，它凭借语言的领悟和传达而走向澄明的诗意境界，获得超越现实存在的审美快乐。中国古代士大夫正是诗意栖居的文化群体，而起源于唐而盛行于宋的艺术文体——词，正好成为宋及后世文人消弭现实和艺术之界限的审美手段之一。英国艺术理论家冈布里奇认为中国古代文化存在"诗意的觉醒"的精神要素，他说："中国人的方法在这种美妙坚实的文化背景中肯定也是极妙地适应于艺术的功能的。中国人的方法关心的不是肖像的永恒，也不是似乎合情合理的叙述，而是某种也许尽量准确地被看作是'诗意的觉醒'这样的东西。中国的艺术家似乎总是山、树或花的创作者。他们能够凭想象的魔力把它们创作出来。因为他们已研究了它们存在的秘密，但是他们这样做是要表现和唤起一种深深植根于中国人的宇宙自然观念之中的精神状态和情绪心理。"② 冈氏所论主要涉及绘画门类，然而却揭示了中国古典艺术的普遍的美学诉求和中国古人的文化心理结构，那就是天人合一的艺术境界和诗意栖居的审美精神。在这个美学意义上，赵令畤《侯鲭录》的几则词话所昭示的就是这样的理论价值。

---

① ［德］海德格尔：《诗·语言·思》，彭富春译，文化艺术出版社1991年版，第187页。
② ［英］E. H. 冈布里奇：《艺术与幻觉》，卢晓华等译，工人出版社1988年版，第144—145页。

第二节 词的叙事功能

20 世纪的文艺理论似乎形成一个普遍的思维定式：中国传统的叙事诗不发达，古典诗词往往抒情有余而叙事不足。客观地说，这样的看法不无一点道理。然而，它依然落入以主观逻辑代替客观考察和以偏概全的思维窠臼。如果说，在一般意义上，两宋之前诗歌的叙事功能还没有获得明显的呈现，这种判断还存在某种合理性的话，那么，在宋以后，中国古典诗词散曲都体现出较明显的叙事倾向和叙事功能，如诸宫调、话本、拟话本、杂剧、小说、笔记中都出现大量的诗词散曲承担叙事任务的现象，尤其是四大古典名著无不体现出穿插以诗词散曲作为叙事环节的特征。而以词叙事的滥觞之一则正是赵令畤的《侯鲭录》：

> 夫《传奇》者，唐元微之所述也。以不载于本集而出于小说，或疑其非是。今观其词，自非大手笔孰能与于此？至今士大夫极谈幽玄，访奇述异，无不举此以为美话。至于娼优女子，皆能调说大略。惜乎不被之音律，故不能播之声乐，形之管弦。好事君子极饮肆欢之际，愿欲一听其说，或举其末而忘其本，或纪其略而不及终其篇，此吾曹之所共恨者也。今于暇日，详观其文，略其烦亵，分之为十章。每章之下，属之以词。或全撷其文，或止取其意。又别为一曲，载之传前，先叙前篇之意。调曰商调，曲名《蝶恋花》。句句言情，篇篇见意。奉劳歌伴，先定格调，后听芜词。①

---

① （宋）赵令畤：《侯鲭录》，中华书局 2002 年 9 月第 1 版，第 135 页。

赵令畤《侯鲭录》的鼓子词《商调蝶恋花》十二首，咏元稹《会真记》故事，诚如所言"对后世《西厢记》诸宫调及杂剧的创作有较大影响"。[①]为方便说明，兹录于此：

丽质仙娥生月殿，谪向人间，未免凡情乱。宋玉墙东流美盼。乱花深处曾相见。密意浓欢方有便。不奈浮名，旋遣轻分散。最恨多才情太浅。等闲不念离人怨。[②]

锦额重帘深几许。绣履弯弯，未省离朱户。强出娇羞都不语。绛绡频掩酥胸素。黛浅愁红妆淡竚。怨绝情凝，不肯聊回顾。媚脸未匀新泪污。梅英犹带春朝露。[③]

懊恼娇痴情未惯。不道看看，役得人肠断。万语千言都不管。兰房跬步如天远。废寝忘餐思想遍。赖有青鸾，不必凭鱼雁。密写香笺论缱绻。春词一纸芳心乱。[④]

庭院黄昏春雨霁。一缕深心，百种成牵系。青翼蓦然来报喜。鱼笺微谕相容意。待月西厢人不寐。帘影摇光，朱户犹慵闭。花动拂墙红萼坠。分明疑是情人至。[⑤]

屈指幽期惟恐误。恰到春霄，明月当三五。红影压墙花密处。花荫便是桃源路。不谓兰诚金石固。敛袂怡声，恁把多才数。惆怅空回谁共语。只应化作朝云去。[⑥]

数夕孤眠如度岁。将谓今生，会合终无计。正是断肠凝望际。云心捧得嫦娥至。玉困花柔羞扠泪。端丽妖娆，不与前时比。人去月斜疑梦寐。衣香犹在妆留臂。[⑦]

①　钱仲联等主编：《中国文学大辞典》上册，上海辞书出版社 2000 年修订本，第 499 页。

②　（宋）赵令畤：《侯鲭录》，中华书局 2002 年 9 月第 1 版，第 135 页。

③　同上书，第 136 页。

④　同上书，第 137 页。

⑤　同上。

⑥　同上书，第 138 页。

⑦　同上。

一梦行云还暂阻。尽把深诚，缀作新诗句。幸有青鸾堪密付。良宵从此无虚度。两意相欢朝又暮。争奈郎鞭，暂指长安路。最是动人愁怨处。离情盈抱终无语。①

碧沼鸳鸯交颈舞。正恁双栖，又遣分飞去。灑翰赠言终不许。援琴请尽奴衷素。曲未成声先怨慕。忍泪凝情，强作霓裳曲。弹到离愁凄咽处。弦肠俱断梨花雨。②

别后相思心目乱。不谓芳音，忽寄南来雁。却写花笺和泪卷。细书方寸教伊看。独寐良宵无计遣。梦里依稀，暂若寻常见。幽会未终魂已断。半衾如暖人犹远。③

尺素重重封锦字。未尽幽闺，别后心中事。佩玉彩丝文竹器。愿君一见知深意。环玉长圆丝万系。竹上斓斑，总是相思泪。物会见郎人永弃。心驰魂去神千里。④

梦觉高唐云雨散。十二巫峰，隔断相思眼。不为旁人移步懒。为郎憔悴羞郎见。青翼不来孤凤怨。路失桃源，再会终无便。旧恨新愁无计遣。情深何似情俱浅。⑤

镜破人离何处问。路隔银河，岁会知犹近。只道新来消瘦损。玉容不见空传信。弃掷前欢俱未忍。岂料盟言，陡顿无凭准。地久天长终有尽，绵绵不似无穷恨。⑥

　　赵令畤《侯鲭录》的鼓子词《商调蝶恋花》十二首将元稹《会真记》的故事内容叙述为一个相对完整的情感结构，或者说以十二首在时间上成逻辑顺序的词进行叙事，讲述一段"始乱终弃"

①　（宋）赵令畤：《侯鲭录》，中华书局 2002 年 9 月第 1 版，第 139 页。

②　同上。

③　同上书，第 141 页。

④　同上。

⑤　同上书，第 142 页。

⑥　同上书，第 143 页。

的结局感伤的浪漫恋情。当然，叙事的主体为"传奇"，而词作为叙事的辅助，或者说作为准叙事模式而存在于"故事"文体之中。这种方式为后来的诸宫调、杂剧、话本、拟话本、小说、笔记所借鉴，流行于许多文学作品之中。综观十二首《商调蝶恋花》，尽管它"句句言情，篇篇见意"，其抒情写意的意图比较明显，但毕竟承担一定的叙事功能，基本上按照时间流程和情节元素进行叙事活动，将张生和崔莺莺的浪漫曲折的情爱过程摹写出来。在艺术特征上，首先，词的叙事在空间转移上比其他文学样式相对灵活，往往以具体的意象变化来隐喻地域或场景的变化。其次，从十二首词的整个系列来看，时间顺序基本没有被打乱，然而就某一首词看，它能够自由地进行时间切换，甚至运用了不同时间画面穿插的类似蒙太奇手法的组合技巧。再次，十二首词的叙事，将时间和空间既有分离又有兼顾地融合在一起，形成一个逻辑联结的情节整体。最后，《商调蝶恋花》的叙事最大限度地发挥词以审美意象见长的文体特点，以情感为线索和以意象为焦点，烘托出情景交融的艺术境界，也使抒情和叙事的双重功能和谐地呈现。虽然赵令畤《侯鲭录》没有从纯粹理论的视界进行词的叙事功能的细致表述，然而，却从具体的艺术实践上为词的叙事功能的拓展确立了典范，也深深地影响了后世。因此，赵令畤《侯鲭录》所具有的美学影响是不容忽视的。

第三节 词家品评

赵令畤《侯鲭录》也关涉到词家的品评。

东坡云：世言柳耆卿曲俗，非也。如《八声甘州》云：

"霜风凄紧，关河冷落，残照当楼。"此语于诗句，不减唐人高处。①

晁无咎言：晏叔原不蹈袭人语，而风调闲雅，自是一家。如"舞低杨柳楼心月，歌尽桃花扇底风"。自可知此人不生在三家村中也。②

秦少游、贺方回相继以歌词知名，少游有词云："醉卧古藤荫下，了不知南北。"其后迁谪，卒于藤州光华亭上，方回亦有词云："当年曾到王陵铺。鼓角秋风，千岁辽东。回首人间万事空。"后卒于北门，门外有王陵铺云。

司马文正公言行俱高，然亦每有谑语，常作诗云："由来狱吏少和气，皋陶之状如削瓜。"又有长短句云："宝髻匆匆梳就，铅华淡淡妆成。青烟紫雾罩轻盈，飞絮游丝无定。相见争如不见，有情何似无情。笙歌散后酒初醒，深院月斜人静。"风味极不浅，乃《西江月》词也。③

欧阳永叔《浣溪沙》云："堤上游人逐画船。拍堤春水四垂天。绿杨楼外出秋千。"此翁语甚妙绝，只一"出"字，是后人著意道不到处。④

鲁直云："东坡居士曲，世所见者，数百首。或谓于音律小不谐，居士词横放杰出，自是曲子缚不住者。"⑤

无咎云："张子野与柳耆卿齐名，人以为子野不及耆卿富，而子野韵高，是耆卿所乏处。"⑥

无咎云："比来作者皆不及秦少游，如'斜阳外，寒鸦数

---

① （宋）赵令畤：《侯鲭录》，中华书局 2002 年 9 月第 1 版，第 183 页。
② 同上书，第 184 页。
③ 同上书，第 190 页。
④ 同上书，第 205 页。
⑤ 同上。
⑥ 同上。

点，流水绕孤村。'虽不识字人，亦知是天生好言语也。"①

　　黄鲁直间为小词，固高妙，然不是当行家语，乃著腔子唱好诗也。②

　　《侯鲭录》的这几则词话，或借他人之言，或自我出场，评点诸位词家词作，涉及这样几方面内容：其一，从艺术风格视角，反驳以往对于柳永词的"曲俗"的定论，认为柳词也存在"不减唐人高处"的精神品位，指出其风格的多样性。其二，借黄庭坚之口为苏轼词超越音律的规范辩解，认为苏词风格之一是"横放杰出"，所以是"曲子缚不住者"，强调词根据境界的需要，可以突破格律界限。其三，以比较方法，勾画出张子野词的"韵高"的境界，将"韵高"作为一种审美评价的概念和标准。其四，推崇艺术的独创性，褒扬晏元叔不蹈袭他人而"风调闲雅，自是一家"的开拓精神。其五，从修辞学意义上，点出欧阳永叔《浣溪沙》"语甚妙绝，只一'出'字，是后人著意不到处"。从这里，揭示出词的意境和修辞之间的密切联系，一个审美意境之诞生往往得益于词人的修辞匠心，从而突出修辞技巧在词的写作中的重要作用。其六，赞赏司马光《西江月》所呈现出的幽默情调，认为幽默感既可以构成词的审美价值，也可以构成词的创作趣味。这一看法无疑对后来的词作产生影响，南宋大家辛弃疾的不少词就充盈生命智慧的幽默感。其七，尽管肯定了黄庭坚"小词高妙"，但是，从文体角度批评其"不是当行家语，乃著腔子唱好诗也"，认为他的创作没有体现出"词"的形式特征。最后，有关"词谶"。《侯鲭录》以秦观和贺铸的词作和人生相互印证，以语词隐喻人生的归宿。依今人之见，这是一种唯心主义的世界观，是含有迷信色彩的推论。然而在

---

①　（宋）赵令畤：《侯鲭录》，中华书局 2002 年 9 月第 1 版，第 205 页。

②　同上书，第 206 页。

古代，却是一种比较流行和有影响的方法。如果以当代的科学实证主义的眼光考量，它无疑荒诞无稽。然而，我们倘若从皇权专制的严酷性和文人命运悲剧的普遍性这个历史语境来思考，他们的命运就是必然性所规定的，词以偶然性的方式折射出悲剧的必然性。从另一个视角看，人终有一死的死亡意识一直潜在地作为古典艺术的母题之一，赵令畤的词话也从另一个侧面揭示了死亡和艺术的逻辑关联。

第 六 章

魏泰词话

魏泰（生卒不详，约 1082 年前后在世），字道辅，襄阳人。魏夫人之弟。魏泰大约宋神宗元丰中前后在世，他博览善辩，工于文章，尤喜谈论朝野之事。崇观间，章惇数称其长，欲官之，不就。晚年卜居汉上。著有《东轩笔录》十五卷、《临汉隐居集》二十卷、《临汉隐居诗话》一卷。另有伪托他人名所作之书数种。

第一节　文人相轻,因词结怨

魏氏几则"本事"词话不一定是"信史"，但也没有充足证据说其是虚构。它揭示出传统的官场文人因词结怨的状况，其中隐含的意义超越讨论词的艺术价值的问题，尤其值得今天的文人深思。

王安国性亮直，嫉恶太甚。王荆公初为参政知事，闲日因阅读晏元献公小词而笑曰："为宰相而作小词，可乎？"平甫曰："彼亦偶然自喜为尔，顾其事业岂止如是耶！"时吕惠卿为馆职，亦在坐，遽曰："为政必先放郑声，况自为之乎！"平甫正色曰："放郑声，不若远佞人也。"吕大以为议己，自是尤与平甫相失也。

欧阳文忠素与晏公无它，但自即席赋雪诗后，稍稍相失。晏一日指韩愈画像语坐客曰："此貌大类欧阳修，安知修非愈之后也。吾重修文章，不重他为人。"欧阳亦每谓人曰："晏公小词最佳，诗次之，文又次于诗，其为人又次于文也。"岂文人相轻耶？①

文人相轻为中国文人的历史性病症，曹丕《典论·论文》云："文人相轻，自古而然。傅毅之于班固，伯仲之间耳，而固小之，与弟超书曰：'武仲以能属文为兰台令史，下笔不能自休。'夫人善于自见，而文非一体，鲜能备善，是以各以所长，相轻所短。里语曰：'家有弊帚，享之千金。'斯不自见之患也。"曹丕既从文体角度分析了文人相轻的表层原因，也从个体心理的自恋情结批评了文人相轻的行径，指出主体的"不自见"和缺乏"雅量"是导致文人相轻的根本性原因。魏泰的这两则词话，也是文人相轻的历史范例。首先，起因于对词的不同欣赏态度，主要原因还在于伦理观念和人格素养的差异，其次，交往过程中言语误解也是导致交恶的原因之一。魏泰这两则词话给予我们的启示是：其一，人与人在交往中互相理解和尊重的重要性，尤其是话语的沟通对于建立良好的信任和开展公允的文学批评具有重要的意义。其二，文人必须有审美超越的"雅量"，不能以己所长去衡量他人之短，人最大的隐患在于不能审视自我的不足，"认识自我"的另一层含义就在于意识到自我存在的有限性和缺陷性。其三，文艺批评不能因人而废文，也不应带有人身攻击。这种恶习沿袭悠久，一直影响到21世纪的中国文坛，我们应警惕并自觉抵制。文学活动应该是高雅的审美活动，是心灵宁静自由的诗性快乐，本来不应该渗入非审美的人身攻

---

① 此条据《永乐大典》卷一八二二补。参见施蛰存、陈如江辑录《宋元词话》，上海书店出版社1999年版，第76页。

击，从事文学活动应该坚决鄙弃这样有伤大雅的举止。这也是魏泰词话给予我们的词话之外的反思。

第二节 抛弃性别偏见

魏泰具有那个时代可贵的超越性别偏见的豁达胸怀，他赞赏女性所显示的写作天才，指出因为历史语境的变化，女人也能从事业余的诗词创作并且展示令人瞩目的灵感。

> 近世妇人多能诗，往往有臻古人者。王荆公家最众，张奎妻长安县君，荆公之妹也，佳句最为多，著者"草草杯盘供语笑，昏昏灯火话平生"。吴安持妻蓬莱县君，荆公之女也，有句云："西风不入小窗纱，秋意应怜我忆家。极目江山千万恨，依前和泪看黄花。"刘天保妻，平甫女也，句有"不缘燕子穿帘幕，春去春来那得知。"荆公妻吴国夫人，亦能文，尝有小词约诸亲游西池句云："待得明年重把酒，携手，那知无雨又无风。"皆脱洒可喜也。

魏泰这则词话反映女性的诗词写作在北宋时代比较流行，显示出家族性的写作氛围。从罗列的这几句诗词来看，的确显示出几位女性卓越的创作才能，呈现一定的审美趣味。在那个时代，男性批评者能够抛弃性别角色的偏见，褒扬女性的文学创作，难能可贵，有利于推动诗词创作超越传统的性别歧视，扩展创造群体和丰富写作题材。女性的诗词写作，以和男性不同的人生视点的变化，表现世俗生活中真实的情感体验和生命常识，而不局限于某种宏大的历史叙事和政治情结，和正统的意识形态保持一定的距离，抒写妇女的自我人生的情感境遇，因此更为朴素和单纯，避免某种宏大的历史叙事的沉重性和虚假性，也和皇权社稷、国家政治等传统的压抑性的男性话语有意或无意地疏远，显现鲜明的性别特色。魏泰词话所包含的潜在意义值得关注和思考。

第 七 章

叶梦得词话

  叶梦得（1077—1148），字少蕴，号肖翁，又号石林居士，苏州长洲人。绍圣四年（1097）进士。徽宗朝，以蔡京荐召对，官至翰林学士，极论时政。历知汝州、蔡州。帅颍昌府，发常平粟赈民。建炎二年（1128）除户部尚书，三年迁尚书左丞。绍兴元年，为江东安抚大使兼知建康府、兼行宫留守，致力抗金防务。十二年以观文殿学士移知福州，兼福建路安抚使。致仕后隐居于湖州卞山石林谷，自号石林居士。绍兴十八年卒，年七十二。石林学问博洽，精熟掌故，著述丰赡。存书有《春秋传》十二卷、《春秋考》十六卷、《春秋谳》二十二卷、《石林燕语》十卷、《避暑录话》二卷、《岩下放言》三卷。文集有《健康集》八卷。其诗文为南北宋之间之大家。《四库全书总目》称其："文章高雅，犹存北宋之遗风。南渡之后，与陈与义可以肩随。"词作有《石林词》一卷，宋人关注《题石林词》，谓梦得"翰墨之余，作为歌词，亦妙天下。味其词婉丽，绰有温、李之风。晚岁落其华而实之，能于简淡时出雄杰，合处不减靖节、东坡之妙"。王灼《碧鸡漫志》云梦得词："学东坡……得六七。"冯煦《宋六十一家词选例言》谓梦得词："挹苏氏之余波。"毛晋《石林词跋》云："不作柔语殢人，真词家逸品。"生平事迹见于《宋史》四四五卷，叶德辉辑《石林逸事》三卷。

  叶梦得学识渊博，诗词文章俱擅，对于词亦有己见，现综述如下。

第一节 本事——国事、政事、家事

叶梦得对词的本事特征显然有广泛的认识，意识到词这种文体更多关涉现实生活，直接抒写国事、政事、家事的内容。

元丰初，虏人来议地界，韩丞相玉汝自枢密院都承旨出分画。玉汝有爱妾刘氏，将行，剧饮通夕，且作乐府词留别。翼日，神宗已密知，忽中批步军司遣兵为搬家追送之。玉汝初莫测所因，久之，方知其自乐府发也。盖上以恩泽待下，虽闺门之私，亦恤之如此，故中外士大夫无不乐尽其力。刘贡父，玉汝姻党，即作小诗寄之以戏云："嫖姚不复顾家为，谁谓东山久不归？卷耳幸容携婉娈，皇华何啻有光辉。"玉汝之词，由此亦盛传于天下。

子瞻在黄州病赤眼，逾月不出，或疑有他疾，过客遂传以为死矣。有语范景仁于许昌者，景仁绝不置疑，即举袂大恸，召子弟具金帛，遣人赙其家。子弟徐言："此传闻未审，当先书以问其安否，得实吊恤之未晚。"乃走仆以往。子瞻发书大笑，故后量移汝州，谢表云："疾病连年，人皆相传为已死。"未几，复与数客饮江上，夜归，江面际天，风露浩然，有当其意，乃作歌辞，所谓"夜阑风静縠纹平，小舟从此逝，江海寄余生"者，与客大歌数过而散。翌日喧传子瞻夜作此辞，挂冠服，江边拏舟，长啸而去矣。郡守徐君犹闻之，惊且惧，以为州失罪人，急命驾往谒，则子瞻鼻鼾如雷，犹未兴也。然此语卒传至京师，虽裕陵亦闻而疑之。①

---

① （宋）叶梦得：《石林燕语 避暑录话》，田松青、徐时仪校点，上海古籍出版社 2012年12月第1版，第123页。

这二则词话虽然都是本事实录，然而都颇有传奇色彩，有一定程度的幽默感。前者因词牵涉家事和国事，为国事与爱妾别离，以词抒情，然而词很快被皇上知晓，由是引来皇上恩泽，令词作者感激涕零，决意报效社稷，不辱使命。而此词作也因此"盛传天下"。后者更是传神地记载了苏轼的故实，因眼疾而误传噩耗，由此勾画出子瞻超然的人生态度、旷达的情怀和幽默的智慧，令人感慨钦佩。苏轼之词，流露出对待失意的人生际遇的超然态度和对待死亡的诗意精神，一种美学化的人格跃然纸上。

叶梦得在更深刻的美学背景上理解词这种艺术形式更多地抒写家事、政事和国事之间的密切联系，词，更适合于表达个体生命的现实境遇和寄托超越苦闷的情怀。如果说日本文艺理论家厨川白村曾把艺术看作是"苦闷的象征"的话，叶梦得的这则词话，恰恰从另外一个方面揭示艺术对于苦闷的审美超越。苏轼谪黄州，"疾病连年，人皆相传为已死"，"小舟从此逝，江海寄余生"。但是，词人却能以审美的与诗意的态度抗衡苦闷和超越苦闷，这是多么坚强的人生品格，而这一切都和词这个文学形式密切联系。叶梦得在这里把词看作是苏轼超越苦闷的艺术工具，强调了词所潜藏的心理慰藉的力量。词更密切地表现生命的故事或生活的故事，它既来源现实又抗衡现实的美学功能是十分强大的。

第二节　词家评价

叶梦得对几位重要的词家进行评价，他的评价融入知人论世和知事论人的意识，也就是运用了历史主义的批评方法。但是，这种历史主义的评价着眼点依然是揭示词人词作的艺术价值和显明其审美的风格。如他对晏殊、柳永、秦观的论述就体现上述宗旨：

　　晏元献公虽早富贵，而奉养极约。惟喜宾客，未尝一日不燕饮。而盘馔皆不预办，客至旋营之。顷有苏丞相子容尝在公幕府，见每有嘉客必留。但人设一空案、一杯，既命酒，果实蔬茹渐至，亦必以歌乐相佐，谈笑杂出。数行之后，案上已灿然矣。稍阑，即罢遣歌乐，曰："汝曹呈艺已遍，吾当呈艺。"乃具笔札，相与赋诗，率以为常。前辈风流，未之有比。①

　　柳永，字耆卿。为举子时，多游狭邪。善为歌辞，教坊乐工，每得新腔，必求永为辞，始行于世，于是声传一时。初举进士，登科，为睦州掾。旧，初任官荐举法不限成考。永到官，君将知其名，与监司连荐之，物议喧然。及代还，至铨，有摘以言者，遂不得调。自是诏初任官须满考乃得荐举，自永始。永初为《上元词》，有"乐府两籍神仙，梨园四部管弦"之句，传禁中，多称之。后因秋晚张乐，有使作《醉蓬莱》辞以献，语不称旨，仁宗亦疑有欲为之地者，因置不问。永亦善为他文辞，而偶先以是得名，始悔为己累，后改名三变，而终不能救，择术不可不慎。余仕丹徒，尝见一西夏归明官云："凡有井水饮处，即能歌柳词。"言其传之广也。永终为屯田员外郎，死，旅殡润州僧寺。王和甫为守时，求其后不得，乃为出钱葬之。②

　　秦观少游亦善为乐府，语工而入律，知乐者谓之作家歌。元丰间，盛行于楚淮。"寒鸦万点，流水绕孤村"，本隋炀帝诗也，少游取以为《满庭芳》辞，而首言"山抹微云，天粘衰

----

　　① （宋）叶梦得：《石林燕语　避暑录话》，田松青、徐时仪校点，上海古籍出版社2012年12月第1版，第127页。
　　② 同上书，第137页。

草"，尤为当时所传。苏子瞻于四学士中最善少游，故他文未尝不极口称赞，岂特乐府，然犹以气格为病，故尝戏云："山抹微云秦学士，露花倒影柳屯田。""露花倒影"，柳永《破阵子》语也。①

前两则词话，叶梦得重点从词人的生活方式与情趣探讨主体精神结构对于创作的深刻影响。处于贵族阶层的晏元献公（晏殊，谥元献），无须为生计忧愁，养尊处优，喜好宾客，沉醉宴饮丝竹，于园林山水之中吟咏乐府。晏殊之词，是士大夫的游乐之词，高雅超然，享乐人生，也属于海德格尔式的"诗意地栖居"，完全忘却市井之忧。此种词作，如果单纯从审美形式而言，其艺术价值不容质疑，娱乐功能和审美功能亦有和谐之体现，的确显露了"前辈风流"。然而，作为一朝宰相，引导文化思潮的士大夫，忘却生命的悲剧意识和忽视草根阶层的生活状况，不能不说是一种深切的悲哀。北宋一朝对文官的优待，使放纵生命的享乐本能成为官僚阶层的潮流，却又被作为风雅与"风流"之标志，晏殊之词也许正是"亡国之音"的征兆。当然，这里无意去指责叶梦得没有进行道德批判，但是，我们必须意识到，作为维系国计民生、承担历史责任的一朝宰相，一位举足轻重的政治家，沉迷于世俗享乐和单纯把词作为表现享乐生活的工具，不能不说是一种深切的历史误会和个人悲哀。而叶梦得的词话，显然缺乏批判性的历史意识，依然从世俗游戏和纯粹形式的角度考察词人词作，无疑丧失了思想的厚度。当然，我们也可以用宽容的态度来原谅他。正如恩格斯在《卡尔·格律恩〈从人的观点论歌德〉》一文中所指出的那样，文学批评不能单纯从道德的、政治的、抽象的人的观点出发，而应该以历史的和

---

① （宋）叶梦得：《石林燕语　避暑录话》，田松青、徐时仪校点，上海古籍出版社2012年12月第1版，第137页。

美学的观点进行辩证的考察。① 在这个理论意义上，我们品鉴叶梦得对于晏殊的评价，既不求全责备，也不一味苟同，在肯定他对晏殊进行客观的个人情境和语境的分析的前提下，指出叶氏忽略了对词人的特殊的官僚地位给予政治倾向的关注，忽略了晏氏应该具有的社会责任感和民本主义的伦理意识。

如果说晏殊词是上层官僚的词，那么，柳耆卿的词就是下层文人的词。柳成之以词，词给他带来很高的社会声誉，使其成为那个时代的文学"明星"。然而，柳亦败之以词，词使他失宠于皇权，不能优游仕宦，最终穷愁潦倒，客死异乡，草草下葬。两种不同社会身份和政治地位的词人，不同的人生命运形成鲜明的对照。然而，叶梦得却以一则词话揭示出如此的客观现实：人穷而词幸，下层的身份却不影响词的审美价值和艺术地位，柳耆卿之词，为下层文人的市井之词，却也一点不输于达官贵人晏殊的词。"凡有井水饮处，即能歌柳词。"这是慰藉孤独痛苦心灵的历史公正和艺术公正，也是广大接受者超越道德理念对柳永人生和词艺的双重认同，也可见叶梦得的词话没有受到单纯道德概念的束缚，以美学的和历史的观点看待词人与词作。

与前两则词话相比，有关秦少游的这则词话相对注重纯粹审美的考察。叶梦得评价秦观"善为乐府"，词作"语工而入律"。所谓"语工而入律"，既肯定秦观词在修辞技巧方面的成就，也评价它和谐地体现了词的审美形式。因为在叶氏看来，只有"入律"才能属于严格意义上的词。在微观上，叶梦得考察秦观名作《满庭芳》，指出其"寒鸦万点，流水绕孤村"点化了隋炀帝的诗句，揭示其文学话语的渊源，但又指出，"首言'山抹微云，天粘衰草'尤为当时所传"，袭用他人话语而点铁成金可以为世人所接

---

① 参阅《马克思恩格斯全集》第 4 卷，第 254—275 页有关论述。

受和传诵。

第三节　渔父词评

叶梦得对唐人张志和《渔歌子》及后世的续作给予特别关注，因为"渔父"题材隐藏着士大夫文学的隐逸母题和古典美学精神，叶梦得借此寄寓了自己的美学观。

"西塞山前白鹭飞，桃花流水鳜鱼肥。青箬笠，绿蓑衣，斜风细雨不须归。"此玄真子张志和《渔父》词也。颜鲁公为湖州刺史时，志和客于鲁公，多在平望震泽间。今东震泽村有泊宅，村野人犹指为志和尝所居，后人因取其愿为浮家泛宅，往来苕霅间，语以为名。此两间，湖水平阔，望之渺然，澄澈空旷，四旁无甚山，遇景物明霁，见风帆往来如飞鸟，天水上下一色。余每遇之，辄为徘徊不忍去，常意西塞在其近处，求之久不得。后观张芸叟《南行录》，始知在池州磁湖县界孙策破黄射处也。苏子瞻极爱此词，患声不可歌，乃稍增损，寄《浣溪沙》曰："西塞山前白鹭飞，散花洲外片帆微。桃花流水鳜鱼肥。自蔽一身青箬笠，相随到处绿蓑衣，斜风细雨不须归。"黄鲁直闻而继作。江湖间谓山连亘入水为矶，大平州有矶曰新妇，池州有浦曰女儿。鲁直好奇，偶以名对，而未有所付，适作此词，乃云："新妇矶头眉黛愁，女儿浦口眼波秋。惊鱼错认月沉钩。青箬笠前无限事，绿蓑衣底一时休。斜风细雨转船头。"子瞻闻而戏曰："才出新妇矶，便入女儿浦，志和得无一浪子渔父耶？"人皆传以为笑，前辈风流略尽，念之慨然。小楼谷隐，要不可无方外之士时相周旋。余非鲁公，固不能致志和，然亦安得一似之者而与游也。

唐人张志和，字子同，初名龟龄，十六岁游太学，以明经擢第。后因事被贬为南浦尉，遇赦量移，遂不复仕，浪迹江湖，隐士人生，自号"烟波钓徒"。《新唐书》《唐才子传》有传。事迹又见于颜真卿《浪迹先生玄真子张志和碑铭》、张彦远《历代名画记》。张志和诗文皆擅，长于丹青，有《玄真子》三卷。所作《渔父》（渔歌子）词五首，作于大历八年，为千古绝唱，是现存的唐代早期词之名作。《太平广记》卷二七引沈汾《续仙传》云："真卿为湖州刺史，与门客会饮，乃唱和为《渔父》词，其首唱即志和之词（西塞山前）……真卿与陆鸿渐、徐士衡、李成矩，共和二十五首，递相夸赏。"宪宗时访张志和《渔歌子》不得。长庆三年（823），李德裕访得之，其《玄真子渔歌记》云："德裕顷在内庭，伏睹宪宗皇帝写真访求玄真子渔歌，叹不能致。余世与玄真子有旧，早闻其名，又感明主赏异爱才，见思如此，每梦想遗迹，今乃获之，如遇良宝。"现在所见张志和《渔父》词五首，乃为李氏文集中所附，其余唱和皆不存传。近人吴调公认为："《渔父》词便是借鉴民间的渔歌而成的。"[①]

"渔父"题材可谓是源远流长。张志和《渔歌子》是在继承古人隐逸思想的基础之上，赋予"渔父"形象以自我的审美意蕴。《楚辞》中最早出现"渔父"的形象。"《渔父》者，屈原之所作也。屈原放逐，在江湘之间，忧愁叹吟，仪容变易。而渔父避世隐身，钓鱼江滨，欣然自乐，时遇屈原川泽之域，怪而问之，遂相应答。楚人思念屈原，因叙其辞以相传焉。"[②] 《渔父》结构精巧灵活，形式优美，可以认为是中国诗史上第一篇以对话方式写作的辞

---

① 《唐宋词鉴赏词典》"唐·五代·北宋"卷，上海辞书出版社 1988 年版，第 13 页。

② （汉）王逸：《楚辞章句》。

赋，也是富于审美趣味的"渔父"的艺术符号。兹录于此：

> 屈原既放，游于江潭，行吟泽畔，颜色憔悴，形容枯槁。渔父见而问之曰："子非三闾大夫与？何故至于斯？"屈原曰："举世皆浊我独清，众人皆醉我独醒，是以见放。"渔父曰："圣人不凝滞于物，而能与世推移。世人皆浊，何不淈其泥而扬其波？众人皆醉，何不餔其糟而歠其醨？何故深思高举，自令放为？"屈原曰："吾闻之：新沐者必弹冠，新浴者必振衣。安能以身之察察，受物之汶汶者乎？宁赴湘流，葬于江鱼之腹中。安能以皓皓之白，而蒙世俗之尘埃乎？"渔父莞尔而笑，鼓枻而去。乃歌曰："沧浪之水清兮，可以濯吾缨；沧浪之水浊兮，可以濯吾足。"遂去，不复与言。

《方言》云："凡尊老，南楚谓之父。"渔父，乃指捕鱼的老者。实际上，在诗歌里，渔父是一个具有道家思想的隐士。春秋战国时期，社会动荡，政权更替，战祸连绵，人的生存权得不到保障，生命朝不保夕。这样，保全生命就成为最迫切的问题。于是，就出现了消极遁世、逃避战乱的社会现象，也相应出现了主张清静无为、明哲保身以求心灵自由和保全性命的道家思想及隐士人物。渔父大约就是这类人物的代表之一。隐士以楚为多，如孔子所遇接舆、长沮、桀溺，荀子《尧问》中的缯丘之封人，《吕览·异宝》中的江上丈人，《韩非子·解老》中的詹何，等等，均为楚人。渔父这个人物虚实难定，有可能是诗人的假托，是个寓言形象。

宋洪迈云："自屈原词赋假设为'渔父曰'者问答之后，后人作者，悉相规仿。司马相如《子虚》《长林》赋，以子虚、乌有先生、亡是公。扬子云《长扬》赋，以翰林主人、子墨客卿。

班孟坚《两都》赋，以西都宾、东都主人。张平子《两都》赋，以冯虚公子、安处先生。左太冲《三都》赋，以西蜀公子、东吴王孙、魏国先生。皆改名换字，蹈袭一律，无复超然新意。"①《渔父》确实开了后世辞赋的虚设问答的艺术手法的先河。明人都穆《南濠诗话》云："自《骚》赋作兴，托为渔父、卜者及无是公、乌有先生之类，而文词始多漫语。其源出于《庄子》。《庄子》一书，大抵皆寓言也。"清人吴景旭云："古来三渔父，一出庄子，一出屈子，一出《桃花源记》，皆其洸洋迷幻，感愤胶葛，因托为其辞以寄意焉。岂必真有其人哉？"② 这些观点，均倾向渔父为虚设的人物，是为了艺术技法的需要而构想的非现实的形象。另一类观点认为，渔父确有其人。如王逸认为："渔父避世隐身，钓鱼江滨。"明人汪瑗云："尝读《论语》《宪问》《微子》篇，观其备载晨门、荷蒉、楚狂、沮溺、荷蓧丈人之事，因思前代往往实有是人。亦足以证此篇非特屈子之寓言也。若人也，其亦楚狂、荷蒉之流与？"③ 李贽曰："细玩此篇，毕竟是有此渔父，非假设之观。其鼓枻之歌，迥然清商，绝不同调。末即顿显抑之迹，遂去不复与言，可以见矣。"④ 王夫之也有类似看法。从历史上看，楚地多狂者隐士。屈原所遇的渔父，可能是真实的人物。但是，无论其形象的真实程度如何，我们在诗中不能过于求实，因为他毕竟是艺术境界里的人物。

渔父形象显露旷达超脱的韵致，他具有道家的思想色彩和行为准则，有超世脱俗、独善其身的人生哲学的意味。他不追求自我价值在社会现实中的实现，而寻求超脱现实之外的心灵宁静，个人无法抗拒黑暗现实而只能选择隐逸的方法。唐人司空图《二

---

① （宋）洪迈：《容斋诗话》。
② （清）吴景旭：《历代诗话》，卷十乙集《楚辞·渔父》。
③ （明）汪瑗：《楚辞集解·渔父》。
④ 参见（清）蒋之翘《七十二家评楚辞》，卷五《渔父》。

十四诗品》"旷达"云："生者百岁，相去几何，欢乐苦短，忧愁实多。何如尊酒，日往烟萝，花覆茅檐，疏雨相过。倒酒既尽，杖藜行过，孰不有古，南山峨峨。"渔父莞尔而笑，鼓枻而去，一曲《沧浪歌》，含不尽之意。不复与言，意在不言之中。其旷达韵致正合司空表圣所摹状的意味。无怪乎唐代大诗人李贺感叹道："读此一过，居然觉山月窥人，江云罩笠，光景宛宛在目。"①

后世的诗词文章多点化上述"渔父"的感性形象和思想内涵。张志和《渔歌子》是对《楚辞·渔父》的审美意蕴的创新和深化，从词的意境来看，可以说是对《楚辞·渔父》的审美简化。一是词的篇幅比前者简约凝练，短短二十七字，却营造出空灵深远的气象。二是词的意蕴淡化飘逸，创作主体的隐逸情趣不再以明白的方式呈现，而是借助于意境的象征和隐喻得以显露。三是如果说《楚辞·渔父》以戏剧化的对话见长，而张志和"渔父"词以画写意，词中有画。

由此分析，叶梦得对于张志和《渔歌子》的推崇包含着渊源深厚的隐逸思想和超越现实的审美精神，叶氏无疑认同和继承这种隐逸和超越的美学精神。词话记载了他对张志和故居和西塞山的寻觅，简约几笔，写景传神，表达出对于《渔歌子》境界的向往和着迷。然而笔锋转向苏轼对于张志和原作的改编和黄庭坚的续作。子瞻"患声不可歌"改作《浣溪沙》，基本保持了原词的风格和意境，而鲁直的续作，则另辟蹊径，以新景观写新情境，点化翻新玄真子《渔歌子》的境界，赋予轻松诙谐的气氛，体现鲁直诗歌创作中惯用的幽默和智慧。难怪子瞻以调侃的口吻说道："才出新妇矶，便入女儿浦，志和得无一浪子渔父耶？"叶梦得也以这则词话反映词的文体在表现传统的隐逸母题时已经淡化

---

① 引自（清）蒋之翘：《七十二家评楚辞》。

了《楚辞》时代的沉重的历史意识，个体生命的痛苦情绪已经消解，无论张志和《渔歌子》还是苏轼《浣溪沙》、黄庭坚的唱和，都体现出疏远社会矛盾和政治冲突的倾向，和寄情山水而忘忧，追求宁静以致远的旨意。因此，无论思想境界还是艺术境界，叶梦得都把张志和《渔歌子》视为具有极高的美学价值的词作。

第二编

南宋前期词话

——词话的发展

第 一 章

杨湜《古今词话》

杨湜，字曼倩，生卒不详。赵万里辑本称其："与胡仔为同时。""然其里贯及书之卷数迄无考，是可憾也。其书（《古今词话》）采辑五季以下词林逸事，乃唐宋说部体裁，所记每多不实。胡仔于《渔隐丛话》（后集三十九）黜之甚烈。……案杨湜此书，乃隶事之作，大都出于传闻。且侧重冶艳故实，与《丽情集》《云斋广录》相类似。胡仔责之，未免过苛。"杨湜《古今词话》所记词人有唐庄宗、孟昶、韦庄、宋徽宗、晏殊、司马光、王安石、张先、柳永、苏轼、黄庭坚、秦观、晁补之、江致和、杨师纯、杨端臣、任昉等三十余家，其中还记有无名氏的词作，内容丰富，批评眼界渐趋扩大，在词话的批评样式方面，具有承上启下的意义。

第一节　论词的生活内容的扩大——
人生价值与词的关系密切

杨湜的艺术视野进一步扩大，他对于词的多种功能的特性有自己独特的认识。《古今词话》尤其注重词与人生价值关系的认识，视词为实践人生意义与达到一定精神品位的文化工具，甚至以词为中心构造了特定历史时期的价值坐标。以下试作出简略评述：

> 后唐庄宗修内苑，掘得断碑，中有字三十二曰："曾宴桃源深洞。一曲舞鸾歌凤。长记欲别时，残月落花烟重。如梦。如梦。和泪出门相送。"庄宗使乐工入律歌之，名曰"古记"。又使翰林作数篇。[①]

词成为帝王人生享受的精神产品，而两宋帝王更是青睐于词。

> 庆历癸未十二月十九日立春，甲申元日，丞相晏元献公会两禁于私第。丞相席上自作《木兰花》以侑觞曰："东风昨夜回梁苑。日脚依稀添一线。旋开杨柳绿蛾眉，暗折海棠红粉面。无情欲去云间雁。有意飞来梁上燕。无情有意且休论。莫向酒杯容易散。"于时坐客皆和，亦不敢改首句"东风昨夜"四字。[②]

词用于宴饮交游，成为士大夫日常生活必不可少的游戏方式，成为使人生艺术化的精神工具。

> 金陵怀古，诸公寄词于《桂枝香》，凡三十余首，独介甫最为绝唱，东坡见之，不觉叹息曰："此老乃野狐精也。"（词略）[③]

---

① 唐圭璋：《词话丛编》第一卷，中华书局 1986 年版，第 19 页。
② 同上书，第 21 页。
③ 同上书，第 22 页。

同调的金陵怀古词三十余首，可见作词在宋时的盛行程度。此处
对王安石《桂枝香》的评价最高。

张子野往玉仙观，中路逢谢媚卿，初未相识，但两相闻
名。子野才韵既高，谢亦秀色出世，一见慕悦，目色相授。
张领其意，缓辔久之而去，因作《谢池春慢》以叙一时之
遇。（词略）①

柳耆卿尝在江淮倦一官妓，临别，以杜门为期。既来京
师，日久未还，妓有异图，耆卿闻之怏怏。会朱儒林往江淮，
柳因作《击梧桐》以寄之。（词略）妓得此词，遂负□竭产，
泛舟来辇下，遂终身从耆卿焉。②

人生处处皆有词的意蕴，词的踪影遍布生活的每一角落，成为宣
泄内在情感的最好方式。词成为文人与妓女风流佳话的一个艺术
写照。

刘潜，潞州人，最有才名。乐部中惟杖鼓鲜有能工之者，
京师官妓杨素蛾最工，潜酷爱之。其状妍态，作《期夜月》
词。（词略）素蛾以此词名振京师。

从以上罗列的数则词话来看，杨湜敏锐地发现词的多方位功
用，词与现实生活的贴近使生活艺术化，而这又反作用于词这种
艺术形式，使之具有实用的意义与价值。宋人以词博名，以词取
宠，以词知遇，以词进仕，以词取媚，以词获艳等，不一而足，
词的实用目的增强，呈现一种情感工具的性质，于是词的创作成

① 唐圭璋：《词话丛编》第一卷，中华书局1986年版，第24页。
② 同上书，第25页。

为生活中极其重要的交流手段，被提升为审美存在的重要方式之一。从国君到大臣，从显贵到穷儒，从文士到歌妓，从商旅到走卒……社会的不同阶层都普遍地以词来作为交往的工具。《古今词话》对于词的社会功能的扩大给予极大的赞同，代表新的审美观念的形成。

第二节　论词的审美功能的丰富——
人生趣味与词关系密切

词的实用功用的拓展为《古今词话》所瞩目，但对于词的审美功能，杨湜同样给予重视。苏轼守东武，适黄河泛滥，其带领百姓战胜洪涝，应一妓之求而"乐新堤而奏雅曲"，将词的本事性与审美性完善地结合起来，杨湜对此予以赞赏。

> 东坡自禁城出守东武，适值霖潦经月，黄河决流，漂溺钜野，及于彭城。东坡命力士持畚锸，具薪刍，万人纷纷，增塞城之败坏者。至暮，水势益汹。东坡登城野宿，愈加督责，人意乃定，城不没者一板。不然，则东武之人，尽为鱼鳖也。坡复用僧应言之策，凿清冷口积水，入于古废河，又东北入于海。水既退，坡具利害屡请于朝，筑长堤十余里，以拒水势，复建黄楼以压之。堤成，水循故道分流，城中上巳日，命从事乐成之。有一妓前曰："自古上巳旧词多矣，未有乐新堤而奏雅曲者，愿得一阕歌公之前。"坡写《满江红》曰："东武城南，新堤就、涟漪初溢。遍长林翠阜，卧红堆碧。枝上残花吹尽也，与君试向江头觅。问向前、犹有几多春，三之一。官里事，何时毕？风雨外，无多日。将相

泛曲水，满城争出。君不见兰亭修禊事，当时座上皆豪逸。
到如今、修竹满山阴，空陈迹。"俾妓歌之，坐席欢甚。①

再如他评秦观的《画堂春》："'雨余芳草斜阳，杏花零落燕泥
香'之句，善于状景物。至于'香篆暗消鸾凤，画屏萦绕潇湘'
二句，便含蓄无限思量意思，此其有感而作也。"杨湜之《古今
词话》，对于词的审美功能的推崇，在四个方面显露出来。一是
倡导以词抒写人生情怀，使艺术密切联系于现实的生存状态。如
苏轼被谪黄州之时的词作：

　　　世事一场大梦，人生几度新凉。夜来风叶已鸣廊。看取
眉头鬓上。酒贱常愁客少，月明多被云妨。中秋谁与共孤光，
托盏凄凉北望。②

杨湜认为："坡以谗言谪居黄州，郁郁不得志。凡赋诗缀词，必
写其所怀。"对苏轼将人生境遇反映于艺术作品表示赞同。二是
认为词可以调和人伦道德，沟通人与人之间的情感，"厚人伦，
美教化"。如"聂胜琼"条：

　　　李公之问仪曹解长安幕，诣京师改秩。都下聂胜琼，名
娟也，资性慧黠。公见而喜之。李将行，胜琼送之别，饮于
莲花楼，唱一词，末句曰"无计留君住，奈何无计随君去。"
李复留经月，为细君督归甚切，遂别。不旬日，聂作一词以
寄之，名《鹧鸪天》。曰："玉惨花愁出凤城。莲花楼下柳青
青。尊前一唱阳关后，别个人人第五程。寻好梦，梦难成。

―――――――――

① 唐圭璋：《词话丛编》第一卷，中华书局1986年版，第28—29页。
② 同上书，第30页。

况谁知我此时情。枕前泪共帘雨，隔个窗儿滴到明。"李在中路得之，藏于箧间。抵家为其妻所得，因问之，具以实告。妻喜其语句清健，遂出妆奁资焉，后往京师取归。琼至，即弃冠栉，损其妆饰，奉承李公之室以主母礼，大和悦焉。①

杨湜以浓厚的兴趣记载了以词传达情感并化解家庭矛盾，最终有情人终成眷属的趣事，对词特有的审美作用予以肯定。三是标举以词超越世俗功利，抒写高尚的情怀，如对王安石的《桂枝香》"金陵怀古"、司马光的《西江月》"宝髻松松绾就"等词作体现的非功利的人生追求持肯定态度。四是推崇以词"诗化"现实生活，以抒写艺术化的审美对象，使词介入日常生活，表达内在的情感。这一类词在《古今词话》中占有较大分量。如对张先的《谢池春慢》《碧牡丹》、柳永的《击梧桐》、秦少游的《虞美人》《御街行》、杨师纯的《清平乐》、杨端臣的《渔家傲》、任昉的《雨中花》、陈子雍的《沁园春》、聂胜琼的《鹧鸪天》、赵才卿的《燕归梁》，以及无名氏的诸多词作，杨湜都表现了赞赏和肯定的态度。毋庸讳言，后世多诟病《古今词话》侧重"艳情冶丽"的故实，但杨湜之于"言情"词的偏爱也有其相对的合理性。因为他眷注词与情爱的潜在联系甚为紧密，词在生活中扮演了十分显要的传达男女之情的工具角色，成为文人与妓女情爱纠葛的媒介，既是社会历史的经济因素起作用的必然结果，也是两宋的文化语境与民俗潮流的客观产物。词担当了以情爱为重要内容的审美超越的工具，尽管这种超越带有非理性的感性欲望的特征，但毕竟为一些文人雅士提供了一条逃避现实压抑的精神出路。

---

① 唐圭璋：《词话丛编》第一卷，中华书局1986年版，第43—44页。

第三节 阐释学的失误——《古今词话》之不足

《古今词话》在词学观念上存在偏颇之处，缺乏严谨求实的态度，采用主观随意的解释方法，往往脱离文本进行释义。如苏轼《贺新郎》，杨湜解释为："苏子瞻守钱塘，有官妓秀兰天性黠慧，善于应对。湖中有宴会，群妓毕至，惟秀兰不来。遣人督之，须臾方至。子瞻问其故，具以发结沐浴，不觉困睡，忽有人叩门声急，起而问之，乃乐营将催督之。非敢怠忽，谨以实告。子瞻亦恕之。坐中倅车属意于兰，见其晚来，恚恨未已。责之曰：'必有他事，以此晚至！'秀兰力辩，不能止倅之怒。是时榴花盛开，秀兰以一枝藉手告倅，其怒愈甚。秀兰收泪无言，子瞻作《贺新凉》以解之，其怒始息。其词曰：'乳燕飞华屋。悄无人、桐阴转午，晚凉新浴。手弄生绡白团扇，扇手一时似玉。渐困倚、孤眠清熟。帘外谁来推绣户，枉教人、梦断瑶台曲。又却是、风敲竹。石榴半吐红巾蹙。待浮花、浪蕊都尽，伴君幽独。浓艳一枝细看取，芳心千重似束。又恐被、西风惊绿。若待得君来向此，花前对酒不忍触。共粉泪，两簌簌。'子瞻之作，皆目前事，盖取其沐浴新凉，曲名《贺新凉》也。后人不知之，误为《贺新郎》，盖不得子瞻之意也。子瞻真所谓风流太守也，岂可与俗吏同日语哉。"对此，胡仔予以言辞尖刻的批评：

> 野哉，杨湜之言，真可入笑林。东坡此词，冠绝古今，托意高远，宁为一娼而发邪？"帘外谁来推绣户，枉教人、梦断瑶台曲。又却是、风敲竹。"用古诗"卷帘风动竹，疑是故人来"之意。今乃云"忽有人叩门声急，起而问之，乃

乐营将催督"，此可笑者一也。"石榴半吐红巾蹙。待浮花浪蕊都尽，伴君幽独。浓艳一枝细看取，芳心千重似束"，盖初夏之时，千花事退，榴花独芳，因以写幽闺之情。今乃云"是时榴花盛开，秀兰以一枝藉手告悴，其怒愈甚"，此可笑者二也。此词腔调寄《贺新郎》，乃古曲名也。今乃云"取其沐浴新凉，曲名《贺新凉》。后人不知之，误为《贺新郎》"。此可笑者三也。《词话》中可笑者甚众，姑举其尤者。第东坡此词，深为不幸，横遭玷污，吾不可无一言雪其耻。宋子京云："江左有文拙而好刻石者，谓之谇嗤符。"今杨湜之言俚甚，而镂板行世，殆类是也。①

《古今词话》以古人好词，世所共知者，易甲为乙，称其所作。仍随其词牵合为说，殊无根蒂，皆不足信也。②

公允地说，胡仔之论，虽然苛刻，但不失合理内核。辩证地考察杨湜的《古今词话》，其对词作的内容、背景、寓意、风格诸方面的分析，以及对词人的创作动机、情感心理、审美趣味诸方面的阐释，均具有一些独到的艺术发现。但因其一味运用纯主观视界的阐释，脱离其文本的原初背景和条件，其失误是不可避免的。西方所谓的阐释学（hermeneutics）亦主张："一部作品的重要性可以随时间和前后解释关系的变化而变化，但该作品隐含的意思却是不变的。"③ 而后来的新阐释学代表人物德国的伽达默尔认为，传统阐释学所追求的作品的文本原意也是不存在的，艺术文本是个开放性的结构，艺术的理解和阐释具有无限多样性。他认为，艺术经验承认它不提供它所经验的艺术品的完全的真理。

---

① 唐圭璋：《词话丛编》第一卷，中华书局1986年版，第28页。
② 同上书，第16页。
③ ［美］D. C. 霍尔：《批评的循环》，兰金仁译，辽宁人民出版社1985年版，第17页。

这样，根本不存在绝对的过程，也根本没有对存在于艺术品中意义穷尽。从阐释学的意义上看，对艺术作品的理解存在着相对性与主体性的原则，理解具有多样性，但不能否定理解是建立在一定的"效果历史"和文化语境的条件上的，不能脱离两者去进行主观任意性的理解。其次，阐释学的"理解"更多限定在艺术品的内容意蕴方面，而不是指文本的具体背景以及事实方面。杨湜《古今词话》的阐释失误恰恰在于，释义脱离原作的本意，主观性超越具体的作品情境，并非寻求作品内在的思想底蕴，而是拘泥于探究所谓的"本事"，结果南辕北辙，远离阐释的中心，以致形成众多的失误，为胡仔所责备。但总的看来，《古今词话》对两宋词话理论的贡献是客观存在的，作为一部南宋初期的词话著作，能有一些可贵的见解流传下来，为以后的词话撰著积累了经验。

第 二 章

鲷阳居士《复雅歌词》

　　鲷阳居士，为某文人之雅号，其真实姓名不详，生卒无考。赵万里在鲷阳居士《复雅歌词》的辑本中云："陈振孙云：'《复雅歌词》五十卷，题鲷阳居士序，不著姓名，末卷言宫调音律颇详，然多有调而无曲。'是直斋已不详此书为何时人所著。明刻《重校北西厢记》引李郃《调笑令》，云出《复雅歌词后集》。知其书又分前后集。观陈元靓《岁时广记》所引，知其体例与《本事曲子集》《古今词话》相类似，同可视为最古之词林记事。"唐圭璋先生云："宋黄升《中兴以来绝妙词选序》谓《复雅》一集兼采唐宋，迄于宣和之季，凡四千三百余首，可见此书搜采之繁富，但久已不传，殊为可惜。"①原书编于高宗绍兴二十一年至二十四年（1151—1154），选录唐、北宋词作四千多首，并对某些词作予以评说，"首创词选、词话合一之体。其论词多用汉儒解经的观点，以阐扬风雅为旨归"②。因《复雅歌词》散佚甚多，所存仅七目十则，我们只能就其所存的篇目予以简略品评。

---

① 唐圭璋：《词话丛编》第一卷，中华书局 1986 年版，第 57 页。
② 马兴荣等主编：《中国词学大词典》，浙江教育出版社 1996 年版，第 392 页。

第一节 词与地域风俗

词扩大了文学的表现范围，词对于民间的文化习俗和地域的风土人情给予一定程度的艺术描摹，赋予更多的人文内容，提升到新的审美境界。宋词对于节令表现出浓烈的美学兴趣，一方面与传统的华夏农业文明有关，另一方面与两宋经济文化的进一步发展相联系。在节令良辰，帝王臣僚、文士墨客，乃至青楼红粉，喜好填词以抒发情志，并成为一种被普遍接受的"流行文化"与"大众文化"。词与节令的联姻是艺术与世俗生活共同走向审美领域的尝试，也体现了两宋文化的多色效应。《复雅歌词》载：

> 熙宁八年乙卯，杨绘在翰林，十二月立春日肆筵，设滴酥花，陈汝羲即席赋《减字木兰花》。（词略）①
>
> 是词（苏轼《水调歌头·明月几时有》）乃东坡居士以丙辰中秋欢饮达旦大醉，作《水调歌头》兼怀子由，时丙辰熙宁九年也。元丰七年，都下传唱此词。（词略）②
>
> 景龙楼先赏，自十二月十五日便放灯，直至上元，谓之预赏。万俟雅言作《雪明　鹊夜慢》。（词略）③
>
> 宣和间，万俟雅言中秋应制作《明月照高楼慢》。（词略）④

---

① 唐圭璋：《词话丛编》第一卷，中华书局1986年版，第59页。
② 同上。
③ 同上书，第60页。
④ 同上书，第61页。

节令既与天文历法相关，又为风俗习惯之产物，演变为富有鲜明民族性的文化象征。中国古代节令甚多，诸如：元旦、上元、社日、寒食、清明、花朝、浴佛节、端午、七夕、中元、中秋、重阳、冬至、腊日、除夕等。在此类节令，吟诗填词为古人的时尚，更是文人雅士遣怀寄兴的审美选择。两宋的节令词明显增多，几乎所有的节令均为词所歌咏。鲖阳居士的视野中也包含节令词，一是表明宋词题材的扩大，与现实生活的距离贴近，二是体现雅文化与俗文化的融合，审美活动逐渐走向丰富。同时表明，鲖阳居士具有对艺术批评善于审美发现的可贵素质。

第二节　社会历史批评

鲖阳居士的词话，贯穿社会学历史主义的批评意识，遵循传统的"美刺""兴观群怨"的诗学观念，强调词表现社会现实的政治内容，但其之于词章意义的理解不免有偏颇之处。如他对苏轼《卜算子》"缺月挂疏桐"释义：

"缺月挂疏桐，漏断人初静。时见幽人独往来，缥缈孤鸿影。惊起却回头，有恨无人省。拣尽寒枝不肯栖，寂寞吴江冷。"缺月，刺明微也。漏断，暗时也。幽人，不得志也。独往来，无助也。惊鸿，贤人不安也。回头，爱君不忘也。无人省，君不察也。拣尽寒枝不肯栖，不偷安于高位也。寂寞吴江冷，非所安也。此词与考槃诗极相似。[①]

---

① 唐圭璋：《词话丛编》第一卷，中华书局 1986 年版，第 60 页。

王士祯斥之为："村夫子强作解事，令人欲呕。"① 然而谭献却为其辩解："此亦鄙人所谓作者未必然，读者何必不然。"② 公允地说，鮦阳居士的阐释学有穿凿之弊，但其合理性还是客观存在的。依据现代释义学的观点，对文本的释义，包含主体性原则和有限性原则。所谓主体性原则，就是说接受者对文本的阐释不是一个孤立的接受过程，而是一个动态的理解过程，而这种理解又因为主体总是存在于一定的历史文化语境之中，他必然要受到所处的社会历史的意识形态的影响，又因为释义者个体的审美趣味和价值取向的原因，他对文本的解释必然要添加主观性因素。释义学还认为，接受者可以有限度地超越作者实现新视界的意义生成。这与谭献的"作者未必然，读者何必不然"的观点十分类似。应该说，鮦阳居士的上述理解没有违背释义学的主体性原则。但是，释义学的有限性原则，意味着接受者对文本的释义总是有限的和相对的，欣赏者对文本的接受不能无限地脱离文本。从鮦阳居士对苏轼的这首词的释义来看，它显然背离了释义学的有限性原则，过多背离原作的客观意义。

---

① （清）王士祯：《王士祯全集》，齐鲁书社 2007 年 6 月第 1 版，第 2482 页。
② （清）谭献：《复堂词话》，人民文学出版社 1959 年 10 月第 1 版，第 26 页。

第 三 章

王灼《碧鸡漫志》

　　王灼（生卒不详），字晦叔，号颐堂。遂宁人。绍兴中尝为幕官。著有《碧鸡漫志》《糖霜谱》《颐堂集》等。《四库全书总目提要》称《碧鸡漫志》："评述曲调源流，前七条为总论，述古初至唐宋声歌递变之由，次列《凉州》等调，凡二十八条。一一溯得名之缘起与其次渐变宋词之沿革。盖三百篇之余音，至汉而变为乐府，至唐而变为歌诗，及其中叶，词亦萌芽。至宋而歌诗渐衰，词乃大盛。其时士大夫多娴音律，往往自制新声，渐增旧谱。故一调或至数体，一体或有数声。其目几不可殚举，又非唐及五代之古法。灼作是编，就其传授分明可以考见者，核其名义，正其宫调，以著倚声所自始，其余晚出杂曲，则不暇一一详也。"王灼为南宋初年人，正值词的全盛时期，又因为其具有精湛的音乐、词律学识，闻见广博，具备对词作出系统总结的主客观条件。

　　《碧鸡漫志》共分五卷。卷一论乐，总述上古迄今的声歌递变缘由，为词寻找艺术本体论的理论依据。卷二论词，历论唐季五代至南渡初期的词。卷三、卷四、卷五专论词调。《碧鸡漫志》序其写作缘由云：

　　　乙丑冬，予客居成都之碧鸡坊妙胜院，自夏涉秋，与王和先、张齐望所居甚近，皆有声妓，日置酒相乐，予亦往来两家不厌也。……予每饮归，不敢径卧。客舍无与语，因旁缘是日歌曲，出所闻见。仍考历世习俗，追思平时论说，信笔以记。积百十纸，混群书中，不自收拾。今秋开筐偶得之，残脱逸散，仅存十七，因次比增广成五卷，目曰《碧鸡漫志》。顾将老矣，方悔少年之非，游心淡泊，成此亦安用？但一时醉墨，未忍焚弃耳。己巳三月既望，覃思斋序。①

《碧鸡漫志》从"乙丑"即高宗绍兴十五年（1145）起始命笔，至"己巳"即绍兴十九年（1149）编定结集，终成为"两宋第一部有系统的论词专著"。② 当然，也是两宋第一部有理论体系的词话专著。

第一节　词的起源论和词的艺术本体论

词的起源问题为众多学人所瞩目，如沈括、朱弁、陆游、铜阳居士、张侃、黄升等人分别从不同视角进行了诠释。但王灼的理论因其从音乐与词的相关性切入，将词界定在"歌曲"文学的概念上，所以更贴近词的本质特征，呈现出一定程度的合理性。其次，王灼将词的起源论和词的艺术本体论密切联系起来进行考察，一方面有助于追溯词的形成源头，另一方面有助于对艺术的根本性问题，即艺术本体论的问题作出理论说明，使历史与逻辑达到较完善的统一。《碧鸡漫志》云：

---

① 唐圭璋：《词话丛编》第一卷，中华书局1986年版，第67页。
② 王运熙、顾易生主编：《中国文学批评通史》第四卷，上海古籍出版社1996年版，第612页。

　　或问歌曲所起，曰：天地始分，而人生焉，人莫不有心，此歌曲所以起也。《舜典》曰："诗言志，歌永言，声依永，律和声。"《诗序》曰："在心为志，发言为诗，情动于中，而形于言。言之不足，故嗟叹之。嗟叹之不足，故永歌之。永歌之不足，不知手之舞之，足之蹈之。"《乐记》曰："诗言其志，歌咏其声，舞动其容，三者本于心，然后器乐从之。"故有心则有诗，有诗则有歌，有歌则有声律，有声律则有乐，歌永言即诗也，非于诗外求歌也。今先定音节，乃制词从之，倒置甚矣。而士大夫又分诗与乐府作两科。古诗或名曰乐府，谓诗之可歌也。故乐府中有歌有谣，有吟有引，有行有曲。今人于古乐府，特指为诗之流，而以词就音，始名乐府，非古也。舜命夔教胄子，诗歌声律，率有次第。又语禹曰："予欲闻六律、五声、八音，在治忽，以出纳五言。"其君臣赓歌九功、南风、卿云之歌，必声律随具。古者采诗，命太师为乐章，祭祀、宴射、乡饮皆用之。故曰正得失，动天地，感鬼神，莫近于诗。先王以是经夫妇，成孝敬，厚人伦，美教化，移风俗。诗至于动天地，感鬼神，移风俗，何也？正为播诸乐歌，有此效耳。然中世亦有筦弦金石，造歌以被之，若汉文帝使慎夫人鼓瑟，自倚瑟而歌。①

　　王灼论词之起源，较以往的看法有所不同，其一，他从哲学的宇宙生成论和主客体相分的二元论来看文艺问题，所以站在一个较高的思维起点上："天地始分，而人生焉，人莫不有其心，此歌曲所以起也。"世界由主客二分的存在构成，而精神是其统摄性的存在，是作为文化艺术产生的源泉。其二是以富有历史感

---

①　唐圭璋：《词话丛编》第一卷，中华书局 1986 年版，第 73 页。

的眼界考察词的起源、发展、演变，将词的历史发展过程以动态逻辑的方式勾勒出来。"盖隋以来，今之所谓曲子者渐兴，至唐稍盛。今则繁声淫奏，殆不可数。古歌变为古乐府，古乐府变为今曲子，其本一也。"其三是正本清源，澄清原先有关词的概念的误解，首先将词定位于主体心灵的产物，然后再清理出其艺术形式的演变："故有心则有诗，有诗则有歌，有歌则有声律，有声律则有乐，歌永言即诗也，非于诗外求歌也。今先定音节，乃制词从之，倒置甚矣。"其四是承袭儒家的文艺观，肯定词的社会功用和道德教化的效果，并对音乐具有的对精神主体的审美提升作用予以积极评价。"诗至于动天地，感鬼神，移风俗，何也？正为播诸乐歌，有此效耳。"其五是肯定了词的认识功能和情感特征。"经夫妇，成孝敬，厚人伦，美教化，移风俗。"王灼站在较高的理论视点上，采用系统综合的方法讨论了词的起源问题，并由此递进，提出有关词的艺术本体论的观点。从而使这两个问题产生密切的逻辑联结，构成具有理论意义的辩证关系。其重要的理论价值在于：一是提出独树一帜的艺术本体论，从主体精神方面寻找艺术的本质存在，呈现强烈的主体性原则，标志两宋文学对主体性的理论自觉，对其后严羽的文艺理论体系的诞生不无影响，同时也与西方古典文艺理论代表人物黑格尔、克罗齐等人的观点也有微妙的心灵相通之处。更重要的是，它代表当时对词的理论认识的深化与完善。王灼将词作为在本质上与诗、乐府等文艺样式相一致的精神产品："古歌变为古乐府，古乐府变为今曲子，其本一也。"它们所存在的差异只在于其艺术的表现形式与审美形式的不同。由此可见，王灼对于词的认识达到一个新的理论境界，标志着南宋词话的初步成熟和理论体系的逐步建构。

第二节　词的审美标准——性情、自然、中正、雅

　　王灼在对词这一文体样式进行历史与逻辑相统一的研究基础上，结合自己丰富的词学经验，在《碧鸡漫志》中对词的审美标准提出几个方面的界定。第一，王灼认为词属于主观"性情"的产物，"性情"既是词之创造的动因、本源，又是词之欣赏的价值、趣味，简言之，"性情"构成了词的存在核心，也是衡量其艺术价值的审美尺度之一。《碧鸡漫志》云：

　　　　刘、项善作歌，西汉诸帝，如武、宣类能之。赵王幽死，诸王负罪死，临绝之音，曲折深迫。广川王通经，好文辞，为诸姬作歌尤奇古。而高祖之戚夫人，燕王旦之容华夫人两歌，又不在诸王下，盖汉初古俗犹在也。东京以来，非无作者，大概文采有余，性情不足。高欢玉璧之役，士卒死者七万人，惭愤发疾，归使斛律金作《敕勒歌》，其辞略曰："山苍苍，天茫茫，风吹草低见牛羊。"欢自和之，哀感流涕。金不知书，能发挥自然之妙如此，当时徐、庚辈不能也。吾谓西汉后，独《敕勒歌》暨韩退之《十琴操》近古。①

　　　　荆轲入秦，燕太子丹及宾客送至易水河上，高渐离击筑，轲和而歌，为变徵之声，士皆涕泪。又前为歌曰："风萧萧兮易水寒，壮士一去兮不复还。"复为羽声慷慨，士皆瞋目，发上指冠。轲本非声律得名，乃能变徵换羽于立谈间，而当时左右听者，亦不愤愤也。今人苦心造成一新声，便作几许大知音矣。②

---

① 唐圭璋：《词话丛编》第一卷，中华书局1986年版，第75页。
② 同上。

　　王灼从历史的具体实例论述文艺是性情的产物的观点，认为"性情"为诗词之本，而"文采"为诗词之末，因此他对东汉以来"文采有余，性情不足"的现象表示不满。他又以荆轲为例作了进一步的阐明，高扬主体性情在词的创造中的首要地位。王灼此论，与当代美国文艺理论家苏珊·朗格的"艺术是人类情感符号的创造"①的观点有异曲同工之处，均对文艺的主体性予以高度推崇，但王灼显然更偏重来自现实生活的客观事物所激发的"性情"对于艺术创造的决定性影响，而苏珊·朗格则更侧重于抽象的主观情感凭借"符号"形式得以表现的方面，前者具有历史的负重感与深刻感，后者显露了纯艺术化的审美形式的超越性质，这也许是不同历史文化背景所造成的文艺观的差异。在上述理论意义的规定下，王灼对苏轼的词作评价甚高：

　　　　长短句虽至本朝盛，而前人自立，与真情衰矣。东坡先生非醉心于音律者，偶尔作歌，指出向上一路，新天下耳目，弄笔者始知自振。②

他否定丧失"真情"的词作，肯定苏轼虽然不醉心音律，但能于词作中写出真情实感，"新天下耳目"。并以此为品评尺度，对表现真实"性情"的词人词作出肯定。

　　第二，与"性情"标准密切相关，王灼又提出"自然"的艺术概念，作为词话批评另一个审美标准。《碧鸡漫志》云：

　　　　或曰，古人因事作歌，抒写一时之意，意尽则止，故歌无定句。因其喜怒哀乐，声则不同，故句无定声。今音节皆有辖

──────────

　　① ［美］苏珊·朗格：《情感与形式》，刘大基等译，中国社会科学出版社1986年版，第2页。
　　② 唐圭璋：《词话丛编》第一卷，中华书局1986年版，第85页。

束，而一字一拍，不敢辄增损，何与古相戾软。予曰，皆是
也。今人固不及古，而本之性情，稽之度数，古今所尚，各因
其所重。昔尧民亦击壤歌，先儒为搏抚之说，亦曰所以节乐。
乐之有拍，非唐虞创始，实自然之度数也。①

王灼此处之"自然"，其概念内含的规定，一方面是指创作活动中
主体不加雕饰的情感，喜怒哀乐，自然天成，另一方面是指音律节
拍所存在的客观规律，它是"自然之度数"，非人工所能改变。
"本之性情，稽之度数"，也就意味着从主客观辩证关系的两个方面
确立词的创作与欣赏的艺术尺度。此外，王灼还论及《敕勒歌》
道："金不知书，能发挥自然之妙如此，当时徐、庾辈不能也。"
"叔原如金陵王谢子弟，秀气胜韵，得之天然，将不可学。"批评陈
无己"喜作庄语，其弊生硬是也"。从其褒贬之中，我们进一步体
察其"自然"的内涵和"清水出芙蓉，天然去雕饰"的美学主张
的相因性，其与中国古典哲学的"自然"概念在逻辑上有继承性。
《老子》云："人法地，地法天，天法道，道法自然。"《庄子》云：
"天道自然。"中国古典美学也崇尚自然无为的生命境界和艺术境
界，王灼在词话领域对"自然"这一审美标准的高扬，既是对传统
哲学美学观念的继承，又是在具体的艺术领域对这一概念的深化与
丰富，这无疑是对词话理论的重要贡献之一。

王灼虽然肯定诗词在艺术本体论意义上的同一性，强调它们均
"本之性情"，"诗与乐府同出，岂当分异？"但他仍然辩证地区别
了两者在审美形式方面的客观差异，就是词在音乐形式上比诗更严
谨，与音乐的联系更紧密。因此，他在对词的音乐美感上作出"中
正"的要求，构成其关于词的审美标准的第三个内容。《碧鸡漫

---

① 唐圭璋：《词话丛编》第一卷，中华书局 1986 年版，第 80 页。

志》云：

> 或问郑雅所分。曰：中正则雅，多哇则郑。至论也。何为
> 中正？凡阴阳之气，有中有正，故音乐有正声，有中声。二十
> 四气岁一周天，而统以十二律。中正之声，正声得正气，中声
> 得中气，则可用。中正用，则平气应，故曰：中正以平之。①

王灼的所谓"中正"概念，其内涵包括两个层面，一是指"中正"
之气，二是指"中正"之音，词要达到"中正"的音乐美的标准，
关键在于"中正"之气和"中正"的和谐统一。"中正"概念为中
国古典哲学的一个重要组成部分，以孔子为代表的儒家，讲所谓的
"中庸之道"，所追求的是天人和谐，个人与社会和谐的生存境界，
同时，"中庸之为德也，其至矣乎！"②"乐而不淫，哀而不伤"③。
"中"，既有道德成分又有审美成分。扬雄《法言·吾子》云："或
问：'交五声十二律也，或雅或郑，何也？'曰：'中正则雅，多哇
则郑。''请问本？'曰：'黄钟以生之，中正以平之，确乎郑卫不
能入也。'"王灼提出的"中正"概念，源于传统哲学，但将之具
体化为词的创作的音乐美感的规定性，在方法论上是从抽象还原到
具体，体现了对概念运用的创造性。王灼对词的音乐美感的"中
正"提倡，其艺术旨趣是期待词的音律节拍"中正"之气与"中
正"之声的和谐，两者协调为统一完美的审美形式，提供给欣赏者
以丰富的艺术享受。

　　第四，与"中正"这一概念紧密联系，王灼又初步提出"雅"
的审美标准。首先，他将"雅"定位在音律方面，认为"中正则

---

① 唐圭璋：《词话丛编》第一卷，中华书局1986年版，第80页。
② 《论语·雍也》。
③ 《论语·八佾》。

雅"，可见词的音乐美是建构"雅"的必要条件之一。其次，王灼所心仪的"雅"，则是词含有更多文人气质与书卷学养，更多体现知识阶层的思想情感与审美趣味。如他对柳永的《乐章集》否定性批评较多，主要是因其偏离"雅"的审美准绳。《碧鸡漫志》云：

> 柳耆卿《乐章集》，世多爱赏该洽，序事闲暇，有首有尾，亦间出佳语，又能择声律谐美者用之。惟是浅近卑俗，自成一体，不知书者尤好之。予尝以比都下富儿，虽脱村野，而声态可憎。前辈云："《离骚》寂寞千年后，《戚氏》凄凉一曲终。"《戚氏》，柳所作也。柳何敢知世间有《离骚》，惟贺方回、周美成时时得之。贺《六州歌头》《望湘人》《吴音子》诸曲，周《大酺》《兰陵王》诸曲最奇崛。或谓深劲乏韵，此遭柳氏野狐涎吐不出者也。歌曲自唐虞三代以前，秦汉以后皆有，造语险易，则无定法。今必以"斜阳芳草""淡烟细雨"绳墨后来作者，愚甚矣！故曰：不知书者，尤好耆卿。①

王灼标举的"雅"，其内涵有了初步的确定，在一定程度上达到了理论的抽象，提出有关词的审美标准之一，开启后来姜夔、张炎的"骚雅"词学审美理论的先声。

第三节　宋词作家论——审美风格论

《碧鸡漫志》重要的理论构成之一是词家论，王灼对北宋以来的词人进行了系统而精湛的品评，他采用综合比较的方法，眼界开

---

① 唐圭璋：《词话丛编》第一卷，中华书局1986年版，第84页。

阔，纵横捭阖，时有真知灼见，开词话审美风格论的先河，也树立了词家评点的范例，显示出评论家的大手笔。其论曰：

> 王荆公长短句不多，合绳墨处，自雍容奇特。晏元献公、欧阳文忠公，风流蕴藉，一时莫及，而温润秀洁，亦无其比。东坡先生以文章余事作诗，溢而作词曲，高处出神入天，平处尚临镜笑春，不顾侪辈。或曰，长短句中诗也。为此论者，乃是遭柳永野狐涎之毒。诗与乐府同出，岂当分异？若从柳氏家法，正自不分异耳。晁无咎、黄鲁直皆学东坡，韵制得七八。黄晚年间放于狭邪，故有少疏荡处。后来学东坡者，叶少蕴、蒲大受亦得六七，其才力比晁、黄差劣。苏在庭、石耆翁入东坡之门矣，短气踽步，不能进矣。赵德麟、李方叔皆东坡客，其气味殊不近，赵婉而李俊，各有所长。晚年皆荒醉汝颍京洛间，时时出滑稽语。贺方回、周美成、晏叔原、僧仲殊各尽其才力，自成一家。贺、周语意精新，用心甚苦。毛泽民、黄载万次之。叔原如金陵王谢子弟，秀气胜韵，得之天然，将不可学。仲殊次之，殊之赡，晏反不逮也。张子野、秦少游俊逸精妙。少游屡困京洛，故疏荡之风不除。陈无己所作数十首，号曰语业，妙处如其诗，但用意太深，有时僻涩。陈去非、徐师川、苏养直、吕居仁、韩子苍、朱希真、陈子高、洪觉范佳处亦各如其诗。王辅道、履道善作一种俊语，其失在轻浮。辅道夸捷敏，故或有不缜密。李汉老富丽而韵平平。舒信道、李元膺，思致妍密，要是波澜小。谢无逸字字求工，不敢辄下一语，如刻削通草人，都无筋骨，要是力不足。然则独无逸乎？曰，类多有之，此最著者尔。宗室中，明发、伯山久从汝洛名士游，下笔有逸韵，虽未能一一尽奇，比国贤、圣褒则过之。王逐客才豪，其新丽处与轻狂处，皆足惊人。沈公述、李景

元、孔方平、处度叔侄、晁次膺、万俟雅言，皆有佳句，就中雅言又绝出。然六人者，源流从柳氏来，病于无韵。雅言初自集分两体，曰雅词，曰侧艳，目之曰《胜萱》、《丽藻》。后召试入官，以侧艳体无赖太甚，削去之。再编成集，分五体，曰《应制》、曰《风月脂粉》、曰《雪月风花》、曰《脂粉才情》、曰《杂类》，周美成目之曰《大声》。次膺亦闲作侧艳。田不伐才思与雅言抗行，不闻有侧艳。田中行极能写人意中事，杂以鄙俚，曲尽要妙，当在万俟雅言之右。然庄语辄不佳。尝执一扇，书句其上云："玉蝴蝶恋花心动。"语人曰："此联三曲名也，有能对者，吾下拜。"北里狭邪闲横行者也。宗室温之次之。长短句中，作滑稽无赖语，起于至和。嘉祐之前，犹未盛也。熙丰、元祐间，兖州张山人以诙谐独步东京，时出一两解。泽州孔三传者，首创诸宫调古传，士大夫皆能诵之。元祐间，王齐叟彦龄，政和间，曹组元宠，皆能文，每出长短句，脍炙人口。彦龄以滑稽语噪河朔。组潦倒无成，作《红窗迥》及杂曲数百解，闻者绝倒，滑稽无赖之魁也。宜缘遭遇，官至防御使。同时有张衮臣者，组之流，亦供奉禁中，号曲子张观察。其后祖述者益众，嫚戏汗贱，古所未有。……①

王灼以简练明快的线条勾勒北宋词作的发展轮廓，对一些著名词人，如王安石、晏殊、欧阳修、晏几道、苏轼、秦观、黄庭坚、贺铸、柳永、周邦彦、张先、朱敦儒等的评价，不乏洞见，甚至成为后世研究者的绳墨。王灼的词家论，也属于审美风格论。他对各词家的论述，尽管寥寥数语，往往切中要害。其精妙处在于，一方面，王灼采用历史主义的方法，继承中国古代知人

---

① 唐圭璋：《词话丛编》第一卷，中华书局 1986 年版，第 83—84 页。

论事，以意逆志的文艺理论的传统；另一方面，把握住词家主体精神的内在特性，从个体气质和创作心理方面梳理出其词作的审美风貌。法国文论家威廉·布封认为："风格就是本人。""风格是当我们从作家身上剥去那些不属于他本人的东西，所有那些为他和别人所共有的东西之后所获得的剩余或内核。"① 王灼之论，所把握的方法即如布封所言。他论欧阳修、苏轼、黄庭坚诸家，即从个人气质方面揭橥其词作的审美特性。再如他论晏几道、贺铸："叔原如金陵王谢子弟，秀气胜韵，得之天然，将不可学。""语意精新，用心甚苦。"如论周邦彦、万俟咏："崇宁间，建大晟乐府，周美成作提举官，而制撰官又有七。万俟咏雅言，元祐诗赋科老手也。三舍法行，不复进取，放意歌酒，自称大梁词隐。每出一章，信宿喧传都下。政和初，召试补官，置大晟乐府制撰之职。新广八十四调，患谱弗传，雅言请以盛德大业及祥瑞事迹制词实谱。有旨依月用律，月进一曲，自此新谱稍传。"所论紧扣创作者的人生际遇与性情特征，将风格与主体性联系起来考察，也都体现上述美学观念。

王灼的审美风格论值得关注的第二点是，他广泛运用宏观把握和微观比较的方法，使宏观与微观达到和谐统一。从宏观意义上说，王灼偏重于综合地把握北宋词坛的整体风貌，注重从文体论视界为词的发展勾画逻辑线索，从微观意义而言，则醉心于将有代表性的词家进行精细的风格比较，并且进行具有领悟性质和饶有趣味的一一评点，借助于这种比较式的评点从而达到显现各家审美风格的目的。这种比较，既揭示其同一性，又显明其差异性，如他论苏轼、晁补之、黄庭坚，既标明三者的相同点，又指出他们的不同点，令人折服。其次，在比较过程中，始终贯注着价值判断，褒贬

———————

① ［法］布封：《论风格》，《译文》1957 年 9 月号。

分明。如对苏轼、欧阳修、贺铸、晏几道、张先、秦观诸家，评价颇高，而对柳永、万俟咏、晁端礼等家，则有所贬损，但其持论也不失公允。应该说，王灼在词话领域既是较早也是较系统地运用比较方法的人物。在西方文艺理论史上，运用比较手段来显明创作者各自艺术风格的做法也较普遍，但像王灼如此系统而全面、纵横而综合地比较论述整个文坛作家的做法，还十分少见，这体现了王灼博大的艺术眼界和深邃的美学悟性，也反映词话这种批评样式到南宋时期已经达到一个新的美学境界。

　　第三，王灼论审美风格还强调艺术的独创性，并将它作为衡量一个词家艺术价值的重要参照。德国古典美学的代表人物黑格尔在《美学》里尤为重视艺术独创性问题，他说："艺术家的独创性不仅见于他服从风格的规律，而且还要见于他在主体方面得到了灵感，因而不只是听命于个人的特殊的作风，而是能掌握住一种本身有理性的题材，受艺术家主体性的指导，把这题材表现出来，既符合所选艺术种类的本质和概念，又符合艺术理想的普遍概念。"① 依黑格尔之见，艺术的独创性不仅体现在风格、灵感方面，还体现在对题材的选择方面，艺术家必须选择具有理性意义的题材，并赋予自我精神的理解，在创作过程中达到艺术形式与思想内容的和谐统一。王灼的艺术独创论同样关注到题材的问题，但他对题材的理性意义没有给予像黑格尔那样的关注程度，因为对于艺术的审美形式的考虑在他心目中占有更重要的位置，这显然要比强调艺术的理性主义的黑格尔美学更具合理性。而对于形式与内容的统一，王灼与黑格尔倒是持有一致的看法。如王灼论王安石："王荆公长短句不多，合绳墨处，自雍容奇特。"评苏轼："长短句虽至本朝盛，而前人自立，与真情衰矣。东坡先生非醉心于音律者，偶尔作歌，指出

----

① ［德］黑格尔：《美学》第 1 卷，朱光潜译，商务印书馆 1979 年第 2 版，第 373 页。

向上一路，新天下耳目，弄笔者始知自振。"论贺铸："贺方回初在钱塘，作《青玉案》，鲁直喜之，赋绝句云：'解道江南断肠句，只今惟有贺方回。'贺集中，如《青玉案》者甚众。大抵二公卓然自立，不肯浪下笔，予故谓语意精新，用心甚苦。"王灼对词家的评论均强调艺术的独创性的问题，认为上述词作都体现了自我的审美风格，因此应给予价值肯定。再如他论柳永，即使对其词作持否定态度，说它"卑俗浅近"，但还对其艺术的独创性予以某些肯定，云其能"自成一体"。关于艺术独创性所牵涉的题材方面，也在王灼的视界之内，如他对许多词人的题材选择都给予注意，具体例证，限于篇幅，不多枚举，只以一例略作说明。王灼对六位词人同以木樨为题材，同选一个词调赋曲甚感兴趣，他录下词作，并说："同一花一曲，赋者六人，必有第其高下者。"从同题材同曲调意义上讲，六位词家之作构成了有别于他人的艺术独创性，但就其六位词家的词作而言，还有其审美的独特个性，以构成其艺术价值的高下。可见王灼对艺术审美个性或审美独创性问题给予了很精微细致的理解。

第四节　批评方法论

《碧鸡漫志》与其后张炎的《词源》、沈义父的《乐府指迷》，被认为是两宋三部最重要的词话，其理论思维远远超越一般词话的水准。就其批评理念而言，它试图建立相对系统而完善的批评方法，并且在一定程度上达到了理论与实践、主观与客观、历史与逻辑的统一，为词话这一批评形式提供了范例。

第一，王灼在对词——这一文学形式的批评过程中，在方法论意义上，主要运用历史观点与美学观点相统一的艺术批评方法，而且作为最一般的具有统摄作用的批评原则，是指导具体方法的思维工具，从而使一般方法论与具体方法达到相对完善的结合。众所周知，在近代文艺思想史、文艺批评史、美学史上，马克思和恩格斯首先提出历史观点与美学观点相统一的文艺批评的方法论原则，并且在具体的文艺批评实践中进行了堪称典范的运用，如恩格斯对歌德的批评、马克思和恩格斯对拉萨尔的历史剧《济金根》的批评，都成功地运用了这一方法论原则，恩格斯更将"美学观点和历史观点"称为"非常高的，即最高的标准"。[①] 西方现代文艺美学的新批评主义代表人物韦勒克、沃伦，也对以马恩为代表的社会历史批评方法予以一定程度的肯定。客观地说，王灼的《碧鸡漫志》，虽然不一定是自觉运用历史观点与美学观点相统一的批评方法，但从具体的理论操作和方法论运用上，的确是体现了这一理论原则和最高的批评标准的深刻内涵。其一，王灼考察词这一艺术形式，贯穿历史主义的眼光，采用历史过程论的观点来进行具体的艺术分析。《碧鸡漫志》云：

> 古人初不定声律，因所感发为歌，而声律从之，唐、虞禅代以来是也。余波至西汉末始绝。西汉时，今之所谓古乐府者渐兴，晋魏为盛。隋氏取汉以来乐器歌章古调，并入清乐，余波至李唐始绝。唐中叶虽有古乐府，而播在声律，则鲜矣。士大夫作者，不过以诗一体自名耳。盖隋以来，今之所谓曲子者渐兴，至唐稍盛。今则繁声淫奏，殆不可数。古歌变为古乐府，古乐府变为今曲子，其本一也。后世风俗益不及古，故相悬耳。而世之士大夫，亦多不知歌词之变。[②]

---

① 恩格斯 1859 年 5 月 18 日《致斐迪南·拉萨尔》的信，《马克思恩格斯全集》第 29 卷，第 581—587 页。

② 唐圭璋：《词话丛编》第一卷，中华书局 1986 年版，第 74 页。

此种论述从历史主义的思想层面勾勒文学的文体演变，并对艺术的本体存在作出自我的理解。其二，王灼的作家批评也能够结合作家所处的时代背景，从他的艺术发展并结合他的社会地位来描写他。如他对王安石、欧阳修、晏殊、柳永、苏轼、黄庭坚、张先、秦观、李清照、周邦彦、贺铸、晏几道、僧仲殊、万俟咏等词家的论述，均体现上述历史主义的艺术观念。其三，王灼的批评贯穿着美学的观点，所谓美学的观点，就是要求评论文艺作品注意艺术的审美特性，遵循艺术表现的形式特点，对作品作具体的艺术分析；把艺术的审美价值作为衡量作品价值的重要尺度或标准。《碧鸡漫志》将词的审美特性提升到艺术的很高境界，对其形式美尤为推崇，他认为词之所以能有多种社会教化功能，是因为"播诸乐歌，有此效耳"。他对于词反映现实生活的特殊规律也有较深入的认识。认为"歌曲拍节乃自然之度数"，词"本之性情，稽之度数，古今所尚，各因其所重"。王灼把词的审美价值作为判断词家的重要艺术标准，而他的审美价值标准即是我们前面所论的"性情·自然·中正·雅"诸方面，概括言之，就是完美的艺术形式和思想内容的有机统一。

第二，王灼在具体的批评方法上，还采用语言分析的方法。西方形式主义批评、新批评、表现主义批评、结构主义批评、语言符号批评等批评样式，十分重视语言分析在文学批评中的地位。英美新批评认为："语言是文学艺术的材料"，"因此，语言的研究对于诗歌的研究具有特别突出的重要性"。"这里语言研究的重要性决不仅仅局限于对一个词和短语的理解。文学是与语言的各个方面相关联的。一件文学作品首先是一套声音系统的，因此，是一种特定语言声音系统中的选择……从文学的角度看，一种语言的语音当然不能同它的意义分隔开。另一方面，意义的结构本身也要受语言分析的制约。"① 王灼对于词的语言的分析研究，一方面是从声音层面切入，重视词的音律节拍等要素的审美特性，他推崇声音的"稽之度数"，合"自然之度数""六律能正五音"，认为"诸谱以律通不过者，率皆淫哇之声"。同时，他强调词的声音层面"中正"的审美要求，认为："凡阴阳之气，有中有正，故音乐有正声，有中声。二十四气岁一周天，而统以十二律。中正之声，正声得正气，中声得则可用。中正用，则平气应，故曰，中正以平之。"王灼从词的语言的声音层面界定了审美标准。另一方面，王灼从词的语言的意义结构和修辞技巧层面来进行研究，强调语言修辞为构成词的美感的重要途径。如他论"贺、周语意精新，用心甚苦"，谓苏轼语言"新天下耳目，弄笔者始知自振"，说莫少虚词"造语颇工"，对以上词家的语言运用均给予较高的评价。而对于有的词家的语言，则予以否定。如言陈无己《浣溪沙》"以末后句'新'字韵，遂倒作'新清'。世言无己喜作庄语，其弊生硬是也。"如言柳永既肯定其"间出佳语"，又否定其"惟是浅近卑俗""不知书者尤好之"。王灼对于词的声音与语义的审美修辞分析，体现了与近代美学理论相类似的批评意识，值得我们关注，他从语言视角切入对艺术文本具体分析的方法，对后世的词话不无启发意义。

第五节　词调论

《碧鸡漫志》是两宋最早也较完备讨论曲调起源演变的著作，王灼以其精湛广博的词学学养、敏锐深邃的艺术洞见力，考证诸多

---

① ［美］韦勒克、沃伦：《文学理论》，刘象愚等译，生活·读书·新知三联书店1984年版，第186—189页。

曲调源流，阐释其音乐演变过程，"始创词调溯源之学"，使词话的有关曲调音律的研究升格到前所未有的理论高度。《四库全书总目提要》评论道："一扫妖妄之说。"王灼的词调论虽为学人广泛称道，但从现代文艺理论视角对其的研讨仍然不多，以下我们略作初步尝试。

《碧鸡漫志》的词调论，其理论的价值之一，在于贯穿历史与逻辑相统一的美学原则，在对词的音律的历史梳理过程中，从对众多具有实证意义的客观材料的研究中，抽绎出符合艺术规律的主观逻辑，从而进入一个较高的理论境界。如卷三对《霓裳羽衣曲》《凉州曲》《伊州》《甘州》《胡渭州》《六么》诸曲的考证，卷四对《兰陵王》《虞美人》《安公子》《水调歌》《河传》《万岁乐》《夜半乐》《何满子》《凌波神》《荔枝香》《阿滥堆》诸曲的考证，卷五对《念奴娇》《雨霖铃》《清平乐》《春光好》《菩萨蛮》《望江南》《后庭花》诸曲的考证，征引博翔，辨析精当。分别从历史到现实、从神话到传说，从宫廷音乐到民间音乐，从本土音乐到燕乐，从帝王、节度使到诗人、乐工，进行多方位、多视角的考辨，在对丰富的历史材料的审核、研究基础上，以抽绎出自己的观点。如他对《霓裳羽衣曲》的考证，即本着上述方法，在对丰富史料的考证基础上，提出令人信服的结论："《霓裳羽衣曲》，说者多异，予断之曰，西凉创作，明皇润色，又为易美名。"刘永济先生认为："两宋以来，词体滋大，调名尤繁。论其缘起者，大抵散见宋以来笔记、词话之中，而王晦叔之《碧鸡漫志》，考核独精。"① 他又认为："余如杨升庵之《词品》、都元敬之《南濠诗话》、毛奇龄之《西河词话》，皆有考证，皆不免掇拾古语以牵合词调，而毛稚黄之《填词名解》又从而附会之，多有未足征信者。万氏《词律》间有

---

① 刘永济：《词论》，上海古籍出版社 1981 年版，第 29 页。

考证，亦未明言其故。"① 可见，王灼之于词调的考证确有过人之处。

王灼词调论理论价值的第二个方面是实证主义的科学方法和重视逻辑分析的求实态度。每一词牌的考证，都以可信的材料为依据，以历史事实为绳墨，而对某些荒诞无稽的传说则收录备考，严格取舍。对乐曲的历史演变，采取比较、分析、综合、归纳、演绎等逻辑推理的方式，以追源溯流，正本清源。显示出和近代科学主义极其相似的思想意识与学术方法。如对《霓裳羽衣曲》《凉州曲》《虞美人》《何满子》等曲调的考证，广引典籍，注重实证史料，进行细致的逻辑分析，其观点令人折服。当然，从现代文艺理论的某些观点看，《碧鸡漫志》的词调论也有不当之处，它过于重视实证视界，完全忽略神话因素对音乐曲调的积极影响，对民间传说赋予词调的某些合理成分考虑甚少，其音乐理论的文化哲学的精神内蕴被弱化了。而在现代美学、文化哲学看来，神话与传说作为极其重要的文化形式和思维方式，对整个艺术起源与发展起了决定性作用，它对于音乐、词调的起源与发展当然也具有极其重要的意义。从总体来看，王灼的词调论成就斐然，卓绝古今，为后来的词调研究奠定了坚实的基础。

---

① 刘永济：《词论》，上海古籍出版社 1981 年版，第 30 页。

第 四 章

胡仔《苕溪渔隐词话》

胡仔，生卒不详，字元任，徽州绩溪人。以荫授迪功郎、两浙转运司干办公事，官至奉议郎、知常州晋陵县。绍兴十二年（1142），任广西经略安抚司书写机宜文字。晚年卜居湖州苕溪，垂钓自适，号苕溪渔隐。撰有《苕溪渔隐丛话》前后集，计一百卷。前集成书于高宗绍兴十八年（1148），后集成书于孝宗乾道三年（1167）。前集卷五九，后集卷三九论词，共四十八则，《词话丛编》辑为《苕溪渔隐词话》。考虑到前后集成书相距约二十年，而后集卷三九论词，故将该书划分在南宋的中期。

胡仔《苕溪渔隐词话》，采集前人词论词话，但均加入自己的考辨，以论文释义为主，学术上多有创见，其美学观念也有诸多新的阐发，尤其是关于词的艺术创作方面，首先，提出一些颇有价值的见解，如词的整体美与结构美、形式美与意境美。在词学批评方面，力倡道德批评的方法，并在具体的批评中予以实践。其次，遵循实事求是的批评原则，以求实的批评态度进行词家词作的考证、评说，纠正以往词话的一些谬误。胡仔的词话还将辩证分析和审美感悟较完美地结合起来，使词话这种批评样式达到一个相对成熟的阶段。

第一节　推崇词的整体美和结构美

与以往的词话有所不同,《苕溪渔隐词话》较多将美学焦点置放在词的艺术创作和批评鉴赏方面,更多讨论文学本身的因素,将以往词话关注的外部研究转到内部研究,更多地思索艺术性和审美性问题,体现其理论思维的初步成熟。如胡仔对词之创作的整体美和结构美的要求,即显示较高的艺术眼界。

> 苕溪渔隐曰:词句欲全篇皆好,极为难得。如贺方回"淡黄杨柳带栖鸦",秦处度"藕叶清香胜花气"二句,写景咏物,可谓造微入妙,若其全篇,皆不逮此也。徐干臣"雁足不来,马蹄难驻,门掩一庭芳景","驻"字当作"去"字,语意乃佳。周美成"水亭小,浮萍破处,檐花帘影颠倒",按杜少陵诗"灯前细雨檐花落",美成用此"檐花"二字,全与出处意不相合,乃知用字之难矣。赵德麟"重门不锁相思梦,随意绕天涯",徐师川"柳外重重叠叠山,遮不断愁来路",二词造语虽不同,其意绝相类。古词"水竹旧院落,樱笋新蔬果",一本是"水竹旧院落,莺引新雏过"。不然,"樱笋新蔬果"与上句有何干涉?董武子"畴昔寻芳秘殿西,日压金铺、宫柳垂垂",然秘殿岂是寻芳之处,非所当言也。[①]

一方面胡仔从修辞学意义肯定词家选择某些用语和通过对词句的修饰使词句富有情趣与色调;另一方面,他从整体结构上强调词

---

① 唐圭璋:《词话丛编》第一卷,中华书局1986年版,第167页。

的通篇全局和谐完美的重要性，力倡词句的"全篇皆好"。他通过对贺铸、周邦彦、徐伸、徐俯等人的词所作的语义分析，令人信服地说明，比起某些单个的句式的语言修辞，词在艺术上的整体美更为重要。再如他针砭聂冠卿的名作《多丽》词云："冠卿词有'露洗华桐，烟霏柳丝'之句，此正是仲春天气。下句乃云'绿荫摇曳，荡春一色'，其时未有绿荫，真语病也。"评曹组《望月婆罗门》"此词病在'霜满愁红'之句，时太早耳"。从单纯修辞意义上讲，上述词家的某些描景摹物不失为生动传神，然而从词作的整体结构上着目，就存在逻辑上或情理上的不当，所以，胡仔予以艺术上的价值否定。对名家名作敢于挑剔的态度，显示批评家的可贵勇气。

与以往有些词话偏重于搜罗词作的"本事"或词家的逸闻轶事不同，胡仔的《苕溪渔隐词话》对创作的理论研究更为重视，涉及创作技巧的具体层面。胡仔以一种类似于现代结构主义的观点来看待词的创作，主张词的写作必须注重结构美，只有"善救首尾"的词家，才是词坛的高手。《苕溪渔隐词话》云：

凡作诗词，要当如常山之蛇，救首救尾，不可偏也。如晁无咎作中秋《洞仙歌》词，其首云："青烟幂处，碧海飞金镜。永夜闲阶卧桂影。"固已佳矣。其后云："待都将许多明，付与金樽，投晓共流霞倾尽。更携取胡床上南楼，看玉做人间，素秋千顷。"若此可谓善救首尾者也。至朱希真作中秋《念奴娇》，则不知出此。其首云："插天翠柳，被何人推上，一轮明月。照我藤床凉似水，飞入琼台银阙。"亦已佳矣。其后云："洗净凡心，满身清露，冷浸萧萧发。明朝尘世，记取休向人说。"此两句全无意味，收拾得不佳，遂并全篇气索然矣。①

胡仔的上述看法，虽短短几言，但意义重大。因为与以往词话相异的是，它着重从艺术创作角度思考词的内在问题，闪烁着结构主义的美学眼光，强调整体性原则和有机统一的艺术观，成为以后作词者的圭臬，也为后来的词论家所接受，如张炎的《词源》、沈义父的《乐府指迷》、李渔的《窥词管见》，等等，均程度不同地认同词之创作的整体结构观念。

第二节　推崇词的意境美与形式美

胡仔的美学眼界转向于艺术本体的情致意境，倾心于纯艺术的审美形式，因此《苕溪渔隐词话》比先前的词话，显露出更多对意境美与形式美的深入思考。

首先，胡仔推崇意境优美，情致高雅的词作。

东坡"大江东去赤壁词"，语意高妙，真古今绝唱。②

中秋词，自东坡《水调歌头》一出，余词尽废。③

东坡此词（《贺新郎·乳燕飞华屋》），冠绝古今，托意高远。

《古今词话》云："东坡在黄州，中秋夜对月独酌，作《西江月》词曰：'世事一场大梦，人生几度新凉。夜来风叶

---

① 唐圭璋：《词话丛编》第一卷，中华书局1986年版，第175页。
② 同上书，第168页。
③ 同上书，第174页。

已鸣廊。看取眉头鬓上。酒贱常愁客少，月明多被云妨。中秋谁与共孤光。把盏凄凉北望。'坡以谗言谪居黄州，郁郁不得志，凡赋诗缀词，必写其所怀。然一日不负朝廷，其怀君之心，末句可见矣。"苕溪渔隐曰：《聚兰集》载此词，注曰，寄子由。故后句云"中秋谁与共孤光。把盏凄凉北望"。则兄弟之情，见于句意之间矣。疑是在钱塘作，时子由为睢阳幕客。若《词话》所云，则非也。①

胡仔对东坡的词作评价甚高，一方面体现批评者推崇"雅词"的倾向，东坡的词作代表了文人"雅词"的一个山峦，构成北宋词坛的一道瑰奇豪放的风景线，所以为胡仔所青睐；另一方面，深层原因在于，批评家欣赏东坡高雅超脱、托意高远、追求世俗生活之外的天人合一的隐逸情怀。所以胡仔不满杨湜对东坡《西江月》的"一日不负朝廷"的所谓"寄托"的解释，而认为此词是写"兄弟之情"，表现出情景交融、意象深远的高雅境界。胡仔推崇"雅词"的艺术旨趣，既与他美学上的审美趣味有关，又与他个人的生活经历相契合。胡仔长年仕宦，厌倦官场上的权术游戏和对功名利禄的追逐，晚年长期卜居苕溪，纵情山水，与文人雅士诗酒自娱。因此，他对苏词的评价潜隐自我的人生哲学与艺术美学，这是一种超脱尘世、寄情自然、追求纯粹审美形式的艺术情怀，它构成了词的情景合一、天人合一、历史与现实合一的美学意境，而这正是胡仔所心仪的艺术标准。另外，胡仔对词的艺术形式美也作出自我的要求，认为词必须具有"藻丽可喜"和"腔调婉美"两个重要的审美因素。

---

① 唐圭璋：《词话丛编》第一卷，中华书局1986年版，第174页。

苕溪渔隐曰：旧词高雅，非近世所及，如《扑蝴蝶》一词，不知谁作，非惟藻丽可喜，其腔调亦自婉美。词云："烟条雨叶，绿遍江南岸。思归倦客，寻芳来较晚。岫边红日初斜，陌上飞花正满。凄凉数声羌管，怨春短。玉人应在，明月楼中，画眉懒。蛮笺锦字，多时鱼雁断。恨随去水东流，事与行云共远。罗衾旧香犹暖。"①

孙舣字济师，尝作落梅词，甚佳。"一声羌管吹呜咽。玉溪半夜梅翻雪。江月正茫茫。断桥流水香。含章春欲暮。落日千山雨。一点着枝酸。吴姬先齿寒。"②

胡仔的这两个形式美规定，一方面是指向文学性的语言意义，要求词的创作必须展现语言的审美魅力，这就是"藻丽可喜"。而达到"藻丽可喜"的审美要求，就需要词家运用诸种的艺术手段和修辞技法，这里既包含意象神韵的营造、情景交融的摹写、心神感物的赋意等美学方法，又包含象征、隐喻、比拟、夸饰、对照等修辞技巧，上述词作基本符合这些要求。另一方面是指向文学性的语音表现，主张词的创作应该最大限度地展现声音层面的审美特征，使其符合词调音律等音乐性的规定，从而获得"腔调婉美"的艺术效果，突出词比其他文学样式更具音韵美感的艺术特质。《苕溪渔隐词话》云：

唐初歌辞多是五言诗，或七言诗，初无长短句。自中叶以后，至五代，渐变成长短句。及本朝则尽为此体。今所存止《瑞鹧鸪》、《小秦王》二阕，是七言八句诗，并七言绝句诗而已。《瑞鹧鸪》犹依字易歌，若《小秦王》必须杂以虚声，乃

---

① 唐圭璋：《词话丛编》第一卷，中华书局 1986 年版，第 170 页。

② 同上书，第 168 页。

可歌耳。①

以上，可见他对于词的声腔音韵甚为讲究。胡仔对于词的艺术形式美的重视，表明南宋中期词的审美意识的丰富与日趋完善，也呈现词学理论不断趋向成熟和向艺术形式问题的回转。从比较美学的视界来看，胡仔的上述看法与西方现代美学理论也有相通之处。西方现代诗学理论认为，诗歌具有声音层和意义层两个结构，这两个层面构成相辅相成的同一性系统，互相呈现诗歌的审美意象和艺术魅力。俄国形式主义理论认为："语言材料在诗歌里的句法和主题建构是以作品韵律结构的调整为背景的。在这种关系中，韵律方面的主要结构单位是诗节。但是，每个具体的诗行，作为韵律整体的一部分，已经得到了建构。这是因为，在诗行里，人类语言的语音材料是经过了艺术调整的，以便适合于一定的韵律规律。"② 英美新批评主义认为："文学是与语言的各个方面相关联的。一件文学作品首先是一套声音的系统，因此，是一种特定语音声音系统中的选择。"③ "文体分析中的第一步是观察语音的重复、词序的颠倒、各种级别的子句的结构，找出它们必然会有审美功能，譬如，强调或者明晰，或者相反——审美上允许的掩饰与朦胧。"④ 诗歌声音层面的要素为中外文艺理论家所重视，认为它构成诗歌的审美肌理，并呈现为自身特定的结构和规则。胡仔的看法更进一步，因为他对词律的"腔调完美"的要求，更多是从音乐审美的意识出发，另外，由于"词"是在诗的基础上演进发展而来的更为精致和更为审

---

① 唐圭璋：《词话丛编》第一卷，中华书局1986年版，第177页。

② ［俄］什克洛夫斯基等：《俄国形式主义文论选》，方珊等译，生活·读书·新知三联书店1989年版，第271页。

③ ［美］韦勒克、沃伦：《文学理论》，刘象愚等译，生活·读书·新知三联书店1984年版，第188页。

④ 同上书，第194页。

美化的诗，它具有比诗更严格的音韵声腔、声调节奏、句式格律、文辞章法等审美形式的文体要求，在艺术形式方面，达到了近乎苛刻的审美标准，胡仔针对词特有的文学审美形式而提出美学要求就具有了更为具体的审美修辞的意义，使审美创造从抽象走向具体，而不仅仅停留在理论的层面上。

第三节　求实的批评态度

胡仔的《苕溪渔隐词话》，首先确立实事求是的批评态度和原则，其次在具体批评操作过程中坚持科学求实的批评方法。而正是这些，明显超越了前代词话的批评意识。以往的词话多局限于词家的逸闻轶事，且流于道听途说，不足征信。如《时贤本事曲子集》《古今词话》《复雅歌词》《能改斋词话》等，均不同程度存在上述流弊。《苕溪渔隐词话》，显然摒弃先前词话的上述不足，坚持实事求是的历史主义批评原则。在对词的考辨上，坚持求实的态度，于前人的讹误多有纠正。如其批评《古今词话》：

> 《古今词话》以古人好词，世所共知者，易甲为乙，称其所作，仍随其词牵合为说，殊无根蒂，皆不足信也。①
>
> 《词话》所记，多是臆说，初无所据，故不可信。当以坡言为正。

尤其是批评杨湜对于苏轼《贺新郎·榴花》词的错误理解，虽然措辞不免刻薄，但他的精湛考证及求实态度令人信服和敬佩。胡仔在

---

① 唐圭璋：《词话丛编》第一卷，中华书局1986年版，第16页。

词学的研究中，还采取"存疑"的方式，即对一时还难以证明的问题，存而不论，而不采用妄加断言的非科学的做法。

> 苕溪渔隐曰："《古今词话》云：'江南成幼文为大理卿，词曲妙绝。尝作《谒金门》："风乍起，吹皱一池春水。"中主闻之，因案狱稽滞，召诘之。且谓曰："卿职在典刑，一池春水，又何干于卿？"幼文顿首。'又《本事曲》云：'南唐李国主，尝责其臣曰："吹皱一池春水，干卿何事？"盖赵公所撰《谒金门》辞，有此一句，最警策。其臣即对曰："未如陛下'小楼吹彻玉笙寒'。"若《本事曲》所记，但云赵公，初无其名，所传必误。惟《南唐书》与《古今词话》二说不同，未详孰是。"①

胡仔对词作一时难以考辨，则采取存疑的方式，态度审慎严谨。再如对《鱼游春水》一词，比较《复斋漫录》和《古今词话》两种说法，而后认为："词凡九十四字，而风花莺燕动植之物曲尽之。此唐人语也，后之状物写情，不及之也。二说不同，未详孰是。"他对自己先前的失误，也不避讳，有敢于纠正的勇气：

> 苕溪渔隐曰："先君尝云：古词有《绛都春》，有'鳌山彩构蓬莱岛'之句，当云'彩缔'。余于前集，误以古词为柳词，今是正之。"②

胡仔能正己所误，体现了一个优秀批评家的素质。此外，他还善于纠偏，敢指出名家词作所失，如对柳永《轮台子》、聂冠卿《多丽》、曹元宠《望月婆罗门》等词，指出其景致描写的矛盾、

---

① 唐圭璋：《词话丛编》第一卷，中华书局 1986 年版，第 170 页。
② 同上书，第 171 页。

"语意颠倒"的失误。

第四节 辩证分析与审美感悟的统一

综上所述,胡仔的《苕溪渔隐词话》在美学上取得了一定的成就,其理论成果堪与王灼的《碧鸡漫志》相颉颃,成为南宋初期词话的双峰。如果说王灼的词话建构一个相对完整、自成体系的词学理论,其美学视野统观全局,具有形而上的抽象方法的话,那么,胡仔的词话则体现为这样的理论特征:他关注具体的艺术与审美的问题,潜心研究词作表现的整体美与结构美问题,探索词之创作的形式美与意境美,如他推崇东坡的"雅词",强调词的"藻丽可喜"和"腔调婉美",力求"写景咏物""造微入妙",强调词的创作要"善救首尾",使"全篇皆好",等等。在方法上,胡仔将辩证分析与审美感悟紧密结合起来,使词话这种批评样式达到一个新的理论阶段。

《苕溪渔隐词话》注重考辨,以可靠的材料和科学的方法来探讨问题,所以获得的结论往往令人信服。它所采用的方法,就是辩证分析,这显然要超越以往的词话只关注搜罗材料而不加分析的做法,而在材料的选择上,也力求选择那些可靠翔实的材料,并对此进行细致的分析。如"元宗《浣溪沙》二阕"和"《乐府雅词》之误"则载:

> 《南唐书》云:"王感化善讴歌,声韵悠扬,清振林木,系乐部为歌板色。元宗尝作《浣溪沙》二阕,手写赐感化曰:'菡萏香销翠叶残。西风愁起碧波间。还与容光共憔悴,不堪看。细雨梦回鸡塞远,小楼吹彻玉笙寒。簌簌泪珠多少恨,倚

栏干。''手卷珠帘上玉钩。依前春恨锁重楼。风里落花谁是主，思悠悠。青鸟不传云外信，丁香空结雨中愁。回首绿波三峡暮，接天流。'后主即位，感化以其词札上之。后主感动，赏赐感化甚优。"苕溪渔隐曰：元宗即嗣主李璟，尝作此二词。《古今词话》乃以为后主作，非也。后主名煜。①

苕溪渔隐曰：曾端伯恺，编《乐府雅词》，以秋月词《念奴娇》为徐师川作，梅词《点绛唇》为洪觉范作，皆误也。秋月词乃李汉老，梅词乃孙和仲，和仲即正言谔之子也。又世传《江城子》、《青玉案》二词，皆东坡所作。然《西清诗话》谓《江城子》乃叶少蕴作，《桐江诗话》谓《青玉案》乃姚进道作。②

胡仔这种实事求是的辩证分析的方法贯穿于其词话的始终，如他对《古今词话》中"东坡《榴花词》为娼而作"的问题所作的辩证分析更为深入精湛，为后世学者所称道。《苕溪渔隐词话》值得肯定的另一方面是，它将审美感悟和谐地融入具体的分析之中，将以往词话的"评点"做法提高到新的理论境界。

胡仔的审美感悟在具体的艺术创作和欣赏方面，就某个词家的人生际遇、性格心理、审美趣味、价值取向等与词的创作关系方面，展开自由灵活、别具一格的阐发，常常能切中肯綮，得审美之"真趣"。如他对柳永的评判，将其人生境遇与艺术气象密切结合起来，切中了柳词的审美趣味的脉象。又如其评价《鱼游春水》："词凡九十四字，而风花莺燕动植之物曲尽之。此唐人语也，后之状物写情不及也。"寥寥数语，点出词作的艺术之妙。他论沈会宗小词云：

---

① 唐圭璋：《词话丛编》第一卷，中华书局1986年版，第169页。
② 同上书，第165页。

　　贾耘老旧有水阁，在苕溪之上，景物清旷。东坡作守时，屡过之，题诗画竹于壁间。沈会宗又为赋小词云："景物因人成胜概。满目更无尘可碍。等闲帘幕小栏干。衣未解，心先快。明月清风如有待。谁信门前车马隘，别是人间闲世界。坐中无物不清凉。山一带，水一脉。流水白云常自在。"其后水阁屡易主，今已摧毁久矣。遗址正与余水阁相近，同在一岸，景物悉如会宗之词。故余尝有鄙句云："三间小阁贾耘老，一首佳词沈会宗。无限当时好风月，如今总属绩溪翁①。"②

　　这种评点本身就具有诗家趣味，是以诗论词，以诗境勾画出词境，其中闲适清旷、超然离世的文人风致跃然纸上，又营造出略带幽默的氛围，将词的意境以好似展开画卷一样显露在欣赏者的眼前。再如我们上面列举过的评落梅词，只用短短一言"非惟藻丽可喜，其腔调亦自婉美"就揭示词的艺术美之特征。"山谷《浣溪沙》"则谈及词意与画境的相通，呈现不同艺术形式所具有的共同的审美特性。

　　胡仔词话的美学成就令人瞩目，为后来南宋词话达到成熟奠定了基础，尤其是两宋词话的集大成者——张炎和沈义父，在不同程度上均受到他的影响，从他的词话中汲取思想养分。因此，可以说，《苕溪渔隐词话》是南宋词话的发展高峰到来前的逻辑铺垫。

---

① 胡仔原籍绩溪，故自谓"绩溪翁"。

② 唐圭璋：《词话丛编》第一卷，中华书局1986年版，第164页。

第 五 章

张邦基词话

张邦基，生卒不详，字子贤，江苏高邮人。张邦基约在高宗绍兴初前后在世（大约 1131 年前后）。生平事迹也不详。他性喜藏书，著有《墨庄漫录》十卷，其中包含一些词话内容，具有一定的理论价值。

第一节　梦境中作词

张邦基在《墨庄漫录》中以传奇式的笔调讲述词的故事：

　　宣和二年，睦寇方腊起帮源，浙西震恐，士大夫相与奔窜。关注子东在钱塘，避地携家于无锡之梁溪。明年，腊就擒，离散之家，悉还桑梓。子东以贫甚，未能归，乃侨寓于毗陵郡崇安寺古柏院中。一日，忽梦临水有轩，主人延客，可年五十，仪观甚伟，玄衣而美须髯，揖坐，使两女子以铜杯酌酒。谓子东曰："自来歌曲新声，先奏天曹，然后散落人间，他日东南休兵，有乐府曰《太平乐》，汝先听其声。"遂使两女子舞，主人抵掌而为之节，已而恍然而觉，犹能记其五拍。子东因诗记云："玄衣仙子从双鬟，缓节长歌一解颜。满引铜杯效鲸吸，低回红袖作弓弯。舞留月殿春风冷，乐奏钧天晓梦还。行听新声《太平乐》，先传五拍到人间。"后四年，子东始归杭州，而先庐已焚于兵火，因寄家菩提寺，复梦前美髯者，腰一长笛，手披书册，举以示子东。纸白如玉，小朱栏，界间行似谱，有其声而无其词。笑谓子东曰："将有待也，往时在梁溪，曾按《太平乐》，尚能记其声否乎？"子东因为之歌，美髯者援腰间笛，复作一弄，亦能记其声，盖是重头小令，已而遂觉。其后又梦至一处，榜曰："广寒宫"，宫门夹两池，水莹净无波，地无纤草，仰视嵬峨若洞府然，门钥不启，或有告之者曰："但曳铃索，呼月姊，则门开矣。"子东从其言，试曳铃索，果有应者。乃引入至堂宇，见二仙子，皆眉目疏秀，端庄靓丽，冠青瑶冠，衣彩霞衣，似锦非锦，似绣非绣，因问引者曰："此谓谁？"曰："月姊也。"乃引子东升堂，皆再拜。月姊因问往时梁溪曾令双鬟歌舞传《太平乐》，尚能记否。又遣紫髯翁吹新声，亦能记否。子东曰，悉记之。因为歌之，月姊喜见颜面，复出一纸书，以示子东曰："亦新词也。"姊歌之，其声宛转，似乐府《昆明池》。子东因欲强记之，姊有难色，顾视手中纸，化为碧，字皆灭迹矣，因揖而退，乃觉，时已夜阑矣，独记其一句云："深诚杳隔无疑"，亦不为何等语也。前后三梦，后多忘其声，惟紫髯翁笛声尚在，乃倚其声而为之词，名曰《桂华明》云："缥缈神清开洞府，遇广寒宫女。问我双鬟梁溪舞，还记得当时否？碧玉词章教仙语，为按歌宫羽。皓月满窗人何处，声永断、瑶台路。"子东尝自为予言之。

张邦基这则词话所载的"本事"，充溢神话因素，当然也可能是梦境中的幻觉或想象的结果。总是，它是虚拟大于客观，荒诞大于实际，这样附会神话和传奇故事的词话，反映当时人们的认识状态和文化心理结构。透视这些荒诞不经的因素，我们可以窥视主体心理处于梦境或幻觉状态的想象力与虚构能力的冲动和张力，它们有助于艺术的创造和欣赏，形成审美活动的情感氛围。关子东因为自己颠沛流离的动荡命运而产生奇遇，导致自我心理的强烈幻觉，或者说，因为悲剧命运的刺激而产生奇特的梦境，发生和词相关的"故事"。这一方面说明现实的人生境遇起了决定性作用，另一方面，子东具备深厚的词曲修养，主体的审美能力和艺术鉴赏水准使其可能从欣赏和创作两方面进行梦境中的文学活动。

子东的三个梦境无不与词曲密切联系，无论是美髯公还是双鬟女子、仙女月姊，都善于词曲，也无论《太平乐》《昆明池》还是《桂华明》，都是宫羽声律之作。子东无论欣赏还是自创，均为行家。尤其梦幻之作《桂华明》一阕，想象奇特，境界高远，以与仙女对话的方式表现神游天宇、忘却人间忧悒的超越情怀。下片以月写意，曲有终而意未尽，令人寻思和感叹。张邦基这则词话揭示了主体存在者在梦幻之中的审美情感和创造能力的复杂关系以及它们所具有的积极意义，也证实了无意识在词的创作中的潜在功能。荣格曾在《论分析心理学与诗歌的关系》一文中认为："对艺术家们的分析不断地表明：不仅创作冲动的力量，而且它那反复无常、骄纵任性的特点也都来源于无意识。伟大艺术家们的传记十分清楚地证明了：创造性冲动常常是如此专横，它吞噬艺术家的人性，无情地奴役他去完成他的作品，甚至不惜其健康和普通人所谓幸福。"[1]弗洛伊德在《作家与白日梦》中认为："作家想象中世界的非真实性，对他的艺术方法产生了十分重要的后果；因为有许多事情，假如它们是真实的，就不能产生乐趣，在虚构的戏剧中却能够产生乐

---

① ［瑞士］荣格：《心理学与文学》，冯川、苏克译，生活·读书·新知三联书店1987年版，第113页。

趣。"① 从上述美学观来看，张邦基这则词话所揭示的就是梦幻中无意识所激发的艺术的欣赏和创作的双向冲动，也是主人公在想象世界中的非真实性的虚构活动，而这种非真实性的虚构活动诞生了审美乐趣，从而吸引读者的兴趣和注意力。张邦基这则词话，从侧面肯定无意识在词的欣赏和创作中的重要作用，也指出梦幻对于想象力的激发和灵感、情绪的诞生具有积极的意义，认为梦幻和词存在密切的逻辑关系。

第二节　词与主体情境

和诗一样，词也是吟咏万象和陶冶性情的话语活动。然而，和诗相比，词和生活场景的距离更短，它更密切联系世俗人生，是从对现实世界的感性体验和本我欲望来获得审美形式的表现。词来源于主体体验的情境，最终定型于音律严整、字面规范的文学形式，也就是说，它终结为一种富于意境的审美形式。

　　东坡在杭州，一日，游西湖，坐孤山竹阁前临湖亭上。时二客皆有服，预焉。久之，湖心有一彩舟，渐近亭前，靓妆数人，中有一人尤丽，方鼓筝，年且三十余，风韵娴雅，绰有态度。二客竞目送之，曲未终，翩然而逝。公戏作长短句云："凤凰山下雨初晴，水风清，晚霞明。一朵芙蓉，开过尚盈盈。何处飞来双白鹭，如有意，慕娉婷。忽闻江上弄哀筝，苦含情，遣谁听！烟敛云收，依约是湘灵。欲待曲终寻问取，人不见，数峰青。"

① ［奥地利］《弗洛伊德论美文选》，张唤民、陈伟奇译，知识出版社 1987 年版，第 30 页。

晁无咎谪玉山，过徐州时，陈无己废居里中。无咎置酒，出小姬娉娉舞梁州，无己作《减字木兰花》长短句云："娉娉袅袅，芍药梢头红样小，舞袖低回，心到郎边客已知。金樽玉酒，劝我花前千万寿。莫莫休休，白发簪花我自羞。"无咎叹曰："人疑宋开府铁石心肠，及为《梅花赋》，清艳殆不类其为人，无己清通，虽铁石心肠不至于开府，而此词已过于《梅花赋》矣。"

苏阴和尚作《穆护歌》，又地里风水家亦有《穆护歌》，皆以六言为句，而用侧韵。黄鲁直云，黔南巴僰间，赛神者皆歌穆护，其略云："听唱商人穆护，四海五湖曾去。"因问穆护之名，父老云，盖木瓠耳，曲木状如瓠，击之以节歌耳。予见淮西村人多作炙手歌，以大长竹数尺，刳去中节，独留其底，筑地蓬蓬若鼓声，男女把臂成围，抚髀而歌，亦以竹筒筑地为节。四方风俗不同，吴人多作山歌，声怨咽如悲，闻之使人酸辛。柳子厚云："欸乃一声山水绿"，此又岭外之音，皆此类也。

张邦基这三则词话都表明词的创作和主体情境的密切联系，或者说，词比其他文体形式更容易受到主体情境的影响和调节。从创作动机上看，词往往没有先验性的写作目的，在时间性上拒绝理念的预先设定，更多由于客观对象和主体情境的双重激发和调动而产生瞬间的创作激情和欲望，并且立即形诸文字符号，因此，有明显的情感逻辑和精神因果。就它的创作动向而言，词更有现实主义写作倾向，抒写世俗生活的即兴感悟，排斥其他文体常见的概念先行和强烈主观命意的弊端，也容易避免虚假意识形态的侵入和为文造情的思维惯性。如苏轼这首词，即景而为，即兴而作，抒写身临其境的瞬间的审美体验，写实而空灵，真切而虚幻，飘然而至，倏然而去，一种可望而不可即的审美距离令人滋生无限的情思和遐想。陈无己《减字木兰花》亦有异曲同工之趣，依然写可望不可即的纯粹审美体验，审美距离近在咫尺，心有感应，然而"白发簪花我自羞"，词人以幽默的情怀表达对于审美对象的渴望和对欲望的禁忌，体现轻松诙谐的生命智慧。"此词已过《梅花赋》"，可谓言不过实的评价。《穆护歌》为民歌的继承与改造，也是抒写主体情境对于生活场景的感受之作，有更多民俗和民风的内容。张邦基以客观陈述的方式表达出对于词的创作的美学理解，那就是，词为主体情境的果实，主体情境来源于世俗生活的客观场景，它们构成一个密切关联的精神因果，从而形成一个审美创造的艺术逻辑。

第 六 章

袁文词话

袁文（1119—1190），字质夫，浙江四明鄞人。生于宋徽宗宣和元年，卒于宋光宗绍熙元年，年七十二岁。年幼喜读书，勤于治学，不求功名。著有《瓮牖闲评》八卷，以文献考证为主，多有发明，在音律方面甚为精湛。他的词话辑自《瓮牖闲评》。袁文以考据、音律之学闻名，因此，其词话也表现如此的学术背景，遗憾的是，对词的艺术审美特性缺乏细腻敏锐的阐发。

第一节　背景考据

袁文偏爱对词的写作背景、动机、目的、作者等方面进行考证，力求揭示它们的真实客观性，以利于对词作的深入把握。

世称李白诗云："山阴道士如相访，为写黄庭换白鹅。"夫王羲之换鹅，乃写《道德经》，《晋史》载之甚详。后人遂以为李白之误。然李白集中自有"山阴遇羽客，要此好鹅宾。扫素写道经，笔精妙入神"之诗，而李白初不误也。又黄太史作《玉楼春》词，末句云："为君写得黄庭了，不要山阴道士鹅。"太史似不免有承误之讥。然太史集中亦有"颇似山阴写道经，虽与群鹅不当价"之句，而太史亦不误也。以此知太史《玉楼春》词与李白前诗相似，恐必为后人赝作。不然，李白远矣，流传固未可；而太史近代人，《玉楼春》并不在集中，则知绝非太史之词，皆为后人赝作明矣。①

　　苏东坡谪黄州，邻家一女子甚贤，每夕只在窗下听东坡读书，后其家欲议亲，女子云："须得读书如东坡者乃可。"竟无所谐而死。故东坡作《卜算子》以记之。黄太史谓语意高妙，盖以东坡是词为冠绝也，独不知其别有一词名《江神子》者。东坡倅钱塘日，忽刘贡父相访，因拉与同游西湖。时二刘方在服制中。至湖心，有小舟翩然至前，一妇人甚佳，见东坡，自叙："少年景慕高名，以在室无由得见，今已嫁为民妻，闻公游湖，不避罪而来，善弹筝，愿献一曲，辄求一小词以为终身之荣，可乎？"东坡不能却，援笔而成，与之。其词云："凤凰山下雨初晴，水风清，晚霞明，一朵芙蓉，开过尚盈盈。何处飞来双白鹭，如有意，慕娉婷。忽闻筵上弄哀筝，苦含情，遣谁听？烟敛云收，依约是湘灵。拟待曲终寻问取，人不见，数峰青。"此词岂不更奇于《卜算子》耶？②

　　前则词话，袁文以考据和实证的方法，澄清词的作者问题，提出赝作的问题，虽然缺乏直接有力的证据，然而论证方式尚且令人信服。如果说前一则词话具有实证主义的视角和方法的话，后一则词话则将所谓的"本事"变换为文坛的"传奇"，论述不免有点无稽。根据词题"湖上与张先同赋，时闻弹筝"应该是作于苏轼于熙宁五年（1072）至七年在杭州通判任上，并且是与当时已八十有余的著名词人张先同游西湖时所作。遗憾的是，张先的同游之作未能

---

① （宋）袁文：《瓮牖闲评》，李伟国点校、考古、质疑，中华书局 2007 年版，第 77 页。
② 同上书，第 84 页。

留传。张邦基《墨庄漫录》云："东坡在杭州，一日，游西湖，坐孤山竹阁前临湖亭上。时二客皆有服，预焉。久之，湖心有一彩舟，渐近亭前，靓妆数人，中有一人尤丽，方鼓筝，年且三十余，风韵娴雅，绰有态度。二客竞目送之，曲未终，翩然而逝。公戏作长短句。"然而，张邦基的记载也不免有"传奇"成分，其中究竟存在多少真实内容，也令人怀疑。所以，现代词学界认为："至于这种传说有多少分真实性，已很难判断，也没有多大的必要去进行详细的考辨。知道这首词是作者在游西湖时闻有人弹筝而作，也就足够我们去理解、分析这首词了。"①　看来，袁文之"考据"，既有实证的方法，也有道听途说的"传奇"笔触，所以，也提醒我们，对于"词话"的"本事"内容，不能不加疑问地接受，而必须认真地鉴别和有保留地提取。

第二节　道德立场

袁文在对文本的批评过程中，流露浓重的道德气味，而忽略审美的艺术批评。但是，对于某些文本的具体修辞技巧的分析，却显示出独到的领悟。

　　程伊川一日见秦少游，问："天若有情，天也为人烦恼。是公之词否？"少游意伊川称赏之，拱手逊谢。伊川云："上穹尊严，安得易而悔之！"少游惭而退。近日郑闻卷一官妓周韵者，作《瑞鹤仙》遗之，其末句云："醉归来，不悟人间天上，云雨难寻旧迹。但余香暗著罗衾，怎生忘得？"其词固佳

---

① 唐圭璋等撰写：《唐宋词鉴赏词典》上卷，上海辞书出版社 1988 年版，第 687 页。

也，但天上岂是作欢处！其亵慢又甚于少游。①

黄太史词云："一杯春露莫留残，与郎扶玉山。"又词云："杯行到手更留残。"两"残"字下得虽险，而意思极佳。②

朱希真好作怪字，往往人多笑之。其小词有云："轻红写遍鸳鸯带，浓绿争倾翡翠卮。"其怪字似不宜写在鸳鸯带上，则争倾翡翠卮，恐未必然也。一日偶于江阴侯守坐上及之，坐客无不大笑。③

袁文的批评观念渗入过多的道德因素，他借伊川之言批评秦少游"天若有情，天也为人烦恼"之句，完全属于受胶柱鼓瑟的狭隘思维方式的支配，而没有从审美的艺术特性方面来读解少游的词，而对于《瑞鹤仙》的直接批评，"其词固佳也，但天上岂是作欢处！其亵慢又甚于少游"。尽管在艺术上肯定"词固佳"，然而也明显地流露出从道德立场苛求文艺的意识。综观两宋词话，这种狭隘的道德立场在不少人身上不同程度地存在，因此，必然影响总体的理论水准。相比较而言，袁文对黄太史词的微观批评，从修辞方面入手，肯定其"两'残'字下得虽险，而意思极佳"，就是比较客观深入的艺术批评了。而对朱希真"好作怪字"的批评，则既存在合理性，也不免欠辩证灵活，存在个人偏见。

总之，袁文词话，在考据方面有所创见，在审美感受和艺术判断方面，缺乏独到发现。

---

① （宋）袁文：《瓮牖闲评》，李伟国点校、考古、质疑，中华书局2007年版，第85页。
② 同上书，第85页。
③ 同上书，第86页。

第七章

吴曾《能改斋漫录》

　　吴曾，生卒不详。南宋文学家。字虎臣，崇仁人。擅长文史考据，识闻广博。高宗时因献所著书而得官，累迁工部郎中。出知严州而后卒。著有《能改斋漫录》，为杂录考证笔记，内容丰富，今本十八卷。《能改斋漫录》按内容分类，考辨精当。十六、十七涉及词话，记六十九则。唐圭璋先生《词话丛编》辑为《能改斋词话》。《能改斋漫录》主要内容是北宋词人奇闻逸事，也涉及词的艺术评价。吴曾考证精审，多有发明，间或也有误断。由于政治上依附秦桧，书中难免有美化秦桧之处。但是，遵循"不因人而废文"的原则，撇开政治因素看，《能改斋漫录》具有一定的文学史料价值和理论价值。该集保存了梅尧臣的《苏幕遮》，欧阳修的《少年游》咏草词，王安石的《生查子》《谒金门》，这些词都为原集所不载。《能改斋漫录》版本有《四库全书》本、《墨海金壶》本、《丛书集成初编》本等。唐圭璋的《词话丛编》本依据《守山阁丛书》本收入。

第一节　话语和意境的溯源

　　吴曾《能改斋漫录》善于对词作进行话语和意境的溯源，寻找其文藻修辞的依据，在考证基础上，指出某些词作对于前人的语词情境的仿袭，揭示出文本点化他人意境而有创新的审美特征。

张子野长短句"云破月来花弄影"，往往以为古今绝唱。然予读古乐府唐氏瑶暗别离云"朱弦暗断不见人，风动花枝月中影。"意子野本此。

晏叔原长短句云："门外绿杨春系马，床前红烛夜呼庐。"盖用乐府水调歌云："户外碧潭春洗马，楼前红烛夜迎人。"然叔原之辞甚工。

东坡《水调歌头》云："长记平山上，欹枕江南烟雨，杳杳没孤鸿。认得醉翁语，山色有无中。"盖欧阳文忠公长短句云："平山栏槛倚晴空，山色有无中。"东坡盖指此也。然王摩诘《汉江临泛》诗已尝云："江流天地外，山色有无中。"欧实用此，而东坡偶忘之耶？

周昉信《舞媚歌》六言云："少年惟有欢乐，饮酒那得留残。"豫章长短句云："一杯别酒莫留残"，出此。

东坡《宿海会寺》诗："本来无垢洗更轻。"乐府云："居士本来无垢。"按《维摩诘经》偈云："八解之浴池，定水湛然满。布以七净华，浴此无垢人。"

温庭筠乐府："春水碧于天，画船听雨眠。"皮日休《松陵集》诗云："汉水碧于天，南荆廓然秀。"豫章取以作《演雅》云："江南野水碧于天，中有白鸥闲似我。"

东坡作《定风波序》云："王定国歌儿曰柔奴，姓宇文氏。定国南迁归，余问柔：'广南风土，应是不好？'柔对曰：'此心安处，便是吾乡。'因用其语缀词云：'试问岭南应不好，却道此心安处是吾乡。'"余以此语本出于白乐天，东坡偶忘之耳。白《吾土》诗云："身心安处为吾土，岂限长安与洛阳。"又《出城留别》诗云:"我生本无乡,心安是归处。"又《重题》诗云:"心泰身宁是归处,故乡独可在长安。"又《种桃杏》诗云:"无论海角与天涯,大抵心安即是家。"

晁无咎评乐章:"欧阳永叔《浣溪沙》云:'堤上游人逐画船,拍堤春水四垂天,绿杨楼外出秋千。'要皆绝妙,然只一'出'字,自是后人道不到处。"余按,唐王摩诘《寒食城东即事》诗云:"蹴鞠屡过飞鸟上,秋千竞出垂杨里。"欧阳公用"出"字,盖本此。

胡仔苕溪诗话以词句欲全篇皆好,极为难得。如贺方回"淡黄杨柳带栖鸦",秦处度"藕叶清香胜花气"二句,写景咏物,可谓造微入妙。然予见刘忠肃莘老已言之矣。《湖上口号》云:"绿荷深不见湖光,万柄清风动晚凉。莫恨红葩犹未烂,叶香元自胜花香。"

《能改斋漫录》对于词的语汇与意境的溯源无疑精审,吴曾看到了词的继承传统佳作的修辞特点,也对仿袭点化他人作品的词语和意境的做法给予指出,既有批评的意味,也变通地指出,一些词作虽然袭用其他文本的词语或意境,却也有所点化、有所创新。例如他评晏叔原长短句"门外绿杨春系马,床前红烛夜呼庐",借鉴了乐府水调歌"户外碧潭春洗马,楼前红烛夜迎人",然而也肯定了"叔原之辞甚工"的艺术创造。他点出张先的"云破月来花弄影"借鉴古乐府的意境,但并未否定子野词的艺术价值。再如,他指出苏轼几首词作套用以往诗词的词句、意境、典故,用"东坡偶忘之耶"言说,有的地方似乎为贤者避讳,有的地方或许有批评之意,其实这种考虑纯属多余。因为子瞻的词作尽管仿效或借鉴先前的诗或词,却另有立意或情境,呈现不同的审美气象。吴曾词话的考据意义在于,客观地揭示了文学文本的历史继承性,它不是无源之水，无本之木，总是在前人的基础上有所发展、深化与创新。

《能改斋漫录》的考证有助于揭示词的创作对于传统文本的借鉴和模仿，也告诫他人在创作上不能简单地抄袭古人而不赋予自我的新意，可适当地点化和翻新前人的旧作，使其诞生具有艺术的审美新质。

第二节　作品品评

吴曾《能改斋漫录》对于诸家词作进行品评，凸显精湛的美学眼光，其往往不直接出面而以隐蔽在场的方式表露对一些词的高度赞美，或者借他人之言寄寓自己的看法。这种品评客观而理性，避免情绪化的影响而追求一种冷静超然的美学姿态。

> 晁无咎评本朝乐章，不具诸集，今载于此云："世言柳耆卿曲俗，非也。如《八声甘州》云：'渐霜风凄紧，关河冷落，残照当楼。'此真唐人语，不减高处矣。欧阳永叔《浣溪沙》云：'堤上游人逐画船，拍堤春水四垂天，绿杨楼外出秋千。'要皆妙绝。然只一'出'字，自是后人道不到处。苏东坡词，人谓多不谐音律，自然，居士词横放杰也，自是曲子中缚不住者。黄鲁直间作小词，固高妙，然不是当行家语，是著腔子唱好诗。晏元献不蹈袭人语，而风调闲雅，如'舞低杨柳楼心月，歌尽桃花扇底风'，知此人不住三家村也。张子野与耆卿齐名，而时以子野不及耆卿，然子野韵高，是耆卿所乏处。近世以来，作者皆不及秦少游，如'斜阳外，寒鸦万点，

流水绕孤村'，虽不识字人，亦知是天生好言语。"①

翰林学士聂冠卿，尝于李良定公席上赋《多丽词》云："想人生，美景良辰堪惜。问其间、赏心乐事，就中难是并得。况东城、凤台沙苑，泛晴波、浅照金碧。露洗华桐，烟霏丝柳，绿荫摇曳，荡春一色。画堂迥、玉簪琼佩，高会尽词客。清欢久、重燃绛蜡，别就瑶席。有翩若惊鸿体态，暮为行雨标格。逞朱唇、缓歌妖丽，似听流莺乱花隔。慢舞萦回，娇鬟低亸，腰肢纤细困无力。忍分散、彩云归后，何处更寻觅。休辞醉，明月好花，莫漫轻掷。"蔡君谟时知泉州，寄定公书云："新传《多丽词》，述宴游之娱，使病夫举首增叹耳。又近者有客至自京师，言诸公春日多会于元伯园池，因念昔游，辄形篇咏：'缘渠春水走潺湲，画阁峰峦映碧鲜。酒令已行金盏侧，乐声初认翠裙圆。清游盛事传都下，多丽新词到海边。曾是尊前沈醉客，天涯回首重依然。'"②

颜持约流落岭外，舟次五羊，作《品令》云："夜萧索，侧耳听，清海楼头吹角。停归棹，不觉重门闭，恨只恨，暮潮落。偷想红啼绿怨，道我真个情薄。纱窗外，厌厌新月上，应也则，睡不着。"朱希真，洛阳人，亦流落岭外。九日作《沙塞子》云："万里飘零南越，山引泪，酒添愁。不见凤楼龙阙、又惊秋。九日江亭闲望，蛮树瘴云浮。肠断红蕉花晚、水东流。"不减唐人语。③

释可正平，工诗之外，其长短句尤佳，世徒称其诗也。尝见其有《菩萨蛮》两阕，其一云："西风簌簌低红叶，梧桐影里银河侧。梦破画帘垂，月明乌雀飞。新愁那致许，欲似千丝

① 唐圭璋：《词话丛编》第一卷，中华书局1986年版，第125页。
② 同上书，第125—126页。
③ 同上书，第146页。

缕。雁亦不堪闻，砧声何处村。"其二云："谁能画取沙边雨，和烟淡扫蒹葭渚。别岸却斜辉，采莲人未归。鸳鸯如解语，对浴红衣去。去了更回顾，教侬特地愁。"①

　　以上几则词话部分地反映了吴曾《能改斋漫录》对于作品品评的方法和观点，他以幕后的方式对词家名作进行艺术价值和审美特性的判断和评价。如借晁无咎之口以《八声甘州》为例反驳以往对于耆卿的"曲俗"的流行定评，发出"此真唐人语，不减高处"的赞叹，可谓不拘旧识。对欧阳永叔《浣溪沙》一词，以对"出"的修辞技法的推崇，评点该词的审美趣味。对于苏子瞻突破音律的限制而有创意的写作策略给予充分的肯定，并从大家气度上给以宽容和理解。对于黄鲁直的词，在肯定其"高妙"的同时，认为"不是当行家语，是著腔子唱好诗"，辩证地指出作者对词的文体形式没有深入领悟和把握。评晏元献的词"风调闲雅"，以"雅"的审美标准来衡量词作，承袭前人而启来者。以比较的方法评论张子野与柳耆卿，指出两人各自的艺术特征。最后，推崇秦少游词作，"近世以来，作者皆不及秦少游"，一语论定，给予极高评价，以例说明其"天生好言语"的艺术才华。这种灵活多变、自由挥洒、层层递进的评价方法，成为文学批评的范例。从批评的形态和风格上，它不同于机械僵化的"学理批评"，也有别于浮光掠影的印象批评，而是建立在对文本深入领悟基础上的诗意批评，是对文本的审美直观和细致分析相结合而获得的艺术感受，因此，能传神而准确地揭示作品的美学内涵。

---

① 唐圭璋：《词话丛编》第一卷，中华书局 1986 年版，第 146 页。

第三节　风雅人生

　　北宋对文官的优待，以及经济文化的相对繁荣，店铺酒肆、青楼梨园、勾栏瓦舍、园林馆苑等市井的娱乐生活日益丰富，加之文人士大夫的诗意情怀和风雅浪漫交织其中，使世俗享乐和审美活动密切关联，而担任沟通工具和桥梁之一的就是——词。它成为文人士大夫书写风雅人生的艺术工具。两宋士大夫风雅人生的一个重要内容，就是和舞姬歌妓的欲望叙事与情感纠葛。吴曾《能改斋漫录》于此多有涉及，仅引录几则：

　　　　豫章寓荆州，除吏部郎中。再辞，得请守当涂。几一年，方到官。七日而罢，又数日乃去。其诗云："欧倩腰支柳一涡，大梅催拍小梅歌。舞余细点梨花雨，奈此当涂风月何？"盖欧、梅，当涂官妓也。李之仪云："人之幸不幸，欧、梅偶见录于豫章，遂为不朽之传，与杜诗黄四娘何异。"然豫章又有《木兰花令》叙云："庭坚假守当涂，故人庾元镇，穷巷读书，不出入州县。因作此以劝庾酒云：'庾郎三九尝安乐，使有万钱无处著。徐熙小鸭水边花，明月清风都占却。朱颜老尽心如昨，万事休休还莫莫。尊前见在不饶人，欧舞梅歌君更酢。'"自批云："欧、梅，当涂二妓也。"①

　　　　"去年今日，从驾游西苑。彩杖压金波，看水戏，鱼龙曼衍。宝津南殿，宴坐近天颜，金杯酒，君王劝，头上宫花颤。六军锦绣，万骑穿杨箭。日暮翠华归，拥钧天，笙歌一片。如

---

① 唐圭璋：《词话丛编》第一卷，中华书局1986年版，第153页。

今关外，千里未归人，前山雨，西楼晚，望断思君眼。"此陈济翁蓦山溪词也。舍人张孝祥知潭州，因宴客，妓有歌此。至"金杯酒，君王劝，头上宫花颤"，其首自为之摇动者数四。坐客忍笑，指目者甚多，而张竟不觉。[1]

豫章先生在当涂，又赠小妓杨姝弹琴送酒，寄《好事近》云："一弄醒心弦，情在两山斜叠。弹到古人愁处，有真珠承睫。使君来去本无心，休泪界红颊。自恨老人愦酒，负十分金叶。"故集中有《赠弹琴妓杨姝》绝句云："千古人心指下传，杨姝闲处更婵娟。不知心向谁边切，弹作南风欲断弦。"[2]

右史张文潜，初官许州，喜官妓刘淑奴。张作《少年游令》云："含羞倚醉不成歌，纤手掩香罗。偎花映烛，偷传深意，酒思入横波。看朱成碧心迷乱，翻脉脉，敛双蛾。相见时稀隔别多，又春尽奈愁何。"其后去任，又为《秋蕊香》寓意云："帘幕疏疏风透，一线香飘金兽。朱栏倚遍黄昏后，廊上月华如昼。别离滋味浓于酒，著人瘦。此情不及东墙柳，春色年年如旧。"元祐诸公皆有乐府，惟张仅见此二词。味其句意，不在诸公下矣。

洪觉范尝为长短句赠一女真人云："十指嫩抽新笋，纤纤工染红柔。人前欲展强娇羞，微露云衣霓袖。最好洞天春晓，黄庭卷罢清幽。凡心无计奈闲愁，时捻梨花频嗅。"[3]

以上词作皆与歌妓红粉有关，士大夫的风雅人生和诗意情怀密切地交织于词这一文学形式，他们的审美活动并没有排斥世俗的感官享乐，也不纯粹从审美对象的形式上获得审美意象，而是借助于

---

[1] 唐圭璋：《词话丛编》第一卷，中华书局1986年版，第155页。
[2] 同上书，第141—142页。
[3] 同上书，第150页。

本能的快感享受向审美体验过渡，这与西方美学观念截然不同。西方美学家康德认为："美的特点在于不涉及利害计较，因而不涉及欲念和概念。"① 在《判断力批判》中，他试图说明审美活动和本能欲望不存在任何逻辑关联。② 克罗齐则步康德的后尘，在其《美学原理·美学纲要》中强调，审美活动、艺术活动和功利欲望、道德概念等没有必然的关系。③ 而桑塔耶纳则认为："美是在快感的客观化中形成的，美是客观化了的快感。"④ 审美活动过滤了感官享乐从而升华到纯粹的形式体验，由此感受到美的存在。中国古典的美学观念丰富多彩，寄寓人生情怀和生命智慧，不否定感官享受的价值和意义，扬弃纯粹的本能享乐而朝着"超我"（super ego）的境界和纯粹审美的目标迈进。吴曾《能改斋漫录》的这几则词话，表明一种有别于西方美学的审美情趣和生命智慧，它肯定感官享受和审美活动、艺术活动的密切关系，没有舍弃生命快感应有的价值和意义，认为它们和美感存在潜在或必然的关系，肯定生命存在的权力和其历史的合理性与合法性。尤其意识到，女性的生命本体，她们给予文人墨客诸多灵感和才情的启迪，激发起多少审美的冲动和诗意的创造！词，这种艺术形式，适宜表现对于女性美的审美渴望和忧郁情怀。

第四节　生命的悲剧意识

西班牙美学家乌纳穆诺认为："所有哲学与宗教的个人的感情

① 朱光潜：《西方美学史》下卷，人民文学出版社 1979 年版，第 361 页。
② 参见［德］康德《判断力批判》上卷有关"美的分析"的四个契机的论述。
③ 参见［意］克罗齐《美学原理·美学纲要》，朱光潜译，外国文学出版社 1983 年版，第 1 章。
④ ［美］桑塔耶纳：《美感》，缪灵珠译，中国社会科学出版社 1982 年版，第 35 页。

的起点（Personal and affective starting – point），就在于这一种生命的悲剧意识。"① 词这一文学形式，也充分地体现生命的悲剧意识，它比其他文体更自觉地体验到生命的无常和短暂，也更喜欢表现人生的忧郁感和死亡意识。吴曾《能改斋漫录》中这几则词话折射出词所隐藏的生命的悲剧意识。

绍兴庚午，台之黄岩妓有姓谢，与姓杨者，情好甚笃。为姬所制，相约夜投诸江。好事者有为《望海潮》以吊之："彩筒角黍，兰画舫，佳时竞吊沅湘。古意未收，新愁又起，断魂流水茫茫。堪笑又堪伤。有临皋仙子，连璧檀郎，暗约同归，远烟深处弄沧浪。倚楼魂已飞扬，共偷挥玉箸，痛饮霞觞。烟水无情，揉花碎玉，空余怨抑凄凉。杨谢旧遗芳。算世间纵有，不恁非常。但看芙蕖并蒂，他日一双双。"②

宿首营妓张玉姐，字温卿，本蕲泽人。色技冠一时，见者皆属意。沈子山为狱掾，最所钟爱。既罢，途次南京，念之不忘，为《剔银灯》二阕。其一云："一夜隋河风劲，霜湿水天如镜。古柳堤长，寒烟不起，波上月无流影。那堪频听，疏星外、离鸿相应。须信道情多是病，酒未到愁肠还醒。数叠兰衾，余香未减，甚时枕鸳重并？教伊须省，更将盟誓要言定。"其二云："江上秋高霜早，云静月华如扫。候雁初飞，啼螀正苦，又是黄花衰草。等闲临照，潘郎鬓、星星易老。那堪更酒醒孤棹，望千里长安西笑。臂上妆痕，胸前泪粉，暗惹离情多少？此情难表，除非是、重相见了。"其后明道中，张子野先、黄子思孝先后为掾，尤赏之。偶陈师之求古以光禄丞来掌榷

_____

① ［西班牙］乌纳穆诺：《生命的悲剧意识》，北方文艺出版社 1987 年版，第 38 页。注：该译本未注明译者。

② 唐圭璋：《词话丛编》第一卷，中华书局 1986 年版，第 155 页。

酤，温卿遂托其家。仅二年而亡，才十九岁。子思以诗吊之云："人生第一莫多情，眼见仙花结不成。为抱两京才子道，好将诗句哭温卿。"先是，子思有爱卿宜哥，客死舟中，遗言葬堤下，冀他日过此得一见，以慰孤魂。子思从之，作诗纳柩中。其断章云："恩同花上露，留得不多时。"二人皆葬于宿州柳市之东，子野嘉祐中过而题诗云："好物难留古亦嗟，人生无物不尘沙。何时宰树连双冢，结作人间并蒂花。"①

秦少游《千秋岁》，世尤推称。秦既没藤州，晁无咎尝和其韵以吊之云："江头苑外，尝记同朝退。飞骑轧，鸣珂碎。齐讴云绕扇，赵舞风回带。严鼓断，杯盘狼藉犹相对。洒涕谁能会，醉卧藤荫盖，人已去，词空在。兔园高宴悄，虎观英游改。重感慨，惊涛自卷珠沈海。"中云："醉卧藤荫盖"者，少游临终作词所谓"醉卧古荫藤下，了不知南北"，故无咎用之。②

《能改斋漫录》关注到词所寄寓的生命的悲剧意识，这种生命的悲剧意识在某种意义上也就是死亡意识。中国古典艺术和古典美学包含丰富的悲剧意识和死亡意识，它们既来源于对社会历史的普遍残酷性的理性认识，也来源于对自然规律和生命本质的感性体验。庄子云："天与地无穷，人死者有时。"③"人之生，气之聚也。聚则为生，散则为死。……人生天地之间，如白驹之过隙，忽然而已。"④古典艺术喜好以对应的技法表现时间的无情和生命的无常，抒写美与善的双重沉落与毁灭，给人以巨大的心理冲击，使审美活动具有深刻的哲理意味。日本现代美学家今道友信认为："对于人来说，没有像死那样使人思考虚无的场所了。对自我来说，死是虚

---

① 唐圭璋：《词话丛编》第一卷，中华书局 1986 年版，第 151 页。
② 同上书，第 127 页。
③ 《庄子·盗跖》。
④ 《庄子·知北游》。

无的最强烈的现象。正如虚无曾经使柏拉图和德谟克利特所惊惧那样，死在他们那里，不，自古以来，就是一般哲学最正统的课题。思索存在的人，而且思索人的人，不能不思索死。"① 存在主义美学，从死亡的投影中考察艺术问题，认为死亡是最高的哲学问题和最高的美学问题。海德格尔认为，人在本质上是一种向死的存在，生存就意味着必然地走向死亡，甚至在主观体验的时间上，每一刻的存在都是死亡。"此在作为被抛在世的存在向来已经委托给了它的死亡。作为向其死亡的存在者，此在实际上死着，并且只要它没有到达亡故之际就始终死着。"② 参照于这样的理论意义，再考察吴曾《能改斋漫录》的这几则词话，也许会有较深入的体悟。

前一则词话，悲悼爱与美的毁灭，是生命和爱的悲剧意识的体现，然而这种爱的悲剧包含着诗意和审美的结构，吴曾以不加品评却寄寓同情的方式表明自己的美学态度，对真挚爱情给以赞叹和肯定，对于词作的情感表现和艺术价值给予认同。为爱双双"自沉"，显然是悲剧性质的，然而这种生命态度却是诗意和美学化的。正如叔本华所论："自杀也是一种实验，是人类对自然要求答案的一种质问。""如果生的恐惧战胜死的恐惧，那么，他就会勇敢的结束自己的生命。"③ 词赞许两位青年为爱而自杀的行为，以审美的方式抒写生命对于爱的求证。另一则词话关涉两位色艺双绝、情意深重的青春女子之厄命。两位美人天不假年，不幸早早亡故，留给文人雅士们不尽的感叹和哀伤，而感叹和哀伤的情绪寄托于诗词之中，充分显露了生命的悲剧意识和死亡意识，美与爱都是瞬间的体验，唯有死亡是无法征服的绝对永恒势能，然而，爱与美也唯有在死亡的

---

① 〔日〕今道友信等：《存在主义美学》，崔相录、王生平译，辽宁人民出版社 1987 年版，第 70 页。

② 〔德〕海德格尔：《存在与时间》，陈嘉映、王庆节译，生活·读书·新知三联书店 1987 年版，第 310 页。

③ 〔德〕叔本华：《叔本华论文集》，陈晓南译，百花文艺出版社 1987 年版，第 96—97 页。

背景里才显示出它的宝贵和本真。词话以隐蔽的方式揭示出如此的
美学内涵。

第五节　题材之思

吴曾对于词的题材丰富和趣味给予一定程度的注意，感受到词
这种文学样式自由随意、从容潇洒地表现现实生活的方方面面，同
时，题材的丰富也显现出它们所内含的主体审美趣味。例如所谓
"咏草词""咏荷花词""菊花词""芙蓉词""明月逐人来词""咏
茶词""送别词""维扬好词""安阳好词""燕词""灯词""渔父
词""御词""三愿词"，等等，从不同视界反映世俗生活的斑斓风
趣，隐喻创作者的主体情志。对此，吴曾《能改斋漫录》都给以积
极的赞许和肯定。

梅圣俞在欧阳公座，有以林逋草词"金谷年年，乱生青草
谁为主"为美者，圣俞因别为《苏幕遮》一阕云："露堤平，
烟墅杳。乱碧萋萋，雨后江天晓。独有庚郎年最少，窣地春
袍，嫩色宜相照。接长亭，迷远道。堪怨王孙，不记归期早。
落尽梨花春又了，漫地残阳，翠色和烟老。"欧公击节赏之，
又自为一词云："栏杆十二独凭春，晴碧远连云。千里万里，
二月三月，行色苦愁人。谢家池上，江淹浦畔，吟魄与离魂。
那堪疏雨滴黄昏，更特地忆王孙。"盖《少年游》令也。不惟
前二公所不及，虽置诸唐人温、李集中，殆与之为一矣。今集
本不载此篇，惜哉！①

---

① 唐圭璋：《词话丛编》第一卷，中华书局 1986 年版，第 149 页。

豫章先生少时，尝为茶词，寄《满庭芳》云："北苑龙团，江南鹰爪，万里名动京关。碾深罗细，琼蕊冷生烟。一种风流气味，如甘露，不染尘烦。纤纤捧，冰瓷弄影，金缕鹧鸪斑。相如方病酒，银瓶蟹眼，惊鹭涛翻。为扶起尊前，醉玉颓山。饮罢风生两袖，醒魂到明月轮边。归来晚，文君未寝，相对小窗前。"其后增损其词，止咏建茶云："北苑研膏，方圭圆璧，万里名动天关。碎身粉骨，功合在凌烟。尊俎风流战胜，降春梦，开拓愁边。纤纤捧，香泉溅乳，金缕鹧鸪斑。相如虽病渴，一觞一咏，宾有群贤。便扶起银灯，醉玉颓山。搜搅胸中万卷，还倾动三峡词源，归来晚，文君未寝，相对小妆残。"词意益工也。后山陈无己同韵和之云："北苑先春，琅函宝韫，帝所分落人间。倚窗纤手，一缕破双团。云里游龙舞凤，香雾霭，飞入雕盘。华堂静，松风云行，金鼎沸潺湲。门阑车马动，浮黄嫩白，小袖高鬟。便胸臆轮囷，肺腑生寒。唤起谪仙醉倒，翻湖海倾泻涛澜，笙歌散，风帘月幕，禅榻鬓丝斑。"①

侍读刘原父守维扬，宋景文赴寿春，道出治下，原父为具以待宋。又为《踏莎行》词以侑欢云："蜡炬高高，龙烟细细，玉楼十二门初闭，疏帘不卷水晶寒，小屏半掩琉璃翠。桃叶新声，榴花美味。南山宾客东山妓。利名不肯放人闲，忙中偷取工夫醉。"宋即席为《浪淘沙》近，以别原父云："少年不管，流光如箭，因循不觉韶光换。至如今，始惜月满花满酒满。扁舟欲解垂杨岸，尚同欢宴。日斜歌阕将分散。倚兰桡，望水远天远人远。"其云"南山宾客东山妓"。本白乐天诗。②

欧阳文忠公爱王君玉燕词云："烟迳掠花飞远远，晓窗惊梦语匆匆。"梅圣俞以为不若李尧夫燕诗云："花前语涩春又

---

① 唐圭璋：《词话丛编》第一卷，中华书局1986年版，第141页。
② 同上书，第149页。

冷，江上飞高雨乍晴。"君玉全章云："江南燕，轻扬绣帘风。二月池塘新社过，六朝宫殿旧巢空。颉颃恣西东。王谢宅，曾入绮堂中，烟迳掠花飞远远，晓窗惊梦语匆匆，偏占杏梁红。"①

政和癸巳，大晟乐成。嘉瑞既至，蔡元长以晁端礼次膺荐于徽宗。昭乘驿赴阙。次膺至都，会禁中嘉莲生。分苞合跗，琼出天造，人意有不能形容者。次膺效乐府体属词以进，名《并蒂芙蓉》。上览之称善，除大晟府协律郎，不克受而卒。其词云："太液波澄，向鉴中照影，芙蓉同蒂。千柄绿荷深，并丹脸争媚。天心眷临圣日，殿宇分明敞嘉瑞，弄香嗅蕊。愿君王寿与南山齐比。池边屡回翠辇，拥群仙醉赏，凭栏凝思。蕚绿揽飞琼，共波上游戏。西风又看露下，更结双双新莲子，斗妆竞美。问鸳鸯向谁留意？"②

徽宗天才甚高，于诗文外，尤工长短句。常为《探春令》云："帘旌微动，峭寒天气，龙池冰泮。杏花笑吐香红浅。又还是、春将半。清歌妙舞从头按，等芳时开宴。况去年对著，东风曾许，不负莺花愿。"《聒龙谣》云："紫阙岧峣，绀宇邃深，望极绛河清浅。霜月流天，锁穹隆光满。水晶宫金锁龙盘，玳瑁帘玉钩云卷。动深思，秋籁萧萧，比人世，倍清燕。瑶阶迥，玉签鸣，渐秘省引水，轳辘声转。鸡人唱晓，促铜壶银箭。拂晨光宫柳烟微，荡瑞色御炉香散。从宸游前后，争趋向金銮殿。"宣和乙巳冬，幸亳州途次，御制《临江仙》云："过水穿山前去也，吟诗约句千余。淮波寒重雨疏疏，烟笼滩上鹭，人买就船鱼。古寺幽房权且住，夜深宿在僧居。梦魂惊

---

① 唐圭璋：《词话丛编》第一卷，中华书局 1986 年版，第 148 页。
② 同上书，第 134—135 页。

起转嗟吁，愁牵心上虑，和泪写回书。"①

李和文公作《咏菊望汉月》词，一时称美。云："黄菊一丛临砌，颗颗露珠妆缀。独教冷落向秋天，恨东君不曾留意。雕栏新雨霁，绿藓上乱铺金蕊。此花开后更无花，愿爱惜莫同桃李。"时公镇澶渊，寄刘子仪书云："澶渊营妓，有一二擅喉转之技者，唯以'此花开后更无花'为酒乡之资也。""不是花中唯爱菊，此花开后更无花"，乃元微之诗，和文述之尔。②

"帝城五夜宴游歇，残灯外，看残月。都人犹在醉乡里，听更漏初彻。行乐已成闲话说，如春梦，觉时节。大家重约探春行，问甚花先发。"李驸马正月十九日所撰《滴滴金》词也。京师上元，国初放灯止三夕。时钱氏纳土，进钱买两夜。其后十七、十八两夜灯，因钱氏而添，故词云五夜。③

东坡、山谷、徐师川，既以张志和《渔父》词填《浣溪沙》、《鹧鸪天》，其后好事者相继而作。尝有五阕云："云锁柴门半掩关，垂纶犹自在前湾，独乘孤棹夜方还。任使有荣居紫禁，争如无事隐青山。浮名浮利总输闲。""一副纶竿一只船，蓑衣竹笠是生缘，五湖来往不知年。青嶂更无荣辱到，白头终没利名牵，芦花深处伴鸥眠。""钓罢高歌酒一杯，醉醒曾笑楚臣来，夕阳维缆碧江隈。蓑笠每因山雨戴，船窗多为水花开，安居流景任相催。""雨气兼香泛芰荷，回舟冒雨懒披蓑，夜阑风静水无波。白酒追欢常恨少，青山入望岂嫌多，人间荣辱尽从他。"乃《浣溪沙》也。"雨霁云收望远山，钓杆林下咨清闲。蝉噪日斜林影转，溪岸，绿深红浅画屏间。对酒狂歌时鼓枻，更邀同志醉前湾。待月却寻维缆处，归去，烟萝一径

① 唐圭璋：《词话丛编》第一卷，中华书局1986年版，第140页。
② 同上书，第133页。
③ 同上书，第146页。

接柴关。"乃《定风波》也。①

　　吴曾《能改斋漫录》论及词作题材众多，其艺术价值也达到相当高的境界。吴氏观察到词作牵涉现实生活的方方面面，写作技巧也活脱圆转、别具匠心，寓情写意、象征写实，不一而足。词题材的广泛性和思想的丰富性相得益彰，构成正比例的关系，吴曾对此给予高度赞许。如果稍稍细读上几则词话，不难看出吴曾的美学态度。他对林逋、梅圣俞二人的"咏草词"表示赞赏，但更推崇欧阳公的《少年游》令，赞叹道"不惟前二公所不及，虽置诸唐人温、李集中，殆与之为一矣。今集本不载此篇，惜哉"。吴曾以比较和递进的方法，评价欧阳修的《少年游》令咏草词，甚至认为可以和唐人温庭筠、李煜之作媲美，这也许是最高的赞美了。豫章"咏茶词"，以《满庭芳》调填了两阕，其一泛咏茶，巧化典故而融入新意。其二专咏"建茶"，吴曾评价："语意益工。"虽然茶的地域品种有所局限，但词的境界却更为开阔。陈无己同韵奉和之作，也形神兼备，写出茶给中国文人士大夫所带来的感官享受和审美体验。《颜氏家训》云："别易会难，古人所重。江南饯送，下泣言难。北间风俗不屑此，岐路言离，欢笑分手。"尽管古代南北地域的习俗对于分别有不同的心理情绪，但是它的确给处于分别情境中的主体以情感的震撼，因此以"送别"为题材的词作汗牛充栋。《能改斋漫录》所记载的"送别"词，却显示独特的审美风韵，吴曾指出刘原父《踏莎行》袭用白乐天"南山宾客东山妓"一句，而境界迥然有异。宋景文以《浪淘沙》作别，"望水远天远人远"收尾，境界开阔，情景交融，其审美冲击力超越以往的一般词作。从题材上讲，"咏燕"并不新鲜。吴曾照录欧阳修垂青王君玉"燕

---

① 唐圭璋：《词话丛编》第一卷，中华书局 1986 年版，第 152 页。

词"，梅尧臣偏爱李尧夫"燕诗"，他没有表露倾向，而以存而不论的态度给予"存疑"，表明自己承认不同的审美主体的审美经验存在一定差异的美学态度，接近于休谟"趣味无争辩"的立场，"人们的审美趣味差别很大，这种事实甚至无须考虑就可以明白"①。吴曾也认同审美趣味在词的品评上的差异性和无争辩性。"咏荷"题材的诗词并不鲜见，吴曾《能改斋漫录》所记的"咏荷词"是向皇帝所呈的取悦之作，但是，评论者并不因为是应制之作而抱有偏见，该词写"人意有不能形容者"的并蒂芙蓉，暗示写作活动具有一定的挑战性和困难，然而词作者却能写形绘神，描写荷花的色香艳丽寄寓对帝王的祝福。显然，吴曾对于这一应制的宫廷文学作品并没有情感和审美的排斥，以一种宽容和纯粹艺术鉴赏的眼光看待文本。帝王诗文，鱼龙混杂，珠玑之作不多。徽宗缺乏政治才干，但在艺术方面却有显赫成就，社稷不幸诗文幸。吴曾说"徽宗天才甚高，于诗文外，尤工长短句"是一个中肯的评价。所录三首御词《探春令》《耍龙谣》《临江仙》，均为上乘之作，尤其《临江仙》一阕，可算精品。意境清幽凄楚，绘景逼真传神，情感真切淋漓，透露悲凉萧疏的韵致，完全担得起吴曾的评价。对于"一时称美"的"咏菊词"，吴曾指出袭用元微之"此花开后更无花"句，其善于考据即如此。然而，他也没有因此而否定李和文公的《咏菊望汉月》一词的创新价值。对于"灯词"，吴氏未作评论，只是指明其写作的背景，但是显露出他对于词题材丰富性的赞赏。最后，从审美取舍上，吴曾对于"渔父"题材更为钟情，因为这个传统的题材寄寓丰厚的历史人文内涵，也是词所青睐的主题之一，因为词人酷爱隐逸的人文精神往往借助于"渔父"之吟咏得以彰明。自屈原开创"渔父"这个诗歌形象，张志和《渔歌子》系

---

① 蒋孔阳、朱立元主编：《西方美学通史》第3卷，上海文艺出版社1999年版，第373—374页。

列词作升华了它的审美情趣之后，词坛上出现一些"渔父"题材的系列奉和之作，以同样题材呈现不同的审美意蕴，一时蔚然成风。吴曾《能改斋漫录》对收录的"渔父"系列奉和之作，虽然未予直接批评，但从其能够一一选录的情况来看，吴氏显然持赞赏的态度。

第六节　词调考据

《能改斋漫录》除了理论上有所建树之外，精审的考据是其特点之一。对于词调源流，吴曾表现出一定的学术兴趣。从下列几则词调的考据上，可见出他严谨求实的精神。

> 本朝乐府有《二郎神》，非也。按唐《乐府杂录》曰："离别难。武后朝，有一士人陷冤狱，籍其家。妻配入掖庭，善吹觱篥，乃撰此曲以寄情焉。初名《大郎神》，盖取良人行第也。既畏人知，遂三易其名，曰《悲切子》，又曰《怨回鹘》。乃以大为二，传写之误。"
>
> 崇宁大观以来，内外街市鼓笛拍板，名曰"打断。"至政和初，有旨立赏钱五百千；若用鼓板改作北曲子，并著北服之类，并禁止支赏。其后民间不废鼓板之戏，第改名"太平鼓"。续又有旨："一应士庶，于京城内不得辄戴毡笠子。如有违犯，并依上条。"
>
> 唐乐府有《忆秦娥》，"娥"字见《史记·齐悼惠王传》："王太后有爱女，曰修成君，修成君有女，名娥。"后汉顺帝，乳母宋娥。又《史记·外戚世家》："武帝时幸夫人尹婕妤、邢夫人、众人谓之妵娥。"

歌曲以阕为称。按,《吕氏春秋》:"昔葛天氏之乐,三人操牛尾,捉足以歌八阕。"

京师僧念《梁州八相》《太常引》《三皈依》《柳含烟》等,号"唐赞"。而南方释子作《渔父》《拨棹子》《渔家傲》《千秋岁》唱道之词。盖本毗奈耶云:"王舍城南方,有乐人名膊婆,取菩萨八相,缉为歌曲。令敬信者闻生欢喜。"

《能改斋漫录》对于词调考证着眼于揭示某一词牌的渊源,纠正某些可能产生的误解,有助于人们更深入准确地了解某些词牌的来源和演变。词牌的产生原因很多,涉及社会生活的各个方面,如神话、传说、宗教、政治、经济、民俗、音乐等方面,从吴曾上述几则词话对于词牌的考证来看,吴氏旨在援引史料揭示某些词牌产生的缘由,而对于词调没有进行深入的格律或音律的探究,从这一点来看,他显然没有达到王灼对于词调、词牌研究的深度和水准。

总的来说,吴曾《能改斋漫录》保留较为丰富的词话内容,记载了词坛的诸多逸事,对于一些词家词作进行简约明确的评论,显示出一定的艺术眼光和美学见解,也有一些独到领悟和敏锐的词学感觉。遗憾的是,吴曾在理论上毕竟建树有限,没有提出系统的概念、范畴,也缺乏一个相对完善的词学理论体系。但是,对于笔记体的写作方式,我们也不能苛求。可以这样说,《能改斋漫录》为《乐府指迷》和《词源》这样完整系统的词学理论著作的出现,作了一个资料和逻辑的铺垫,具有先导性的意义和价值。

第 八 章

王明清词话

　　王明清（1127—1214 年之后），字仲言，汝阴人。王铚之子。生于高宗建炎元年，卒于宁宗嘉定七年之后，年在八十八岁之上。庆元间，寓居嘉禾，当官泰州倅。王明清撰有《挥尘前录》四卷、《后录》十一卷、《第三录》三卷、《余话》二卷、《玉照新志》六卷、《投辖录》一卷，又有《清林诗话》并行于世。王明清的词话主要散落在《挥尘录》《玉照新志》之中。我们主要以这两部文献作为论述的对象。

第一节　词为政治工具

　　对于词的功能认识有一个历史过程。和其他的文学形式一样，词的功能是多元的，当然在多种功能之中有几个主要的功能，尤其就它的文体特征而言，它更是一种审美游戏，因为词的娱乐消闲、寄情遣性、弦歌而舞、击节而唱的功能明显要强于其他文学体裁。所以，词也曾被称为"小道""末技"。然而，像所有的文学形式一样，词可以被用来作为政治写作的工具，至少说，可以作为表达作者政治意识和政治理想的一种写作途径。对此，王明清有自己的感知。

绍兴戊午，秦桧之再入相，遣王正道为计议使，以修和盟。十一月，枢密院编修官胡铨邦衡上书。……疏入，责为昭州盐仓，而改送吏部。与合入差遣，注福州签判，盖上初无深怒之意也。至壬戌岁，慈宁归养，秦讽台臣论其前言弗效，诏除名勒停，送新州编管。张仲宗元干寓居三山，以长短句送其行云："梦绕神州路。怅秋风，连营画角，故宫离黍。底事昆仑倾砥柱。九地黄流乱注。聚万落、千村狐兔。天意从来高难问，况人生易老悲如许，更南浦，送君去。凉生岸柳销残暑。耿斜河、疏星淡月，断云微度。万里江山知何处？回首对床夜语。雁不到、书成谁与？目断青天怀今古，肯儿曹、恩怨相尔汝？举大白，唱金缕。"邦衡在新兴，尝赋词云："富贵本无心，何事故乡轻别？空使猿惊鹤怒，误薜萝风月。囊锥刚要出头来，不道甚时节。欲驾巾车归去，有豺狼当辙。"郡守张棣缴上之，以谓讥讪。秦愈怒，移送吉阳军编管。棣乃择使臣之刻核者名游崇管押，封小项筒过海。邦衡与其骨肉徒步以涉瘴疠，路人莫不怜之。至雷州，太守王彦恭趯虽不学而有识，适使臣者行囊中有私茶，彦恭遣人捕获，送狱奏治，别差使护送，仍厚饷以济其渡海之费，邦衡赖以少苏。彦恭缘此贤大夫推重之。棣讦邦衡后，即就除湖北提举常平，乘轺一日而殂。又数年，秦始闻仲宗之词，仲宗挂冠已久，以它事追赴大理削籍焉。邦衡囚朱崖几一纪方北归，至端明殿学士、通奉大夫，八十余而终，谥忠简，此天力也。

王明清这则词话揭示词非"小道""末技"的一面。以现实的政治事件与政治矛盾和词之间的密切关系，表明词同样具有作为政治工具的意识形态功能。高宗绍兴八年（1138），枢密院编修官胡铨，上书高宗，反对议和，主张抗金，要求将秦桧等投降派人物斩

首，以示决心抗战。胡铨为此屡次被贬谪。高宗绍兴十二年
（1142），再获重遣，除名编管新州（今广东新兴），张元幹作《贺
新郎》送别。该词由写景破题，以象征和隐喻的梦境笔法勾画出惨
淡悲凉的自然景象，暗示政治上的黑暗和国运的艰难，以传统"黍
离麦秀"的寓意，预示政治形势的危急和国家前途的险恶。下面紧
接着写实，悲痛北宋王朝的破灭和中原生灵涂炭，其情切切，因为
作者亲历抗金时期华北沦陷的悲惨境地，故有刻骨铭心的悲剧体
验。联想到南宋统治者忍辱求和、丧权辱国、迫害抗金人士的可耻
行径，作者进行悲愤的谴责。接着抒写送别政治上知交的悲壮感
情，希望胡铨在千里流放、举家飘零的险恶环境中善自珍重，超越
个人恩怨，艰辛坚持，直到国家民族的胜利。而胡铨这首《好事
近》作于新州，已是流放十年之后，词人锐气依然，不改本色，坚
持自己的政治态度和抗金主张，对于"豺狼当辙"的境况，进行强
烈的斥责和痛骂。此典出于《东观汉纪·张纲传》："豺狼当道，
安问狐狸？"张纲所指"豺狼"，为当时独揽朝政的大将军梁冀，
胡铨所指无疑是秦桧，斗争锋芒十分明显。朱熹赞扬胡铨为"好人
才"。王明清也表明自己的政治态度和情感倾向，对秦桧、张棣给
以政治上和人格上的强烈批判和价值否定，而对张元干、胡铨则强
烈地推崇和敬重，以他们的两首词贯穿词话的主题，表明词具有政
治、伦理、艺术等多种功能的价值。历史上词的政治写作的内涵被
揭示得淋漓尽致。美国当代马克思主义文艺理论家詹姆逊（Fredric
Jamesom）就认为，任何一种形式的写作都是象征化的政治写作，
而文学是社会的象征性行为，文学写作以政治无意识的方式在作品
中呈现历史。他说："一切事物都是社会的和历史的，事实上，一
切事物'说到底'都是政治的。"① 从这个视点而言，写作也是政

---

① ［美］詹姆逊：《政治无意识》，王逢振、陈永国译，中国社会科学出版社1999年版，
第11页。

治行为。王明清所记载的张元幹、胡铨的词作，都是政治写作，和詹姆逊的观点存在差异的是，这两个历史人物的写作不是政治无意识作用的结果，而是起源于有意识的政治倾向、鲜明的社会历史道德准则和主体世界的明确良知。无疑，王明清所强调的是有意识的政治写作倾向。

第二节　词与梦境之关系

词与梦幻之微妙关系已有人论述，王明清以生动形象的故事和逼真传神的体验进一步探讨了这一问题。

周美成晚归钱塘乡里，梦中得《瑞鹤仙》一阕："悄郊原带郭。行路永，客去车尘漠漠。斜阳映山落。敛余红、犹恋孤城栏角。凌波步弱。过短亭、何用素约。有流莺劝我，重解绣鞍，缓引春酌。不记归时早暮，上马谁扶，醉眠朱阁。惊飙动幕。犹残醉，绕红药。叹西园、已是花深无地，东风何事又恶？任流光过却。归来洞天自乐。"未几，方腊盗起，自桐庐拥兵入杭。时美成方会客，闻之，仓皇出奔，趋西湖之坟庵，次郊外。适际残腊，落日在山，忽见故人之妾，徒步亦为逃避计，约下马小饮于道旁旗亭。闻莺声于木杪。分背，少焉抵庵中，尚有余醺，困卧小阁之上，恍如词中。逾月，贼平入城，则故居皆遭蹂践，旋营缉而处。继而得请提举杭州洞霄宫，遂老焉。悉符前作。美成尝自记甚详，今偶失其本。姑追记其略而书于编。

明清《挥尘余话》记周美成《瑞鹤仙》事，近于故箧中得先人所叙，特为详备，今具载之。美成以待制提举南京鸿庆宫，自杭徙居睦州，梦中作长短句《瑞鹤仙》一阕，既觉，犹全能记，了不详其所谓也。未几，青溪贼方腊起，逮其鸱张，方还杭州旧居，而道路兵戈已满，仅得脱死。始入钱塘门，但见杭人仓皇奔避，如蜂屯蚁沸，视落日半在鼓角楼檐间，即词中所谓"斜阳映山落，敛余晖、犹恋孤城栏角"者应矣。当是时，天下承平日久，吴越享安闲之乐，而狂寇啸聚，径自睦州，直捣苏杭，声言遂蹂二浙，浙人传闻，内外响应，求死不暇。美成旧居既不可往，是日无处得食，饥甚，忽于稠人中有呼待制何往者，视之，乡人之侍儿，素所识者也。且曰："日昃未必食，能舍车过酒家乎？"美成从之。惊遽间，连引数杯散去，腹枵顿解，乃词中所谓"凌波步弱，过短亭、何用素约。有流莺劝我，重解绣鞍，缓引春酌"之句验矣。饮罢，觉微醉，便耳目惶惑，不敢少留，径出城北。江涨桥诸寺，士女已盈满，不能驻足。独一小寺经阁，偶无人，遂宿其上，则词中所谓"上马谁扶，醉眠朱阁"又应矣。既见两浙处处奔避，遂绝江居扬州，未及息肩，而传闻方贼已尽据二浙，将涉江之淮、泗。因自计方领南京鸿庆宫，有斋厅可居，乃挈家往焉，则词中所谓"念西园、已是花深无路，东风又恶"之言应矣。至鸿庆，未几以疾卒，则"任流光过了，归来洞天自乐"又应于身后矣。美成平生好作乐府，将死之际，梦中得句，而字字俱应，卒章又验于身后，岂偶然哉。美成之守颍上，与仆相知。其至南京，又以其词见寄，尚不知此词之言，待其死乃尽验如此。①

文艺理论关于潜意识或无意识对于创作的影响已有较多的论

---

① 邓子勉编：《宋金元词话全编》（上），凤凰出版社 2008 年版，第 629—630 页。

述，精神分析理论探究了梦和创作的关系，弗洛伊德在一些文献中论述了白日梦对于艺术的微妙作用。王明清词话中所记载的周美成梦中所作《瑞鹤仙》一事，从实证的角度看，有一定的可信度。因为，大量的史料记载都有诗人或词人于梦中获得诗词创作灵感，并获得篇目相对完整的诗词，或者获得一些零散句子的故事。周美成这则《瑞鹤仙》，从艺术价值考察，无疑具有一定的审美意义。它属于记叙自己的人生旅途经历，抒发内心的真切体验，为情景交融、寄兴遣怀之作。从阐释学（hermeneutics）的视角上，读者可以对它进行自我视域的解释，从而诞生一种流动的"效果历史"。有学者认为，诗"一旦书写下来之后，那么，文本的语言便从它可能曾原本蕴含于其中的束缚之下释放出来。任何一种行为都有可能会超越其执行者预期的后果，而这些后果又可能会产生出执行者预料之外的其他行为的必要。释义有可能显得是为诗的本文提供了新解，但随着时间的流逝，诗的其他方面似乎被掩盖了"。① 显然，这样的阐释必然导致脱离作者本意的"过度诠释"。如果说，王明清对于周美成梦境中创作《瑞鹤仙》这一现象的揭示具有某种美学意义的话，那么，再反观他对于词的文本的阐释，就不能令人信服。因为其中主观的猜想远远超越文本的客观性和审美性，他过分使用阐释者的权力，凭借任意的猜想或想象解释作品的字句，推论作者的具体经历，一些地方难免荒诞不经和牵强附会，充满世俗唯心主义和因果迷信的色彩。从阐释学意义上讲，是一例失败的或过度的诠释，正像艾柯所批评的那样："过分的好奇导致对一些偶然巧合的重要性的过高估计，这些巧合完全可以从其他角度得到解释。文艺复兴时期的神秘主义致力于去寻找一些'踪迹'，即能揭示出隐秘关系的一些可见线索。""这些作品在其被接受的过程中越来越隐

---

① 参见［美］D.C.霍埃《批评的循环》"译者前言"，兰金仁所译，辽宁人民出版社1987年版，第5页。此处的"本文"（text），现在一般译为"文本"。

喻化，越来越神圣化了。"① 这种阐释导致一种文学批评的神秘主义倾向和民间迷信，使艺术文本沦落为街头巷尾的奇异谈资，而不是有益于正确的审美活动。从这一点而言，王明清词话存在理论的局限性。

---

① ［意］艾柯等：《诠释与过度诠释》，王宇根译，生活·读书·新知三联书店 1997 年版，第 59、63 页。

第九章

王楙词话

王楙（1151—1213），字勉夫，家本福清，其祖先徙平江，遂为长洲人。王楙生于宋高宗绍兴二十一年，卒于宋宁宗嘉定六年。享年六十三岁。父亲过世较早，年少时事母以孝闻于乡里，致力于科举功名而未能如愿。母亲故后，乃悉心攻读，杜门著述。将其所居命名为"分定斋"。时人称其为"讲书君"。曾经以文拜谒范成大，范给予高度评价，为之击节。王楙著有《野客丛书》三十卷、《巢睫稿林》五十卷。间或创作乐府小词，清丽飘逸。王楙的词话主要散见于《野客丛书》，以下选择相关内容进行阐释。

第一节　论辩式批评

王楙词话闪烁着论辩的色彩，不拘前人名家之成见，而以自我的思考和分析纠正以往的偏见和谬误，从而获得独到的艺术见解，表现出可贵的思想独立。

东坡在惠州，有"梅"词《西江月》，末云："高情已逐晓云空，不与梨花同梦。"盖悼朝云而作。"苕溪渔隐"谓曰："《王直芳诗话》载晁以道云，说之初见东坡此词，便知道此老须过海，只为古今人不曾道到此，须罚教去。此言鄙俚，近于忌人之长，幸人之祸。且谓直方无识，载之《诗话》，宁不畏人之讥乎！"仆谓晁以道此言非忌人之长，幸人之祸也。盖以坡公道人所不能到之妙，夺天地造化之巧，故有谪罚之语。直方所载，当有所自，而渔隐至以无识讥之，是不思之过也。《高斋诗话》载王昌龄《梅诗》云："落落莫莫路不分，梦中唤作梨花云"，坡盖用此事也。梦云又有榴花一事，柳子厚《海石榴》诗曰："月寒空阶曙，幽梦彩云生。"

　　"苕溪渔隐"谓周侍郎词，"浮萍破处，檐花帘影颠倒"，"檐花"二字用杜少陵"灯前细雨檐花落"，全与出处意不相合。又赵次公注杜少陵诗，引刘邈"檐花初照日"之语。仆谓二说皆考究未至，少陵"檐花落"三字，元有所自，丘迟诗曰"共取落檐花。"何逊诗曰："燕子戏还飞，檐花落枕前。"少陵用此语尔。赵次公但见刘邈有此二字，引以证杜诗，"渔隐"但见杜诗有此二字，引以证周词，不知刘邈之先，已有"檐花落"三字矣。李白诗"檐花落酒中"，李暇亦有"檐花照月莺对栖"之语，不但老杜也。详味周用"檐花"二字，于理无碍。"渔隐"谓与少陵出处不合，殆胶于所见乎？大抵词人用事圆转，不在深泥出处，其纽合之工，出于一时自然之趣，又如周词"午妆粉指印窗眼，曲理长眉翠浅。问知社日停针线，探新燕。宝钗落枕春梦远，帘影参差满院。"非工于词，讵至是，或谓眉间为"窗眼"，谓以粉指印眉心耳。此说非无据，然直作窗牖之眼，亦似意远，盖妇人妆罢，以余粉指印于窗牖之眼，自有闲雅之态。仆尝至一庵舍，见窗壁间有粉指无限，诘其所以，乃主人尝携诸姬抵此，因思周词，意恐或然。"社日停针线"，张文昌句。

　　《诗眼》载前辈有病少游"杜鹃声里斜阳暮"之句，谓

"斜阳暮"似觉意重，仆谓不然，此句读之，于理无碍。谢庄诗曰："夕天际晚气，轻霞澄暮阴"一联之中，三见晚意，尤为重叠。梁元帝诗"斜景落高春"，既言"斜景"，复言"高春"，岂不为赘？古人为诗，正不如是之泥，观当时米元章所书此词，乃是"杜鹃声里斜阳曙"，非"暮"字也，得非避庙讳而改为"暮"乎？

　　欧公词曰："池外轻雷池上雨，雨声滴碎荷声"云云，末曰："水晶双枕，旁有坠钗横。"此词甚脍炙人口。旧说谓欧公为郡幕日，因郡宴，与一官妓荏苒，郡守得知，令妓求欧词以逸过，公遂赋此词。仆观此词，正祖李商隐《偶题》诗云："小亭闲眠微醉消，石榴海柏枝相交。水纹簟上琥珀枕，旁有坠钗双翠翘。"又"池外轻雷"亦用商隐"芙蓉塘外有轻雷"之语，"好风微动帘旌"，用唐《花间集》中语。欧词又曰："栏干敲遍不应人，分明窗下闻裁剪。"此语见韩偓《香奁集》。

王楙这几则词话都有一个共同点，辨析前人之见，提出自己的看法，而自己的观点建立在对文本的溯源考据基础上，依赖于对词的审美本性的领悟，而不是拘泥于对个别文字、句子的理解。对苏轼的《西江月》"梅"词，王楙不赞成"苕溪渔隐"的意见，认为他机械地理解词中的语汇，也误解了王直方，"以无识讥之，是不思之过也"。他认为"盖以坡公道人所不能到之妙，夺天地造化之巧，故有谪罚之语"，既为晁以道辩护，也揭示其词的巧妙。并通过对苏轼用典的考证，肯定其艺术上的创新价值。对于周侍郎一词中"檐花落"的典故的考证，更见王楙博学多识和其实事求是的学术风格。他反驳胡仔的"全与出处意不相合"的片面指责，也指出赵次公考辨不精审的缺陷，以刘邈之先有"檐花落"之语为据，证明周词不存在所谓"全与出处意不合"的论断，因为它并非本源于杜少陵"檐花落"之典，由此认为"周用'檐花'二字，于理无碍。渔隐谓与少陵出处不合，殆胶于所见乎？大抵词人用事圆转，不在深泥出处，其纽合之工，出于一时自然之趣"。此种见解，超越胡仔脱离艺术审美特性而孤立考察语词的批评眼光，强调用典在于自由灵活，要符合自然之趣，而不能机械地仿袭于某一词汇或本事。他又通过对习俗的实际考察得出更为有力的证据，说明周词来源于对客观生活的观察和摹写。王氏的批评方法，通过论辩达到对问题的澄清，借助于考据和实证来说明缘由，体现实事求是的批评态度。对于《诗眼》中所云有"前辈"指责秦观"杜鹃声里斜阳暮"有语意重复的毛病，王楙也给予反驳："仆谓不然，此句读之，于理无碍。"他以谢庄、梁元帝的诗句作为佐证，说明少游此词并不存在累赘重复的嫌隙，它符合艺术的审美原则和词的特征。对于欧阳修一阕脍炙人口的词，王楙也反对流俗的"本事"解释，从语词的溯源出发，考据它出自李商隐《偶题》一诗，在此基础上有所点化创新，和风月之事没有联系。王楙词话能够不拘泥前人名家之见，通过自己的考证和分析获得相对正确或创新的见解，难能可贵。

第二节 考源和点评

王楙博学深思，擅长考据的学术风格在词话方面也得到一定的体现。他喜好从词语典故的溯源上寻找出词对于以往诗作话语取法与点化，纠正某些批评者对词作误解和偏颇的观点，以获得客观正确的认识，揭示词与诗的历史渊源和话语继承。

《后山诗话》载王平甫子斿谓秦少游"愁如海"之句，出于江南李后主"问君还有几多愁，恰似一江春水向东流"之意，仆谓李后主之意又有所自，乐天诗曰："欲识愁多少，高于滟滪堆"，刘禹锡诗曰："蜀江春水拍山流，水流无限似侬愁"，得非祖此乎？则知好处前人皆已道过，后人但翻而用之耳，又少游词有"天还知道，和天也瘦"之语，伊川先生闻之，以为媟黩上天，是则然矣。不知此语盖祖李贺"天若有情天亦老"之意尔，类而推之，如晏叔原"今宵剩把银釭照，犹恐相逢是梦中"，盖出于老杜"夜阑更秉烛，相对如梦寐"。戴叔伦"还作江南梦，翻疑梦里逢"，司空曙"乍见翻疑梦，相悲各问年"之意。谢无逸词："我共扁舟，江上两萍叶"，出于乐天"与君相遇知何处，两叶浮萍大海中"之意。鲁直诗"趁此花开须一醉，明朝化作玉尘飞"，出于潘佑"劝君此醉直须欢，明朝又是花狼藉"之意。此类极多。

徐师川云，张志和《渔父》词曰："青箬笠、绿蓑衣，斜风细雨不须归。"顾况《渔父》词曰："新妇矶边明月，女儿浦口潮平。"故鲁直取张、顾二词合为《浣溪沙》曰："新妇矶边眉黛愁，女儿浦口眼波秋，惊鱼错认月沉钩。青箬笠前无限事，绿蓑衣底一时休，斜风细雨转船头。"东坡曰："鲁直此词清新婉丽，其最得意处，以山光水色，替玉肌花貌，真得渔父家风，然才出新妇矶，便入女儿浦，此渔父无乃太澜浪乎？"仆观权德舆诗亦曰："新妇矶头云半敛，女儿滩畔月初明。""新妇矶"对"女儿浦"，唐人不止顾况。

渔隐谓鸿雁未尝栖宿树枝，惟在田苇间。"拣尽寒枝不肯栖"，此语亦病。仆谓人读书不多，不可妄议前辈诗句，观隋李元操《鸣雁行》曰："夕宿寒枝上，朝飞空井傍。"坡语岂无自邪？

《步里客谈》云："古人作诗，断句辄旁入他意，最为警策。如老杜云'鸡虫得失无了时，注目寒山倚江阁'是也。鲁直《水仙》诗亦用此体：'坐对真成被花恼，出门一笑大江横。'至陈无己'李杜齐名吾岂敢，晚风无树不鸣'，直不类矣。"仆谓鲁直此体甚多，不但《水仙》诗也，如《书酺池寺》诗："退食归来北窗梦，一江风月趁渔船。"《二虫》诗："二虫愚知俱莫测，江边一笑人无识。"词曰："独上危楼情悄悄，天涯一点青山小。"皆此意也。唐人多有此格，如孟郊《夷门雪》诗曰："夷门贫士空吟雪，夷门豪士皆饮酒。酒声欢阑入雪消，雪声激烈悲枯朽。悲欢不同归去来，万里春风动江柳。"

王楙对词的话语考源，一定程度上受到江西诗派"点铁成金""夺胎换骨"的美学思想的影响，他试图廓清词对于诗的历史传承，这种历史传承除了词对于诗的美学观念、艺术风格、审美意境、修辞技巧等方面的传承，当然也包括词对于诗的某些话语的传承，而这种传承必须呈现词人在现实语境中的领悟和创新。诚如黄庭坚所言："自作语最难。老杜作诗，退之作文，无一字无来处，盖后人读书少，故谓韩杜自作此语耳。古之能为文章者，真能陶冶万物，虽取古人之陈言入翰墨，如灵丹一点，点铁成金也。"[1] 王楙词话正是在这样的艺术理念指引下所获得的直接经验。他对于词的话语考源所获得的感悟之一："则知好处前人皆已道过，后人但翻而用之耳。"此种看法虽然不一定完全符合词作的实际，但是也反映出一个相对客观的文本事实。考据之后的结论是"此类极多"，认同词对于诗的话语的传承。有关黄鲁直《渔父》一词，他援引苏东坡的点评，赞同苏轼对于词的艺术评价，然而对于苏轼从道德角度的戏

---

① 郑永晓整理：《黄庭坚全集辑校编年》（上中下），江西人民出版社 2008 年版，第733 页。

言，"然才出新妇矶，便入女儿浦，此渔父无乃太澜浪乎"。王氏考源寻踪，从权德舆、顾况的诗中寻找话语出处，证明鲁直《渔父》词并不存在"澜浪"的道德缺陷，对苏轼的看法提出反驳，这种质疑名家前人的批评品格具有一定的胆识和勇气。苕溪渔隐对苏轼词中"拣尽寒枝不肯栖"之句提出批评，认为这样的描写不合自然实际，而王氏从前人诗中找寻出证据，批评胡仔"读书不多""妄议前辈诗句"。王楙赞同"古人作诗，断句辄旁入他意，最为警策"的观点，在考据的基础上，指出词的创作往往袭用前人的话语并融入自己的情趣意蕴而达到新的意境诞生。王楙的词话建立在微观考据的基础之上，对文本展开审美评点，揭示词作艺术价值，从而达到令人信服的效果。因此，王氏词话显示出客观辩证的理论特性，避免了泛泛而论、不着边际的抽象空洞的弊端。

第 十 章

洪迈词话

洪迈（1123—1202），字景卢，号容斋，别号野处，饶州鄱阳人，洪皓之季子。高宗绍兴十五年（1145）中博学宏词科，授两浙转运司干办公事，入为敕令所删定官。孝宗乾道元年（1165），起知泉州。二年改知吉州，入对，除起居舍人。三年，迁起居郎，拜中书舍人兼侍读、直学士院。后任秘书省校书郎、吏部员外郎。孝宗乾道六年（1170），知赣州。淳熙十三年（1186），拜翰林学士。淳熙十四年（1187），权刑部尚书。绍熙元年（1190），进焕章阁直学士，知绍兴府。宁宗嘉泰二年（1202）以端明殿学士致仕。是年卒，谥文敏。迈与兄适、遵皆以文章取盛名。迈淹通史籍，博学多闻，尤精于两宋史实。著有《钦宗实录》《四朝国史》《容斋随笔》，发表关于历史、哲学、文学、艺术等方面诸多见解。博采古今奇事异闻，撰志怪小说集《夷坚志》，又有诗文集《野处猥稿》（后辑为《类稿》）。洪迈生平行藏见《宋史》卷三七三、清代钱大昕《洪文敏公年谱》、洪汝奎《洪文敏公年谱增订》。

第一节　有关词的"志怪"

洪迈《夷坚志》，搜罗广泛，内容丰富，为宋人志怪小说中篇幅之最。多数篇目为精粹笔记体裁，也有一些叙事的传奇。主要内容为神仙鬼怪、妖魔精变、占卜解梦、异闻杂录、巫术巫医等，亦包含宋人遗文逸事、诗文传说、风尚习俗等方面。陆游称其为："岂惟堪史补，端足擅文豪。"① 清人阮元云："书中神怪荒诞之谈，居其大半，然而遗文轶事可资考镜者，亦往往杂出其间。"②《夷坚志》涉及一些词的话题，姑且作为"词话"。由于其著作文体属于"志怪小说"范围，因此难免有虚构和夸张的成分，但是，通过这些虚实相间的"故事"，可以窥探出洪迈的词学思想。在此，考察洪迈《夷坚志》里的几则词话。

　　绍兴四年，蜀道类试进士。成都使臣某人祷于梓潼神，愿知今岁类元姓字。夜梦至庙中，见二士人握手出，共歌《汉宫春》词"问玉堂何似茅舍疏篱"之句。神君指曰："此是也。"明日复入朝，将验此梦。士人来者纷纷不绝。久之，有两人同出，携手而歌，果梦中句也。省其状貌皆是，即趋出揖之曰："二君中必有一人魁选者。"具以梦告，皆大喜。已而更相辩质，曰："自我发端。"曰："我正唱此。"一人者，仙井黄贡也。奋然曰："此吾家旧梦，何预君事耶？吾父初登科时，梦神君赠诗云：'玉堂消息近，金榜姓名高。'觉而喜，自谓必为翰林学士，然但至成都教授而终。以今思之，端为我设。所谓'玉堂消息'者，正指词中语耳。"是岁贡果为第一。两世共证一梦，虽一时笑歌，亦已素定于数十年之前，神君其灵矣哉。

　　绍兴九年，张渊道侍郎家居无锡县南禅寺。其女请大仙，

<hr>

　　① 钱仲联、马亚中主编：《陆游全集校注·剑南诗稿校注》，浙江教育出版社 2011 年 12 月版，第 4 页。

　　② （清）阮元：《研经室外集》卷三。

忽书曰："九华天仙降。"问为谁，曰："世人所谓巫山神女者是也。"赋《惜奴娇》大曲一篇，凡九阕。（略）词成，文不加点，又大书曰："吾且归。"遂去。明日，别有一人，自称歌曲仙，曰："昨夕巫山神女见招，云在君家作词，虑有不协律处，令吾润色之。"及阅视，但改数字而已。其第三篇所云"来岁扰扰兵戈起"，时虏人方归河南，人以此说为不然。明年，渊道自祠官提举秦司茶马，度淮而北，至鄨阳，虏兵大至，苍黄奔归，尽室几不免，河南复陷。考词中之句，神其知之矣。

倪巨济次子冶，为洪州新建尉，请告送其妻归宁，还至新淦境，遣行前者占一驿。及至欲入，遥闻其中人语，逼而听之，嘻笑自如，而外间略无仆从，将询为何人而不得。入门窥之，声在堂上，暨入堂上，则又在房中。冶疑惧，亟走出，遍访驿外居民，一人云："常遣小童来借笔砚去，未见其出也。"乃与健仆排闼直入，见西房壁间题小词云："霜风摧兰，银屏生晓寒。淡扫眉山，脸红殷，潇湘浦，芙蓉湾，相思数声哀叹，画楼尊酒闲。"墨色尚湿，笔砚在地，曾无人迹。倪氏不敢宿而去。

姑苏雍熙寺，每月夜向半，常有妇人往来廊庑间，歌小词，且笑且叹，闻者就之，辄不见。其词云："满目江山忆旧游，汀洲花草弄春柔，长亭㰀在木兰舟。好梦易随流水去，芳心空逐晓云愁，行人莫上望京楼。"好事者往往录藏之。士子慕容嵩卿见而惊曰："此予亡妻所为，外人无知者，君何从得之？"客告之故，嵩卿悲叹。此寺盖其旅榇所在也。

中国古典的"志怪"文学掺杂怪诞和虚构的成分，这一方面是由于传统神话思维和宗教意识的作用，不同程度地渗透封建迷信的色彩；另一方面，它沉醉于魔幻神异的审美境界和超越现实的诗意领域，以虚假的方式构造一个艺术的传奇，显现独特之美。洪迈《夷坚志》只不过继承了古人的"志怪"传统而已，将它扩展到词话的领域。

第一则以"梦词""梦诗"预言科举金榜题名之传奇，所谓"两世共证一梦"的词话，渲染"梦"与人生命运的神秘关系，夸张"梦词"与"梦诗"所隐含的重要意义。在这里，词成为文人登科的预言书和命运的启示录，也使人感觉到，在当时的现实生活之中，词的功能显然具有理想实现和乌托邦的慰藉心理暗示性，它成为晓谕人生命运的一个精神工具。第二则更为荒诞不经，所云"九华天仙"乃是"巫山神女"，她填了《惜奴娇》大曲共九阕。连环相继的系列之作，意境瑰奇艳迷，仙气缥缈。词中描摹天堂景象、奇珍异宝、佳肴美馔、箫韶宝乐、琼姿天妓，然而，仙境之中，也免不了人间的争名逐利、生死之忧。这一系列词作，借鉴《楚辞》中《离骚》《天问》《招魂》《九歌》等篇目的写作，也从汉赋中仿袭铺陈夸张的技法。在艺术上，显示出丰富的想象力和极高的修辞水准，意境优美，音律和谐。显然，它出自有一定词学造诣和艺术灵感的文人之手而非所谓"巫山神女"之作。甚至第三阕预言明年虏人来犯，"来岁扰扰兵戈起"，并且得到验证。"考词中之句，神其知之矣。"洪迈《夷坚志》这里假托"九华天仙"之名，不过为了达到渲染其神异性的目的，给它笼罩上一层仙气神韵罢了。使词与词话共同披上一层神秘谲怪的衣裳而引人注目，获得广泛的传播和接受上的审美认同。第三则，可谓是"悬念之词"，词作者非人非仙，不得而知，闻其声而不见其人，见其墨迹未干而"曾无人迹"。一首精美的小词题在驿壁，令人惊叹，留下重重的疑问。诡异之事为词增添神秘奇怪的氛围，词话作者也借这种虚拟叙事方式达到渲染词作的效果。最后一则尤为荒诞，谈及死人填词。

"月夜向半"，妇人歌小词，此词充满感伤忧郁之美，情景交融，意境幽远。此词被人所抄录，士子慕容嵩卿见而惊曰："此予亡妻所为，外人无知者，君何从得之？"亡人填词寄情，只能出自虚构的幻想之中而绝对不可能存在于现实境域，洪迈《夷坚志》所记无疑出自传闻或想象。其目的无非是提高词作的神秘性和奇异性，引起读者的注意和惊奇。"志怪"词话，是有意的谎言和无意的欺骗两种情况交织，作者也许是刻意渲染了词所关涉的神异故事，当然古人所具有的神话思维和宗教意识以及传统文化所延续的鬼神信仰、仙怪崇拜等都对洪氏产生深刻的影响，他可能深信自我收罗的故事具有真实性，但是，也不能不怀疑作者也存在着虚构和做假的可能性。洪迈《夷坚志》，有着"志怪"的趣味，丰富了词话这一形式，然而，纯粹从理论视角看，无疑缺乏确定的概念和严谨的逻辑，也缺乏相应的理论体系。

第二节　游戏·智慧·幽默

洪迈《夷坚志》和《容斋随笔》对于词在当时的历史文化语境中所具有的丰富功能予以昭示，尤其注意到词的文体形式密切联系世俗生活、日常情境的特点，包含人生游戏、生活智慧、机智幽默等审美内容。

江浙间路岐伶女，有慧黠知文墨，能于席上指物题咏，应命辄成者，谓之合生；其滑稽含玩讽者，谓之乔合生。盖京都遗风也。张安国守临川，王宣子解庐陵郡印归次抚，安国置酒郡斋，招郡士陈汉卿参会。适散乐一妓言学作诗，汉卿语之曰："太守呼为五马，今日两州使郡对席，遂成十马。汝体此意做八句。"妓凝立良久，即高吟道："同是天边侍从臣，江头相遇转情亲。莹如临汝无瑕玉，暖作庐陵有脚春。五马今朝成十马，两人前日压千人。便看飞诏催归去，共坐中书秉化钧。"安国为之嗟赏竟日，赏以万钱。予守会稽，有歌宫调女子洪惠英正唱词次，忽停鼓白曰："惠英有述怀小曲，愿容举似。"乃歌曰："梅花似雪，刚被雪来相挫折。雪里梅花，无限精神总属他。梅花无语，只有东君来作主。传语东君，宜与梅花做主人。"歌毕，再拜云："梅者惠英自喻，非敢僭拟名花，姑以借意。雪者指无赖恶少也。"官奴因言其人到府一月，而遭恶子困扰者至四五，故情乎词。在流辈中诚不易得。

宗室公衡居秀州，性质和易，善与人款曲，但天资滑稽，遇可启颜一笑，冲口辄嘲之。里间亲戚以至倡优伶伦，无所不狎侮。见之者无敢不敬畏。素寡发，俗目之为赵葫芦，遂为好事者作小词，咏之曰："家门希差，养得一枚依样画。百事无能，只去篱边缠倒藤。几回水上，轧捺不翻真个强。无处容他，只好炎天晒作巴。"读者无不绝倒，盖亦以谑受报也。

滑稽取笑，加酿嘲辞，合于《诗》所谓"善戏谑不为虐"之义。陈晔日华编集成帙，以示予。因采其可书并旧闻可传者，并记于此。王季明给事举馔客席上粉词云："妙手庖人，搓得细如麻线。面儿白、心下黑，身长行短。蓦地下来后，吓出一身冷汗。这一场欢会，早危如累卵。便做羊肉燥子，勃推钉碗，终不似、引盘美满。舞万遍，无心着，愁听管弦。收盘盏，寸肠暗断。"以俗称粉为"断肠羹"，故用为尾句。水饭词云："水饭恶冤家，些小姜瓜，尊前正欲饮流霞。却被伊来刚打住，好闷人那。不免着匙爬，一似吞沙。主人若也要人夸，莫惜更换三五盏，锦上添花。"……董参政举场不利，作《柳梢青》云："满腹文章，满头霜雪，满面尘埃。直到如今，别无收拾，只有清贫。功名已是因循，最恼恨，张巡、李巡。几个明年，几番好运，只是瞒人。"政和改僧为德士，以皂帛裹头，项冠于上。无名子作两词，《夜游宫》云："因被吾皇手诏，把天下、寺来改了。大觉金仙也不小。德士道，却我甚头脑。道袍须索要，冠儿戴、怎且休笑。最是一种祥瑞好。古来少，葫芦上面生芝草。"《西江月》云："早岁青衫短帽，中间圆顶方袍。忽然天赐降宸毫，接引私心入道。可谓一身三教，如今且得逍遥。擎拳稽首拜云霄，有分长生不老。"后章盖初为秀才，乃削发卒为德士也。咏举子赴省，有《青玉案》云："钉鞋踏破祥符路，似白鹭，纷纷去。试盝幞头谁与度？八厢儿事，两员直殿，怀挟无藏处。时辰报尽天将暮，把笔胡填备员句。试问闲愁知几许？两条脂烛，半盂馊饭，一阵黄昏雨。"皆可助尊俎间掀髯捧腹也。

洪迈对于词呈现的"俗"表示艺术上的认可，对于其生活化的游戏态度给予肯定。词作者的身份显然也和以往的官僚贵族、文人雅士有所不同，红粉倡优、僧侣道士、落魄举子等处于社会下层的人们，以切身感受的生活现象填词寄兴，抒写内心情怀和自取其乐，讽刺他者和自我解嘲。显然，词的口语化色彩浓厚，富有游戏的情趣和轻松快乐的气氛。西方的康德在艺术和游戏之间寻找到一定的美学联系，他认为："艺术也和手工艺区别着。前者唤着自由的，后者也能唤做雇佣的艺术。前者人看做好像只是游戏，这就是一种工作，它是对自身愉快的，能够合目的地成功。后者作为劳动，即作为对于自己是困苦而不愉快的，只是由于它的结果（例如工资）吸引着，因而能够是被逼迫负担的。"① 康德在艺术和劳动

---

① ［德］康德：《判断力批判》上卷，宗白华译，商务印书馆1964年版，第149页。

之间作出逻辑区分并且显露两者的差异：艺术是自由的无功利的愉快活动，它是主动的和积极的主体行为，又能符合无目的的目的性，而劳动则属于被逼迫的困苦的活动，并且它附带功利性目的，因而是以丧失人性的自由为代价的。由此，康德窥视到游戏活动和艺术活动的某些类似的特性：自由而愉快，敞开人的本性和符合非功利的"目的性"。席勒尝试借助于"游戏冲动"恢复人类在机器工业社会所失落的主体自由的精神，认为游戏活动是人类本质化的冲动，它构成审美活动的重要结构。席勒认为，只有依赖于"游戏冲动"，也就是艺术的活动，恢复人的自由本质和审美天性。所以，他在《美育书简》中认为："只有当人在充分意义上是人的时候，他才游戏；只有当人游戏的时候，他才是完整的人。"① 席勒是在更为宽广的文化人类学意义上寻找到艺术与游戏、人性与游戏的审美关系，并且包含着以"游戏"拯救人性的美学思想。无论是康德还是席勒，都意识到游戏活动对于拓展人的自由本性所具有的重要意义，游戏活动还与艺术活动之间存在密切的联系。

从这个美学视点上，考察词所表达的"游戏"精神和氛围以及所具有的美学意义显然超越一般的艺术价值判断。第一则词话体现一种民间的游戏，这种游戏又呈现出民间的生活智慧，换言之，下层人民借助于词这种语言游戏或艺术游戏形式表达自己的生存愉悦或现实困境，包含一种诙谐和轻松，体现民间的智慧和幽默。词这种文学形式，从天上降到地下，由原来仅仅作为达官贵人、文人墨客的专有工具成为广大民众普遍运用的语言游戏形式。第二则词话，以讽刺的笔触表现下层人物的愉悦与幽默。第三则词话，言及有关"粉词"和"水饭词"，它们都源自生活现象，属于餐饮食物入词，形象地勾画世俗生活的风趣情景，充满幽默感和人生智慧，

---

① ［德］席勒：《美育书简》，徐恒醇译，中国文联出版公司 1984 年版，第 90 页。

也可称为经典的语言游戏形式。再如，落魄举子的《柳梢青》，则有点"含泪的幽默"的味道，尽管如此，词作者还是诙谐地自嘲，能够超越命运的苦涩感和悲剧情绪而升华到喜剧的境界，对于这样一个屡试不中、肉体与心灵承受双重磨难的人物来说，能够借一阕词来寄予如此的情怀，词人的确达到一个高远的美学境界，体现出生命的大智慧，这也是一种深度的幽默，因为它体现一种能够超越痛苦的人生哲学的领悟。另一则《青玉案》咏举子赴省，与《柳梢青》有异曲同工之妙。所不同之处，一是亲身体验，是自我的在场；另一则是旁观感受，是他者的眼光。前者以主观体验见长，后者以客观观察取胜；然而，皆以游戏趣味和诙谐情调融入丰富的幽默感。其中不乏批判和讽喻的理念，寄寓如何感受苦涩的生命智慧。

可见，洪迈《夷坚志》里的词话，肯定词作所具有的游戏情趣，以及赞同它所体现的诙谐、讽刺的幽默感与超越痛苦和失意的人生智慧。

第三节　艺术品评

洪迈对于词的艺术价值比较关注，能够从词作者的身份和个性考察词作的艺术风格，强调"情致"作为衡量词的艺术价值的一个重要标尺。此外，注意探究词的话语修辞，认为炼词造句作为词的艺术价值的另一个体现。

缙云英华事，前志屡书，然未尝闻其能诗词也。今得两篇，其诗云："夜雨连空歇晓晴，前山重染一回青。林梢日暖禽声滑，苦动春心不忍听。"其《惜春》词云："东风忽起黄昏雨，红紫飘残香满路。凭栏空有惜春心，浓绿满枝无处诉。春光背我堂堂去，纵有黄金难买住。欲将春去问残花，花亦不言春已暮。"殊有情致，故或者又以为神云。

建康归正官王和尚，济南人，能诵完颜亮小词。其"咏雪"《昭君怨》曰："昨日樵村渔浦，今日琼州小渚。山色卷帘看，老峰峦。锦帐美人贪睡，不觉天花翦水。惊问是杨花？是芦花？"其"中秋不见日"《鹊桥仙》曰："持杯不饮，停歌不发，坐待蟾宫出现。片云何处忽飞来？做许大、通天障碍。愁眉怒目，星移斗转，懊恼剑峰不快。一挥挥断此阴霾，此夜看、姮娥体态。"读其后篇，凶威可掬也。

刘过，字改之，襄阳人。虽为书生，而赀产赡足。得一妾，爱之甚。淳熙甲午预秋荐，将赴省试。临岐眷恋不忍行，在道赋《水仙子》一词，每夜饮旅舍，辄使随直小仆歌之。其语曰："宿酒醺醺犹自醉，回顾头来三十里，马儿只管去如飞。骑一会，行一会，断送杀人共山水。　是则青衫深可喜，不道恩情拼得未。雪迷前路小桥横，往底是，去底是，思量我了思量你。"其词鄙浅不工，姑且写意而已。

王荆公绝句云："京口瓜州一水间，钟山只隔数重上。春风又绿江南岸，明月何时照我还。"吴中士人家藏其草，初云："又到江南岸"，圈去"到"字，注曰"不好"，改为"过"，复圈去而改为"入"，旋改为"满"，凡如是十许字，始定为"绿"。黄鲁直诗："归燕略无三月事，高蝉正用一枝鸣。""用"字初曰"抱"，又改曰"占"、曰"在"、曰"带"、曰"要"，至"用"字始定。予闻钱伸钟大夫如此。今豫章所刻本，乃作"残蝉犹占一枝鸣"。

自齐、梁以来，诗人作乐府《子夜四时歌》之类，每以前句比兴引喻，而后句实言以证之。……近世鄙词，如《一落索》数阕，盖效此格。语意亦新工，恨太俗耳，然非才士不能为。

旧时水调歌一曲，其首章云："瑶草一何碧，春入武陵溪。溪上桃花无数，花上有黄鹂。"以为黄公鲁直所作。蜀人石耆翁言，此莫将少虚壮年词也，能道其详。少虚又有《浣溪沙》一阕云："宝钏绡裙上玉梯，云重应恨翠楼低，愁同芳草雨萋萋。"一词云："归梦悠扬见未真。绣衾恰有暗香熏，五更分得楚台春。"皆造语工新，但晚岁心醉富贵，不复事文笔。今人鲜有知其所作者。

洪迈对于英华的《惜春》词评价甚高，他提出"情致"的概念，将词话上升到理论高度。这里的"情致"，当与"意象""境界""情趣"等概念有相通之处。从英华的两首诗词考量，达到情景交融、天人合一、象征隐喻的艺术境界。尤其《惜春》词，全篇以人格化的方式展开对春的追问，弥漫强烈的主体体验的时间意识，表现对于时光和美的挽留。作为"词眼"的结尾，"欲将春去问残花，花亦不言春已暮"以寓言化的方式写出大自然的人格色彩，勾画花的无言之美和春的沉默之媚。花、春、香、色、景、人、情，和谐一体，闪射一种忧悒宁静之美。所以，洪迈论为"殊有情致"，恰是精到深刻之见。完颜亮两阕小词，前者身份意识也许不够凸显，然而写流动之景颇为传神，尤其是篇末对于"杨花""芦花"的模糊追问，留下审美的悬念，给读者以寻思的心理空间。后者则是政治身份和人格魅力的彰显，游牧民族的凶悍气势和征服者的野心蛮气挥洒于纸上，一种剑锋南指、饮马长江而享温柔香色的霸王之气一览无余，此词可谓蛮气十足之作，足见曹丕"文以气为主"之论的精湛。洪迈说，"读其后篇，凶威可掬也"，无疑是从作者词的意境所作出的艺术品评。这种评价尽管在艺术的范畴，却揭示出作者人格的暴力倾向和贪婪性。刘过《水仙子》一词，尽管也是抒写真实情感，却受到洪迈的尖锐批评，被指责为"鄙浅不工"，仅仅"写意"而已。在洪迈看来，对于文学审美价值的评判不单纯地看它是否表达真实情感，关键在于考虑文本是否创造出有趣味的审美形式或者看它的语言修辞是否营造出审美意象，而刘过的这首词显然没有符合这样的艺术标准。洪迈的批评建立在纯粹的艺术标准方面，是从符号形式和修辞技巧方面所作的审美判断，而不仅仅是从道德的角度所作出的社会学意义的评价。和其他文体形式相比，词的审美特性体现在语言修辞的严格精细的审美要求上，所谓"调有定句，句有定字，字有定声"的词律规定也就是严格的审美形式的规定，王国维曾说："词之为体，要眇宜修，能言诗之所不能言，而不能尽言诗之所能言。诗之境阔，词之言长。""词乃抒情之作，故尤重内美。"①《容斋随笔》较早意识到语言修辞对于词的文体表现的重要性，从另外一个角度看，洪迈对于词由严谨的格律、音韵所派生的美感有着深刻的体悟，他认为文体的形式美取决于对格律的遵守和对辞藻的修饰。洪迈以众多的例证说明，词仅仅具备"语意新工"还不能达到理想的审美要求，因为判断词的艺术标准之一，看其是否"俗"。他指责"近世鄙词"，机械地模仿古人，"每以前句比兴引喻，而后句实言以证之"，这样势必造成一种艺术思维和创作模式的定式，从而破坏词作的美感，这就是"俗"。洪迈以具体文本作为例证进行客观分析，提出的结论令人信服。洪迈对莫将的词给以良好的艺术评价，认为"造语工新"，认可其审美符号的独创性，但批评作者晚年沉醉富贵，"不复事文笔，今人鲜有知其所作者"就已经超出纯粹的艺术批评的范围了。

---

① 王国维：《人间词话》，上海古籍出版社 2004 年版，第 117 页。

第四节 写实人生与昭示命运

　　洪迈对于词的功能的认识有了新的发展，意识到词写实人生和昭示命运的作用，特别对于后一种功能的感受，流露出一种神秘主义的唯心论倾向，然而这种唯心主义的美学倾向却反映出一些有趣的艺术现象：

　　周美成顷在姑苏，其营妓岳七楚云者，追游甚久。后从京师归，过苏省访之，则已从人数年矣。明日，饮于太守蔡峦子高坐上，因见其妹，作《点绛唇》寄之云："辽鹤西归，故人多少伤心事。短书不寄，鱼浪空千里。凭仗桃根，说与相思意。愁何际，旧时衣袂，犹有东风泪。"楚云览之，为之累日感泣。

　　何文缜丞相初登科，在馆阁，饮于宗戚一贵人家，侍儿惠柔者，丽黠人也，慕公风标，密解手帕子为赠，且约牡丹开时再集。何亦甚关抱。既归，赋《虞美人》一曲，隐其小名，以寓惓惓结恋之意云："分香帕子揉蓝腻，欲去殷勤惠。重来直待牡丹时，只恐花枝知后故开迟。别来看尽闲桃李，日日阑干倚。催花无计问东风，梦作一只蝴蝶绕芳丛。"何自书此词示蜀人赵咏道，言其张本如此。

　　先公在燕山，赴北人张总侍御家集。出侍儿佐酒，中有一人，意状摧抑可怜，叩其故，乃宣和殿小宫姬也。坐客翰林直学士吴激赋长短句纪之，闻者挥涕。其词曰："南朝千古伤心地，还唱《后庭花》。旧时王谢，堂前燕子，飞向谁家？怳然相遇，仙姿胜雪，宫髻堆鸦。江州司马，青衫湿泪，同是天涯。"激字彦高，米元章婿也。

绍兴十五年三月十五日，予在临安试词科第三场毕出院，时尚早，同试者何作善伯明、徐抟升甫相率游市。时族叔邦直应贤、乡人许良佐舜举省试罢，相与同行。因至抱剑街，伯明素与名娼孙小九来往，遂拉访其家，置酒于小楼。夜月如昼，临栏凡焫。两烛结花灿然若连珠，孙娼固黠慧解事，乃白坐中曰："今夕桂魄皎洁，烛花呈祥，五君皆较艺兰省，其为登名高第，可证不疑。愿各赋一词纪实，且为他日一段佳话。"遂取吴笺五幅置于桌上。升甫、应贤、舜举皆谢不能，伯明俊爽敏捷，即操笔作《浣溪沙》一阕曰："草草杯盘访玉人，灯花呈喜坐添春，邀郎觅句要奇新。黛浅波娇情脉脉，云轻柳弱意真真，从今风月属闲人。"众传观叹赏，独恨其末句失意。予续成《临江仙》曰："绮席留欢欢正洽，高楼佳气重重。钗头小篆烛花红。直须将喜事，来报主人公。桂月十分春正半，广寒宫殿葱葱。姮娥相对曲栏东。云梯知不远，平步揖东风。"孙满酌一觥相劝曰："学士必高中，此瑞殆为君设也。"已而予果奏名赐第，余四人皆不偶。

前两则词话涉及的词作题材相同，皆是文人和美女的两情缱绻的"本事"。第一则写两厢有情却命运不济的失落感，可谓以情感人之作，洪迈肯定抒写真实情绪的性灵之作，当事人为之"累日感泣"，也感染读者。何文缜《虞美人》一阕，以"隐名"词中的方式，表达自己的爱恋之情，洪迈对此表示出浓厚兴趣。同样是肯定词写人生的艺术旨趣，洪迈显然对吴激的长短句更为心仪，因为此词超越前两首词仅仅眷恋男女之情，止于感官的审美和本能的欲望，沉湎于个人私生活的单纯叙事和抒情的写作倾向。吴激的小词，寄寓普遍意义的历史意识，包含美学化的悲悼情绪和对于国家、民族的悲剧命运的忧愁，从而把个人命运和国家命运联结到文本空间。从艺术手法上，熔铸历史典故入词，巧妙点化而不晦涩，苦痛的个人记忆和历史追忆交织于简洁微妙的文辞之中。"小楼灯花"的本事词，为绍兴十五年三月十五日科场之后作者与同试者何伯明的"游市"之作，一为《浣溪沙》，一为《临江仙》。古时科场士子，心理极度复杂，既相信自己寒窗苦读的真才实学，也不免相信命运和迷信种种征兆的预示。这两阕词就是在这样的人生情境和心理背景下写作的。即景填词为才能的显示，一行五人中，只有洪迈和何作善援笔立就，展现超人的灵感和才华。伯明《浣溪沙》"众传观叹赏，独恨其末句失意"。末句"从今风月属闲人"，隐约地预示科场的名落孙山。而洪迈的《临江仙》末句"云梯知不远，平步揖东风"则为作者奏名赐第之预兆。"其余四人皆不偶"，其中三人因为缺乏填词作赋的才智预示其登科不利，另一人虽然才能出众却因"末句失意"决定其科场不爽的命运。词在洪迈的视野里，不仅是表达情绪和展现才华的精神工具，而且具有神秘的隐喻命运的功能，它和人生的功名利禄密切地联系在一起，词被洪迈赋予神秘的色彩和超现实的灵性。尽管洪氏对于词的这种看法难免带有唯心主义的片面性，却从另一角度揭示了词在当时文人士子心目中的重要地位。

第五节　题材

古人作词，有时候喜好以同一题材，数人唱和，连缀成系列之作，蔚为壮观。虽然题材相同，但视角、眼界、技法、寓意、情绪、隐喻、意境等各有千秋，因此词作的格调气象、审美风格给人以丰富的艺术感受。洪迈对此也有自己的见解。

　　刘原甫于《清平乐》作词咏木樨，其后陈去非、苏养直、向伯共、朱希真、韩叔夏亦续赋一阕，王晦叔并记于《碧鸡漫志》。原甫云："小山丛桂，最有人留意。拂叶攀花无限思，雨湿浓香满袂。别来过了秋光，翠帘昨夜新霜。多少月宫闲地，常娥借与微芳。"去非云："黄衫相倚，翠帽层层底。八月江南风日美，弄影山腰水尾。楚人未识孤山，《离骚》遗恨千年。无住庵中新事，一枝唤起幽禅。"养直云："断崖流水，香度青林底。光配骚人兰与芷，不数春风桃李。淮南丛桂小山，诗翁合得跻攀。身到十洲三岛，心游万壑千岩。"伯共云："吴头楚尾，踏破芒鞋底。万壑千岩秋色里，不奈恼人风味。如今老我芎林，世间百不关心。独喜爱香韩寿，能来同醉花荫。"希真云："人间花少，菊小芙蓉老。冷淡仙人偏得道，买定西风一笑。前身元是江海，黄姑点破冰肌。只有暗香犹在，饱参清似南枝。"叔夏云："秋光如水，酿作鹅黄蚁。散入千岩佳树里，惟许修门人醉。轻钿重上风帘，不禁月冷霜寒。步障深沉归去，依然愁满江山。"晦叔谓同一花一曲，赋者六人，必有第其高下者，予以为皆佳句云。

　　六人以木樨为题材，又以《清平乐》为同一词调。咏物言志，以物寄情为词作的共同特征。王灼在《碧鸡漫志》认为："一花一曲，赋者六人，必有第其高下者。"洪迈与王灼持截然不同的看法，"予以为皆佳句"。王灼的看法有些机械，也许是受钟嵘的这一美学观影响："昔九品论人，七略裁士，校以宾实，诚多未值。至若诗之为技，较尔可知，以类推之，殆均博弈。"① 其实，文学作品很难进行艺术价值的等级比较和高下衡量，即使是文体相同、题材相

---

　　① 傅璇琮主编，曾子鲁注译：《中国古典散文基础文库·序跋卷》，广西师范大学出版社1999 年 9 月第 1 版，第 23 页。

同、风格相近的文本，也很难给以艺术等级的差异性品评。从具体的文本而言，六人"咏木樨"的《清平乐》，的确是各有千秋的佳作，审美趣味和写作技巧都为上乘，洪迈认为它们"皆佳句"。其理论意义在于，确定了不同文本的艺术价值的不可比较性的美学观，以一种豁达开朗、相对主义的艺术观念看待文学现象。

洪迈的词话，涉及广泛丰富的词的创作和欣赏的现象，对诸多问题进行相对深入的探究，获得一些自我的见解。然而，也存在明显的不足，就是缺乏系统的词学概念，也没有相对系统的理论建树，因此无法比肩王灼、胡仔、沈义父、张炎等人词话的理论成就。

第十一章

曾季狸词话

　　曾季狸，字裘父，自号艇斋，南丰人。生卒年均不详，约宋高宗绍兴中前后在世，多从徐俯、吕本中游。朱熹、张栻皆对曾季狸有所敬重。曾氏隐居不仕，淡泊超然，多人举荐，皆推辞不受。著有《艇斋诗话》一卷、《艇斋杂著》一卷。他的词话辑录于《艇斋诗话》一书。

第一节　点化

　　曾季狸对于词点化于诗及其他文体比较眷注，认为"夺胎换骨"才是"点化"的关键，一味模仿则丧失艺术的创新机能。因此，他对诸家的名作名句进行词语的考证寻源。

　　东坡和章质夫"杨花"词云："思量却是，无情有思。"用老杜"落絮游丝亦有情"也。"梦随风万里，寻郎去处，依前被莺呼起。"即唐人诗云："打起黄莺儿，莫教枝上啼。几回惊妾梦，不得到辽西。""细看来不是杨花，点点是离人泪。"即唐人诗云："时人有酒送张八，惟我无酒送张八。君有陌上梅花红，尽是离人眼中血。"皆夺胎换骨手。质夫词亦自佳，今附录于此："燕忙莺懒芳菲过，堤上柳，花飘坠。轻飞点画青林，谁道全无才思。闲趁游丝，静临深院，日长门闭。向朱帘散漫，垂垂欲下，依前被风扶起。兰帐佳人睡觉，怪春衣雪沾琼缀。绣床旋满，香球无数，才圆还碎。时见蜂儿，粉黏轻翅，鱼吹池水。望章台路杳，金鞍游荡，洒盈盈泪。"质夫，建安人。建安有二章，子厚号"南章"，质夫号"北章"。子厚弟也，质夫兄也。

晏元叔小词："无处说相思，背面秋千下。"吕东莱极喜诵此词，以为有思致。然此语本李义山诗"十五泣春风，背面秋千下。"

东坡"平山堂"词云："认取醉翁语，山色有无中。"然"山色有无中"本王维诗："江流天地外，山色有无中。"

晏元献"春水碧于天"，盖全用唐韦庄词中五字。

子由和东坡"中秋"词云："秦娥东去，曾不为人留。"其语出小说《河洛行年记》。

少游词"高城望断，灯火已黄昏"，用欧阳詹诗，云："高城已不见，况复城中人。"

少游词"小楼连苑横空"，为都下一妓姓楼名琬字东玉，词中欲藏"楼琬"二字。然少游亦自用出处，张籍诗云："妾家高楼连苑起。"

少游"水边沙外，城郭春寒退"词，为张芸叟作。有简与芸叟云："古者以代劳歌，此真所谓劳歌。"

柳三变词"渐亭皋叶下，陇首云飞"，全用柳恽诗也。柳恽诗云："亭皋木叶下，陇首秋云飞。"

欧公词云："杏花红处青山缺"，本乐天诗"花枝缺处青楼开"。

山谷《清江引》云："全家醉著篷底眠，家在寒沙夜潮落。"醉著"二字，出韩偓诗"渔翁醉著无人唤，过午醒来雪满船"。

　　少游"扬州"词云："宁论爵马鱼龙。""爵马鱼龙"，出鲍照《芜城赋》。

　　山谷"渔父"词："新妇矶头新月明，女儿浦口暮潮平，沙头鹭宿戏鱼惊。"此三句本顾况《夜泊江浦》六言，山谷每句添一字而已。"新月""暮潮""戏鱼"，乃山谷新添也。

　　东坡《水调歌头》"但愿人长久，千里共婵娟"，本谢庄《月赋》"隔千里兮共明月"。

　　曾季狸对苏东坡和章质夫"杨花"词的话语进行考证，认为"皆夺胎换骨手"，点化唐人诗歌的语汇入词，意境全新，毫无陈陈相因的窘态，是如江西诗派所倡导的"夺胎换骨"法所达到的旧瓶装新酒的艺术境界。黄山谷曰："诗意无穷，而人之才有限；以有限之才追无穷之意，虽渊明、少陵不得工也；然不易其意而造其语，谓之换骨法，窥入其意而形容之，谓之夺胎法。"[①]他在《论作诗文》说："词意高胜，要从学问中来尔。"主张借鉴前人，汲取传统诗歌的营养，要有深厚的学识积累，才能创作出一流的文本。曾季狸深受江西诗派这一理论的影响，认为苏东坡和章质夫的"杨花"词印证出如此的美学理念。对于其他一些名家名作，曾季狸也分别进行考证和清理，指出其点化和模仿的原作。对这些词作，曾季狸没有明确表示出自己的赞赏判断，无疑他对部分词的做法保留自己的看法，如对于晏元献"春水碧于天"，他用"盖全用韦庄词中五字"言辞，语气中包含些许不满。而对于黄山谷、秦少游、苏东坡、柳三变、欧阳修等人的点化之作，存而不论，仅仅是

_____

① （宋）惠洪：《冷斋诗话》卷一。

寻找词语来源或出处。曾季狸的这种词语溯源方法，也存在一定的思维局限。一方面，词中所运用的这些词语，不一定直接地或有目的地取源于唐诗，因为汉语言词语极其丰富，任何作家都有使用和改造的权利，它们中间的某些构成，即使被以前的文本所使用，即便成为经典的意象，也不能简单地视为某人某作专属和垄断的词语，否则，势必导致一种话语霸权的艺术观；另一方面，即使后世的作家在自己的诗词中袭用先前作家的富于创意的词语和特定的意象，整个作品只要别开生面、气韵生动、意境新颖，也不能算是仿袭。从这一点考虑，曾季狸对这些点化唐诗中词语入词的文本，应该持肯定的态度。

第二节　评点

曾季狸词话善于以简要评点呈现词人或词作的风格、气韵、意象、蕴含、神色、价值等方面，提出"思致"作为衡量词作的美学价值标准。

　　舒信道也工小词，如云："画船椎鼓催君去，高楼把酒留君住。去往若为情，西江潮欲平。江潮容易得，却是人南北。今日此尊空，知君何日同。"亦甚有思致。

　　晏元献小词为本朝之冠，然小诗亦有工者，如"春寒欲尽复未尽，二十四番花信风"，"遥想江南此时节，小梅黄熟子规啼"之类，亦有思致，不减唐人。

　　东莱晚年长短句，尤浑然天成，不减唐《花间》之作，如一词云："柳色过疏篱，花又离披，旧时心绪没人知。记得一年寒食下，独自归时。归后却寻伊，月上嫌迟。十分斟酒不推

辞。将为老来浑忘却，因甚沾衣？"又一词，其间云："可惜一
春多病，等闲过了酴醾。"又一词，其间云："对人不是惜姚
黄，实是旧时心绪老难忘。"皆精绝，非寻常词人所能作也。

曾季狸的艺术评点以"思致"作为价值核心和审美标准，在理
论上获得一个思维基点，相对而言，比一般专注于本事、考证、修
辞的词话略胜一筹。"思致"，强调词作的精神意蕴，垂青于词的独
特审美境界和审美意象的营造，赞赏其呈现出某些富于超越性的生
命智慧和想象力。因此，"思致"成为判断词作的一个美学标准，
也作为一个重要的词话概念被提升到理论的范畴。曾季狸的评点，
紧密结合文本，言简意赅，揭示出词作的艺术特性和审美品位。如
说东湖晚年的"渔父"词，"甚高雅"，邵氏词"极有作路"，东莱
晚年长短句"皆精绝"，等等。评点方式，灵活洒脱，不拘一格，
曾季狸娴熟地运用这种写作体裁。与他人不同的是，他能够密切从
微观的词语考证，或者从词的意境、思致、趣味、风格、技巧等方
面综合评点文本，显露自己的理论风格。遗憾的是，由于其写作风
格倾向于印象性的批评，毕竟没有建立自己系统深入的词话理论，
因此没有达到和王灼、胡仔、沈义父、张炎等词话大家并驾齐驱的
理论水准。

第十二章

张侃《拙轩词话》

张侃，字直夫，扬州人，生卒年均不详。父岩，张岩开禧中以参知政事进管枢密，因赞成韩侂胄用兵失败而被劾失官。《四库全书总目提要》谓其："志趣萧散，浮沉末僚。""所与游者，如赵师秀、周文璞辈，皆吟咏自适恬静不争之士。所作格律亦多清隽圆转，时有闲澹之致。"张侃集久佚，仅散存于《永乐大典》，四库本以此编纂为《张氏拙轩集》六卷。唐圭璋先生《词话丛编》本《拙轩词话》，辑自《张氏拙轩集》。张侃在词学理论上虽然不是大家，仅是一个过渡性人物，但《拙轩词话》作为南宋词话的一个环节，有其不可忽视的理论价值。

第一节　词之起源论

张侃的词的起源论独具一格，与沈括、朱弁、王灼、黄升、鲷阳居士等人的观点均有所差别，《拙轩词话》云：

> 陆务观自制近体乐府，序云："倚声起于唐之季世。"后见周文忠《题谭该乐府》云："世谓乐府起于汉魏，盖由惠帝有乐府令，武帝立乐府，采诗夜诵也。唐元稹则以仲尼《文王

操》、伯牙《水仙操》、齐牧犊《雉朝飞》、卫女《思归引》为乐府之始。以予考之，乃赓载歌，熏兮解愠，在虞舜时，此体固已萌芽，岂止三代遗韵而已。"二公之言尽矣。然乐府之坏，始于《玉台》杂体。而《后庭花》等曲流入淫侈，极而变为倚声，则李太白、温飞卿、白乐天所作《清平调》《菩萨蛮》、《长相思》。我朝之士，晁补之取《渔家傲》《御街行》《豆叶黄》作五七字句，东莱吕伯恭编入《文鉴》，为后人矜式。又见学舍老儒云，"《诗》三百五篇可谐律吕，李唐送举人歌《鹿鸣》，则近体可除也。"①

以文艺学的观点辩证考察张侃的词的起源论，其合理的内核在于，首先，他禀赋追本溯源的历史意识，显示宏大的历史主义眼光，从文化产生的本源来思考精神生产的对象；其次，着眼于从艺术本体论的意义来阐释艺术形式的诞生，指出词来源于民间流传的口头歌谣；最后，从道德伦理的角度，对词的变异提出批评，维护传统的宗经征圣、淳化民风的文学观念。另一方面，张侃的词之起源论的缺憾在于，首先，它沉湎于关注词的艺术本体论的境域而忽略词的审美形式论，对词所特有的审美特征估计不足，以艺术的本体性存在代替艺术的不同表现形式和审美特征，犯了以一般抽象取代具体存在的逻辑错误，因此，未能揭示词这种独特的艺术形式的审美特征；其次，张侃的词之起源论的历史主义眼光只注意到文学艺术产生发展的历史现象，而缺乏对文学艺术的本质进行深入思考，更没有从"文体论"的角度，阐释清楚"词"这种与音乐密切相关的文学形式所具有的审美规定性，显然要低于《碧鸡漫志》对词的文体分析所达到的水平；最后，对《玉台杂体》《后庭花》

① 唐圭璋：《词话丛编》第一卷，中华书局1986年版，第189页。

等曲子的评价，所持道德观念也不无偏颇。

第二节 词家词作论——比较方法的运用

张侃《拙轩词话》的一个显著特点就是"比较法"的运用。在文艺批评中运用比较的方法，也为我国古代文论与诗论的一个传统，然而，这种比较主要集中在对创作主体和阅读文本某些风格方面，且缺乏历史主义的意识，忽略艺术生产的历史继承性因素，难以揭示历史前期的文学创作者对后来的创作主体所产生的潜在影响；另一方面，这种比较还缺乏主体性意识，带有一定的随意性，对艺术文本某些具体的审美形式方面的因素，如语言、修辞、意境、艺术技巧等方面缺乏较为深入细致的探讨。张侃《拙轩词话》，一方面将传统的"比较法"拓展到词的领域，扩大了这一方法的研究对象；另一方面在研究意识上树立审美比较的原则，既注重从美学视界来比较不同时代词家的历史影响，又注意到同时代词作的不同审美风格，具有历史与现实相联系的辩证思维，尤其值得注意的是，它较为深入具体地比较研究了词的内容与形式的两方面的审美要素，作出一些甚为精辟的、迄今仍有借鉴价值的结论：

> 康伯可《曲游春》词头句云："脸薄难藏泪，恨柳风不与，吹断行色。"惜别之意已尽。辛幼安《摸鱼儿》词头句云："更能消几番风雨，匆匆春又归去。"惜春之意已尽。二公才调绝人，不被腔律拘缚。至"但掩袖，转面啼红，无言应得"与"闲愁最苦。休去倚危栏，斜阳正在，烟柳断肠处。"其惜别惜春之意，愈无穷。顷见范元卿《杜诗说》载《上韦右丞》一诗，假如大宅第，自厅而堂，自堂而房，悉依次序，

便不成文章。前二词不止如范所云，而末后余意愈出愈有，不可以小技而忽焉。①

苏文忠《赤壁赋》不尽语，裁成"大江东去"词，过处云："人道是三国周郎赤壁。"赤壁有五处，嘉鱼、汉川、汉阳、江夏、黄州，周瑜以火败操在乌林，《后汉书》、《水经》载已详悉。陆三山《入蜀记》载韩子苍云："此地能令阿瞒走。"则直指为公瑾之赤壁。又黄人谓赤壁曰赤鼻，后人取词中"酹江月"三字名之。叶石林"睡起流莺语"词，平日得意之作也，名振一时，虽游女亦知爱重。帅颍日，其侣乞词，石林书此词赠之。后人亦取"金缕"二字名词。虽然豪逸而迫近人情，纤丽而摇动闺思。二公之名俱不朽，识者盍深考焉。②

张侃对词的艺术比较和审美鉴赏主要是关涉作品方面，例如对康与之的《曲游春》词和辛弃疾的《摸鱼儿》作比较。在"比较文学"的理论意义上，这属于"平行比较"，不牵涉两者之间的影响，只寻求两者之间艺术方面的同一性与差异性，以揭橥两者各自的艺术美特征。就作品的内容层面来说，涉及比较词作的意境、情致等方面；就作品的形式层面来说，涉及比较词作的语言表现和声腔运用等方面。应该说，张侃的审美比较关涉文学研究很具体的内在环节，属于一种颇有意义的研究。如既将康词的"惜别"之意与辛词的"惜春"之意相比，先求意境、情致之异，再勾勒出"惜别、惜春之意愈无穷"；又将康词与辛词的"才调绝人，不被腔律拘缚"的艺术形式方面的语言修饰、声腔创造等相同的审美特点揭示出来，以求达到既在内容美又在形式美这两个互相联系的环节上进行审美比较。张侃援引范温之语，也是范温《潜溪诗眼》引黄庭

---

① 唐圭璋：《词话丛编》第一卷，中华书局1986年版，第194页。
② 同上书，第191页。

坚所言"文章必谨布置"，如杜甫《上韦右丞》"此诗前贤录为压卷，盖布置得最得正体，如官府甲第，厅堂房屋，不可乱也"。他转借此语，用来说明康、辛这两首词作，在艺术的内容美和形式美创造上，词之意境、情致蕴藉含蓄，词之声腔、韵律突破成规的束缚，已经超越范温或黄庭坚在界定诗歌的形式结构方面所规定的标准了。

第三编

南宋后期词话

——词话的丰富

第 一 章

岳珂《桯史》

岳珂（1183—1243 年），字肃之，号亦斋，晚号倦翁，汤阴人。岳飞之孙。历任朝奉郎、守军器监，官至户部侍郎，淮东总领兼制置使。著有《棠湖诗稿》《金佗粹编》《玉楮集》《宝真斋书法赞》《桯史》等。岳珂对诗词造诣甚高，《全宋词》辑其词八首，杨慎《词品》卷五称其《祝英台近·北固亭》："此词感慨忠愤，与辛幼安'千古江山'一词相伯仲。"他对词颇有研究，有关词话的一些看法，主要保存在《桯史》这部著作中。

第一节 词作白日梦

岳珂与刘过相识，欣赏其放荡不羁的性格，而对其词更为青睐。"庐陵刘改之过以诗鸣江西，厄于韦布，放荡荆楚，客食诸侯间。开禧乙丑过京口，余为饷幕庚吏，因识焉。"尤其是对《沁园春》一词，评价更高：

嘉泰癸亥岁，改之在中都，时辛稼轩帅越，闻其名，遣介招之。适以事不及行，作书归辂者，因效辛体《沁园春》一词，并缄往，下笔便逼真。其词曰："斗酒彘肩，醉渡浙江，岂不快哉！被香山居士，约林和靖，与苏公等，驾勒吾回。坡谓西湖正如西子，浓抹淡妆临照台。诸人者，都掉头不顾，只管传杯。白云天竺去来，图画里、峥嵘楼观开。看纵横二涧，东西水绕，两山南北，高下云堆。遄曰不然，暗香疏影，只可孤山先探梅。蓬莱阁访稼轩未晚，且此徘徊。"辛得之大喜，致馈数百千，竟邀之去。馆燕弥月，酬唱亹亹，皆似之，逾喜。垂别，赒之千缗，曰："以是为求田资。"改之归，竟荡于酒，不问也。词语峻拔如尾腔对偶错综，盖出唐王勃体而又变之。余时与之饮西园，改之中席自言，掀髯有得色。余率然应之曰："词句固佳，然恨无刀圭药，疗君白日见鬼证耳。"

岳珂的上述评价，涉及词的创作者的性格心理，又兼论词作的艺术特点，点出自己和作者的私谊交往，从而使"人"与"文"的逻辑关系呈现出来，充分显示"词话"这种批评形式在揭示创造主体和艺术文本的潜在关系时所具有的独特作用。与早期词话只眷注词家的奇闻逸事而往往忽略对词作进行审美的艺术批评不同，岳珂词话既侧重"实录"，注意创作主体的现实生活，也潜心对词作进行艺术创作手法的探讨和评价，这表明南宋中期的词话在思维形态方面的进步与成熟。就这则词话而言，它以近乎小说家的笔法，将词人与词作密切联系的精神结构完善地显露出来，其间渗透着诙谐幽默的气氛，将文艺批评的方式推进到新的境界。并且以短短的一句近乎调侃的话语，揭橥刘过词作的艺术特征。"词句固佳，然恨无刀圭药，疗君白日见鬼证耳。"首先，岳珂肯定刘过此词的语言精妙。其次，语气一转，评说此词属于"白日见鬼"之作，"恨无刀圭药疗君"的白日梦一般的病症。从字面上看，似有贬义，但实际上是对刘过词作的极高褒扬。结合刘过的词来看，亦可谓境界奇逸，妙思慧想，开词坛新气象的千古佳构。词将古人与今人超越时空地交游在一起，打破历史与现实的界线，关联不同的山水地域、人文景观、诗词佳话，极其巧妙地符合人物性格与风致，将文人名士浪漫潇洒的审美情怀和江南名胜的水光山色交织在颇有画意的词卷里。对此词的评价当然难以一言论定，但岳珂以词话家的敏锐体验，以幽默的态度，抓住其"白日见鬼"的艺术特征。奥地利的弗洛伊德就认为："充满想象力的创作形式叫作'Spiel'（游戏），这些创作形式与可触的事物联系起来，它们就得到了表现。……但是，作家想象中世界的非真实性，对他的艺术方法产生了十分重要的后果；因为有许多事情，假如它们是真实的，就不能产生乐趣。"[1] 岳珂正是把刘过此词的"游戏"特征予以澄清、显示，阐释出该词是凭借"游戏"的方式，展开奇异大胆的非真实性的虚构，而达到审美的"陌生化"和拉开与现实距离的艺术效果。又如弗洛伊德所言，艺术家有时是"抛弃了与真实事物的联系；他现在用幻想来代替游戏。他在空中建筑城堡，创造出叫作白日梦的东西来"[2]。岳珂对刘过词的评论，和弗洛伊德的观点甚为相似，既阐明了刘过词的审美特征，又揭示了诗词创作的一个极其重要的美学方法，那就是——"梦幻"的方法，或"白日梦"的创作方法。而"梦幻美"是建构艺术美的一个十分重要的手段。[3] 岳珂上述的评论虽短短一言，但具有的美学意义是深刻的。

第二节 辛词多用事

岳珂对前辈词人辛弃疾甚为尊重，对其词作亦评价甚高，但也

---

[1] ［奥地利］《弗洛伊德论美文选》，张唤民、陈伟奇译，知识出版社 1987 年版，第 30 页。

[2] 同上。

[3] 颜翔林：《艺术的梦幻美》，《文艺研究》1985 年第 5 期。

提出一些建设性的批评意见：

> 稼轩以词名，每燕必命侍妓歌其所作。特好歌《贺新郎》一词，自诵其警句曰："我见青山色妩媚，料青山见我应如是。"又曰："不恨古人吾不见，恨古人不见吾狂耳。"每至此，辄抚髀自笑，顾问坐客何如，皆叹誉如出一口。既而又作一《永遇乐》，序北府事，首章曰："千古江山，英雄无觅，孙仲谋处。"又曰："寻常巷陌，人道寄奴曾住。"其寓感慨者，则曰："不堪回首，佛狸祠下，一片神鸦社鼓。凭谁问，廉颇老矣，尚能饭否？"特置酒召数客，使妓迭歌，益自击节，遍问客，必使摘其疵，逊谢不可。客或措一二辞，不契其意，又弗答，然挥羽四视不止。余时年少，勇于言，偶坐于席侧，稼轩因诵启语，顾问再四。余率然对曰："待制词句，脱去今古轸辙，每见集中有'解道此句，真宰上诉，天应嗔耳'之序，尝以为其言不诬。童子何知，而敢有议？然必如范文正以千金求《严陵祠记》一字之易，则晚进尚窃有疑也。"稼轩喜，促膝丞使毕其说。余曰："前篇豪视一世，独首尾两腔，警语差相似。新作微觉用事多耳。"于是大喜，酌酒而谓坐中曰："夫君实中予痼。"乃味改其语，日数十易，累月犹未竟，其刻意如此。

有关这则记载，邓广铭先生曾予以怀疑，他认为："岳珂的著作，除《桯史》外还有好几种，其中最重要的则是他所编撰的《金佗粹编》和《金佗续编》。《粹编》中的《鄂王行实编年》和《吁天辨诬录》都是出自他手笔，他却不顾史实真相，只为发挥其孝子慈孙的用心，而为岳飞编造了许多嘉言懿行，采取了决非历史学者所应采取的态度与手法。准此而推论之，则他在《桯史》中的这段记载不够真实。"① 邓先生的怀疑不无道理，但《金佗粹编》和《桯史》毕竟为不同性质的著作，其写作目的与动机不同，前者确有"虚构"之可能，而后者作伪的可能极小。而有关《桯史》这则"词话"是否作伪，我们尚未见到令人信服的证据。退一步说，即使这则词话所言的与辛弃疾的"对话"不可靠，但至少还有研究的意义是，它代表了岳珂对辛词的一种学术见解。本着如此的想法，笔者认为对这则词话应给予重视。

毛晋在《稼轩词跋》中说："宋人以东坡为词诗，稼轩为词论，善评也。"夏承焘先生认为："苏轼以诗为词，辛弃疾以文为词。在苏轼以前，诗和词是不同的；苏轼打破了两者的界限，用作诗的方法来作词，开拓了词的境界。但词跟文还有不同，散文的表现方法，一般人不敢用到词里去。辛弃疾打破了这两者界限，进一步开拓了词的境界。"② 上述看法，均把握了辛词"以文为词"的艺术特点，而辛词"以文为词"的艺术特点所借助的主要途径之一是"用事"。可以说，"用事"是辛词达到独特审美特征的主要创作手法和语言工具。所以，对辛词"用事"应辩证地看待。一方面，必须肯定辛词"用事"的正面价值，辛词的"用事"涉及经史子集乃至稗官野史，他所涉猎的典籍均可融入词章，这极大地拓宽了以往的"用事"范围，同时，他的"用事"将汉语言的诗性特征（如空间结构的意象性、象征性等）发挥到相当高的水准，将"用事"和语言传达近乎完美地结合在一起。另一方面，辛词之"用事"也有其缺陷，容易导致字面的晦涩和理解的歧义，使一般的接受者难以读解。客观地讲，岳珂这番话是针对辛词"用事"的负面影响而论的，应该说他论词的目光是敏锐而专注的，善于发现问题，也是较早指出辛词"用事"多的不足。这反映出他作为一个

① 邓广铭：《稼轩词编年笺注》，上海古籍出版社 1993 年版，第 43 页。
② 夏承焘、游止水：《辛弃疾》，上海古籍出版社 1979 年版，第 52 页。

词话家不为尊者讳的批评品格。除此之外，这则词话还表现出后期词话在写作技巧上的成熟。它与早期词话的单一叙述方式不同，采用了多视角的叙述方式，在叙述的过程中，又巧妙运用"对话"的方式，融入了戏剧化的情境、场景、气氛、表情、动作等因素，栩栩如生地将词坛佳话呈现在读者眼前。

第二章

张端义词话

张端义（1179—?），字正夫，自号荃翁，郑州人。居苏州朱长文乐圃。卒年不详，约宋理宗端平中前后在世，少年苦读，文武兼修。端平中（1235）应诏三次上书，坐妄言，韶州安置，执政谓非祖宗制，得免。在韶州期间，著《贵耳集》一卷、《二集》一卷、《三集》一卷。其论诗文、词赋、时事，皆有识见。淳祐元年（1241），端义六十三岁，自作小传略云：予少苦读书，肆举子业，勇于弓马，尝拜平斋项先生于荆南。与众多文人名士相交游，爱作诗赋小词。自称"有上皇帝三书，诗五百首、词二百首、杂著二百篇。曰《荃翁集》"。遗憾的是，《荃翁集》今已不传。张端义词话主要散落于《贵耳集》之中。

第一节　作家作品论

张端义有意识地将作家和作品进行相统一的论述，能够在具体论述之中提出词学的概念和理论，达到具体和抽象的结合。

> 朱希真南渡以词得名，"月"词有"插天翠柳，被何人推
> 上，一轮明月"之句，自是豪放，赋梅词如不食烟火人语，

"横枝销瘦一如无，但空里疏花数点"，语意奇绝，词集曰《太平樵唱》。

易安居士李氏，赵明诚之妻。《金石录》亦笔削其间。南渡以来，常怀京、洛旧事，晚年赋"元宵"《永遇乐》词云："落日熔金，暮云合璧。"已自工致。至于"染柳烟轻，吹梅笛怨，春意知几许"，气象更好。后叠云："于今憔悴，风鬟霜鬓，怕见夜间出去。"皆以寻常语度入音律。炼句精巧则易，平淡入调者难。且"秋"词《声声慢》："寻寻觅觅，冷冷清清，凄凄惨惨戚戚。"此乃公孙大娘舞剑手。本朝非无能词之士，未曾有一下十四叠字者，用《文选》诸赋格。后叠又云："梧桐更兼细雨，到黄昏、点点滴滴。"又使叠字，俱无斧凿痕。更有一奇字云："守定窗儿，独自怎生得黑。""黑"字不许第二人押。妇人中有此文笔，殆间气也。有《易安文集》。

卫元卿，洋州人。曾领荐，不得志，游山谷间，作《谒金门》词曰："花过雨，又是一番红素。燕子归来愁不语，故巢无觅处。谁在玉楼歌舞，谁在玉关辛苦，若使胡尘吹得去，东风侯万户。"

蒲江卢申之祖皋，貌宇修整，作小词纤雅，曰《蒲江集》。曾为《玉堂有感》诗："两山风雨故留寒，九陌香泥苦未干。开到海棠春烂漫，抬头时得数枝看。"有《舟中独酌》诗："山川似旧客怀老，天地何言春事深。"《松江别》诗："明月垂虹几度秋，短蓬长是系人愁。暮烟疏雨分携地，更上松江百尺楼。"余领先生词外之旨。

李季章奉使北庭，虏馆伴发一语云："东坡作文，爱用佛书中语。"李答云，曾记"赤壁"词云，"谈笑间、狂虏灰飞烟灭。"所谓"灰飞烟灭"四字，乃《圆觉经》语，云："火出木烬，灰飞烟灭。"北使无语。

　　少游"郴阳"词云:"雾失楼台,月迷津渡。桃源望断知何处?可堪孤馆闭春寒,杜鹃声里斜阳暮。"诗话谓"斜阳暮"语近重叠,或改"帘枕暮",既是"孤馆闭春寒",安得见所谓帘枕,二说皆非。尝见少游真本,乃"斜阳树",后避庙讳,故改定耳。山谷词:"杯行到手莫留残,不到月斜人散。"诗话谓或作"莫留连",意思殊短。又尝见山谷真迹,乃是"更留残",词意便有斡旋也。

　　东坡《水龙吟》"笛"词八字谶,"楚山修竹如云,异才秀出千林表",此笛之质也。"龙须半翦,凤膺微涨,玉肌匀绕",此笛之状也。"木落淮南,雨晴云梦,月明风袅",此笛之时也。"自中郎不见,将军去后,知负秋多少",此笛之事也。"闻道岭南太守,后堂深、绿珠娇小",此笛之人也。"绮窗学弄,凉州初试,霓裳未了",此笛之曲也。"嚼徵含宫,泛商流羽,一声云杪",此笛之音也。"为史君洗尽,蛮烟瘴雨,作霜天晓",此笛之功也。五音已用其四,乏一"角"字,"霜天晓"歇后一"角"字。

　　张端义对于朱希真的评价"自是豪放,赋梅词如不食烟火人语","语意奇绝",寥寥之言,揭示其极高的审美价值。对易安居士的评价,提出"气象"的概念,达到理论的规定性。认为易安"皆以寻常语度入音律。炼句精巧则易,平淡入调者难",呈现易安词非同寻常的艺术功力和大匠之气。认为《声声慢》"此乃公孙大娘舞剑手。本朝非无能词之士,未曾有一下十四叠字者。""用《文选》诸赋格。后叠又云:'梧桐更兼细雨,到黄昏、点点滴滴。'又使叠字,俱无斧凿痕。更有一奇字云:'守定窗儿,独自怎生得黑。''黑'字不许第二人押。妇人中有此文笔,殆间气也。"张端义从修辞角度上推崇易安的词,指出她的胆识和艺术独创性,从而也肯定她在词的创作上的美学地位。认为从性别角色上，她开辟词之写作的新天地和新气象。对于卫元卿，张端义结合其生平经历将《谒金门》的体物抒怀的技法表露无遗而省略具体评点，不著一字，做到以其人衬映其词，显示出巧妙的批评方法。他批评卢申之："貌宇修整，作小词纤雅"，以创作主体的外在形象映衬其艺术创作，可谓形神兼备。"余领先生词外之旨"，更是点出其词人象外之象，味外之旨的艺术境界。张端义以"对话"式的"故事"，阐释出苏轼"赤壁怀古"词援引佛典语汇的修辞方式，并以李季章暗含机锋的回答，羞辱北使而维护战争失败者的一点文化尊严。针对以往诗话对于秦少游"郴阳"词的误释，张端义以自己亲见真本与真迹的事实进行辨析，澄清望文生义的批评。尤其是对于苏轼《水龙吟》"笛"词，他富于创意的话语分析，体现出"批评的循环"和"效果历史"的阐释学意识。无疑，这种阐释呈现出相当程度的个人想象化倾向，也许超越文本的客观意义或原初含义而注入了现实语境中的自我情绪，然而，这种做法和海德格尔对于文本的客观性理想的批判以及坚持认为循环释义理解是阐释学第一要素的思想不谋而合。也许这会引起文本最终丧失客观性的担忧，然而，正如诠释学所认为的那样："文学本文的释义大体上说，不能仅限于作者所意欲表现的或者他那个时代对于他的理解的范围之内。本文并不是作者的主观的表达。更确切地说，本文，只有当解释者与之进行对话时才真正存在，而且解释者的情境是本文理解的重要条件。"[1] 张端义的批评就是一个与文本对话的阐释过程，文本的客观本意也许的确存在着部分地被释义者的"偏见"所歪曲的危险，然而，释义却丰富了文本的艺术内涵和美学意义。这里，对于"笛"的富于人格化和情感性的解释，就是一种丰富文本的审美趣味的富

---

① ［美］D. C. 霍埃：《批评的循环》，兰金仁译，辽宁人民出版社 1987 年版，第 65—66 页。"本文"（text），现在通行译为"文本"。

于想象力的释义。张端义的所谓"笛之质""笛之状""笛之时""笛之事""笛之人""笛之曲""笛之音""笛之功"的解释，不一定合理和客观，却充满审美的意味。伽达默尔认为："正是想象（Plantasie）才是学者的决定性功能，想象自然地具有一种解释学的功能并使人能敏感地发现什么是有问题的，使人能提出真正的、有创造性的问题。"① 无疑，张端义的"笛"之释义表现出主体的想象性和创见性。

第二节　伦理批评

传统的美学批评包含一定的伦理批评的色彩，一是因为传统的美学观念和道德观念存在必然的逻辑联系，二是审美活动有时的确难以和意志活动划清界限。因此，伦理批评作为文艺批评的构成之一，就是一个合乎逻辑的结果。张端义的词话，也体现伦理批评的倾向，甚至有超越审美的道德批判的倾向。

> 道君幸李师师家，偶周邦彦先在焉。知道君来，遂匿于床下。道君自携新橙一颗，云江南初进来，遂与师师谑语。邦彦悉闻之，隐括成《少年游》云："并刀如水，吴盐胜雪，纤手破新橙。"后云："严城上，已三更，马滑霜浓，不如休去，直是少人行。"李师师因歌此词，道君问谁作？李师师奏云周邦彦词。道君大怒，坐朝宣谕蔡京云："开封府有盐税周邦彦者，闻课额不登，如何京尹不按发来？"蔡京罔知所以，奏云："容臣退朝，呼京尹叩问，续得复奏。"京尹至，蔡以御前圣旨谕

---

① ［德］伽达默尔：《哲学解释学》，夏镇平、宋建平译，上海译文出版社1994年版，第12页。

之。京尹曰："惟周邦彦课额增羡。"蔡云："上意如此。"只得迁就将上，得旨周邦彦职事废弛，可日下押出国门。隔一二日，道君复幸李师师家，不见李师师，问其家，知送周盐税。道君方以邦彦出国门为喜，既至不遇，坐久，至更初，李始归，愁眉泪睫，憔悴可掬。道君大怒云："尔去那里去？"李奏："臣妾万死，知周邦彦得罪，押出国门，略致一杯相别，不知官家来。"道君问："曾有词否？"李奏云："有《兰陵王》词。"今"柳荫直"是也。道君云："唱一遍看。"李奏云："容臣妾奉一杯，歌此词为官家寿。"曲终，道君大喜，复召为大晟乐正。后官至大晟乐乐府待制。邦彦以词行，当时皆称美成词，殊不知美成文笔，大有可观。作《汴都赋》，如笺奏杂著，皆是杰作，可惜以词掩其他文也。当时李师师家有二邦彦，一周美成，一李士美，皆为道君狎客。士美因而为宰相，吁！君臣合遇倡优下贱之家，国之安危治乱，可想而知矣。

此传闻尽管不能作为确凿的史实，但是徽宗君臣狎妓的放荡行为却是不争的事实。尽管这属于当时社会潮流和文人风尚，作为一种可以适度宽容和理解的文化习俗。然而，毕竟和传统的儒家伦理和道德准则相悖谬。因此，张端义从伦理视角所作的批评也具有合理性。不过，这种伦理批评并没有妨碍作者对于周美成的文学天才和诗词成就的肯定和赞誉，也没有损害今人对古典作家的审美人生的辩证理解。从另一点看，客观地说，徽宗在本质上更属于一个文人雅士，假如他不是君主，专事绘画、书法和诗词歌赋则是个人和国家的幸事。然而，历史却选择他继承皇位，这也许就是命运的神秘力量使然。让一个适合从事艺术活动而不适宜管理国家的人当皇帝，自然要招致个人和历史的双重悲剧，所以，张端义感慨："君臣合遇倡优下贱之家，国之安危治乱，可想而知矣。"其实，北宋衰亡的缘由是多方面的，不能仅仅归结为徽宗君臣的声色之娱。如果辩证考察伦理批评的话，它存在合理性的一面，也存在内在局限性。现代文艺理论认为，伦理批评"以一定的道德意识及其由之而形成的伦理关系作为规范来评价作品是否合乎道德，从而以善、恶为基本范畴来决定对批评对象的取舍或评定其高下得失。这种批评着重于对文学产品的道德意识的评价，实现作品的伦理价值及道德教化作用"①。其实，这种描述还不足以说明伦理批评的精神全貌和深刻内涵。伦理批评不仅单向度指向作品，也指向艺术家本人和普遍接受者的道德视野，它是效果历史的投影和当代文化语境中意识形态的折射。如果单纯把对审美形式的理解转向为对精神结构的理解，不免产生偏见和误解。客观地说，张端义能够把伦理批评和审美批评进行区别，没有以偏概全的缺陷。

第三节　流行文化

词在两宋成为一种流行文化，或者说，作为一种流行的话语样式而深入社会的各个阶层，成为公共领域的普遍话题，作为社会交往活动的共享工具。如果说，上古时代，"不学诗，无以言"，那么，在两宋，对词缺乏理解和掌握，就无法进入公共空间以及进行对话活动、交往活动。所以，词的功能远远超越诗功能，它渗透着世俗生活的交往和娱乐的功能，成为文学的公共领域。对此，张端义显然有所感受。

---

① 童庆炳主编：《文学理论教程》，人民教育出版社 1992 年版，第 467 页。

慈宁殿赏牡丹时，椒房受册，三殿极欢。上洞达音律，自制曲赐名《舞杨花》。停觞，命小臣赋词，俾贵人歌以侑玉卮为寿，左右皆呼万岁，词云："牡丹半坼初经雨，雕槛翠幕朝阳，娇困倚东风，羞谢了群芳。洗烟凝露向清晓，步瑶台、月底霓裳。轻笑淡拂宫黄，浅拟飞燕新妆。杨柳啼鸦昼永，正秋千庭馆，风絮池塘，三十六宫，簪艳粉浓香。慈宁王殿庆清赏，占东君、谁比花王。良夜万烛莹煌，影里留住年光。"此康伯可乐府所载。

杨诚斋帅某处，有教授狎一官妓。诚斋怒黥妓之面，押往谢辞教授，是欲愧之。教授延入，酌酒为别。赋《眼儿媚》："鬓边一点似飞鸦，莫把翠钿遮。三年两载，千摧百就，今日天涯。杨花又逐东风去，随分落谁家。若还忘得，除非睡起，不照菱花。"杨诚斋得词，方知教官是文士，即举妓送之。

赵介庵，名彦端，字德庄，宗室之秀，能作文，赋"西湖"《谒金门》"波底夕阳红皱"。阜陵问谁词，答云："彦端所作。""我家里人也，会作此等语。"喜甚，有《介庵集》三卷。

北人张侍御有侍儿，意状可怜，乃宣和殿小宫姬也。又翰林吴激赋小词云："南朝千古伤心地，还唱《后庭花》。旧时王谢，堂前燕子，飞入谁家。怳然相遇，仙姿胜雪，宫鬓堆鸦，江州司马，青衫湿泪，同在天涯。"

从上述几则词话看，词的功能显然被宫廷和文人、市民社会扩大化了，它超越单纯的文学化的审美功能而介入现实生活的方方面面，作为一种流行文化施加对社会的影响力。"慈宁殿赏牡丹"这则词话，是宫廷和词的关系写照，也是娱乐和审美关系的君臣叙事，充分反映词的文体形式作为流行文化在上流社会的情感交际功能。倘若以道德眼光审视，尽管在若干年之后，君臣沉湎于感官享乐而忘却国计民生之忧的行径被诟病，然而，我们以相对宽容和客观的心态进行判断与批评，它同样符合人类的审美本性，是合理化的审美活动，而所谓康伯可的"应制词"也属于审美化的艺术创作，我们不应该给以过于沉重的道德指责和情绪化的人格批判。黄升《中兴以来绝妙词选》卷一云："凡中兴粉饰治具及慈宁归养，两宫欢集，必假伯可之歌咏，故应制之词为多。"对其人格和艺术均评价不高。陈振孙《直斋书录解题》著录其《顺安乐府》五卷，注云："世所传康伯可词鄙亵之甚。此集颇多佳语，陶定安世为之序，王性之、苏养直皆称之，而其人不自爱如此，不足道也。"这种将词人的艺术和道德分离的做法似乎辩证一些。沈义父《乐府指迷》云："康伯可、柳耆卿音律甚协，句法亦多有好处，然未免有鄙俗语。"沈义父从纯粹审美视界对其宫廷应制之作给予肯定，然而，并未容忍其世俗情怀。陈廷焯《云韶集评》则云"其人不足取，其词则哀感顽艳，尽有佳者"，可谓相对公允。如果我们悬搁狭隘道德观念，从流行文化和审美形式角度鉴赏，宫廷间的君臣即景赏玩的游戏词，在艺术价值和审美趣味方面，都有可取之处。它也反映词作为世俗文化走向多功能的广阔空间，词成为一种重要的和轻松的交流工具和公共话语，不应该过分地对它作道德伦理的历史苛求。

作为流行文化，词被广大的社会下层人士所喜爱和运用，不再是官僚贵族、文人墨客的话语垄断，词成为公共领域的普遍的交流工具而不再是文化霸权的象征品，贩夫走卒、歌姬舞女、渔樵工匠、农圃僧尼等阶层亦能依谱填曲，倚声定句。所谓"教授狎妓"的词话，以风月场上的悲喜故事渲染词的特殊交际功能，本来，故事似乎是悲剧性质的，然而却因一曲《眼儿媚》反映出妓女和寒儒之间真挚而浪漫的爱情，杨诚斋"方知教官是文士，即举妓送之"。

词人超越了世俗的道德观念，终于赢得了美人。一个下层文人，因为娴熟作词，而获得文化认同和精神谅解。张端义在此流露出自己的赞赏情绪。有关赵介庵的一则词话，以"我家里人，会作此等语"表明词的广泛流行程度。而吴激小词则充满感伤历史、悼亡故国的悲剧情致，词除了表现世俗生活和享乐人生的功能之外，具有表现黍离麦秀的历史风云的政治功能和教化意义。词这一文体作为流行文化，也具有历史叙事和理性反思的功能，可以俗中见雅，雅中有俗。因此，词属于流行于各种社会阶层的文化工具和交际手段。张端义词话客观地揭示出词的广泛丰富的流行文化功能。

第 三 章

魏庆之词话

魏庆之，字醇甫，号菊庄，建安人。生卒年均不详，约宋理宗嘉熙末前后在世。文才超逸，但不思科第，纵情山水，植菊千丛，与文人雅士觞咏其间。庆之著有《诗人玉屑》，其版本有二十二卷本和二十一卷本，《魏庆之词话》为《词话丛编》据二十一卷本辑成。

《魏庆之词话》保存众多词话材料，多转述他人之见，自我论述不多，因此理论价值不高，以下仅从两方面予以阐述。

第一节　批评后山词话，为苏词辩护

陈师道对苏词的批评在一定程度上代表当时词坛的审美取向，至少说代表了当时文化语境的艺术价值的判断标准。但是，随着对词的文体认识的深化以及对苏词的艺术价值的重估的需要，《魏庆之词话》对苏词作出与《后山诗话》截然不同的评价：

《后山诗话》谓退之以文为诗，子瞻以诗为词，如教坊雷大使之舞，虽极天下之工，要非本色。余谓后山之言过矣。子瞻佳词最多，其间杰出者，如"大江东去，浪淘尽千古风流人物"赤壁词，"明月几时有，把酒问青天"中秋词，"落日绣帘卷，亭下水连空"快哉亭词，"乳燕飞华屋，悄无人，桐荫转午"初夏词，"明月如霜，好风如水，清景无限"夜登燕子楼词，"楚山修竹如云，异材秀出千林表"咏笛词，"玉骨那愁瘴雾，冰肌自有仙风"咏梅词，"东武城南，新堤固，涟漪初溢"宴流杯亭词，"冰肌玉骨，自清凉无汗"夏夜词，"有情风、万里卷潮来，无情送潮归"别参寥词，"缺月挂疏桐，漏断人初静"秋夜词，"霜降水痕收，浅碧粼粼露远洲"九日词。凡此十余词，皆绝去笔墨畦迳间，直造古人不到处，真可使人一唱而三叹。若谓以诗为词，是大不然。子瞻自言平生不善唱曲，故间有不入腔处，非尽如此。后山乃比之教坊雷大使舞，是何每况愈下，盖其谬也。①

这里，魏庆之肯定苏词的艺术独创性，认为苏词在创作的意境、章法上自成一格，有如黑格尔在《美学》中所云："使自己与对象完全融合在一起，根据他的心情和想象的内在的生命去造成艺术的体现。"②"直造古人不到处"，褒扬苏词不因袭古人而不断超越的美学气度，将苏词的大家风范昭示出来，也为苏词的"间有不入腔处"作辩解，对后山的看法表示否定。应该讲，魏庆之的做法，属于"反批评"（anti‐criticism），换言之，是"批评之批评"。而此处的"反批评"，不是一般形态的抽象批评，而是具体形态的文本批评，从文本出发，寻找反驳对方的依据。与陈师道的一般形态的主观批评不同，魏庆之将主观批评和客观批评结合起来，在批评观念上，要较后山辩证一些。另外，后山的批评是"阐释"性质的，而菊庄的批评是"发现"性质的，前者重在对词家

---

① 唐圭璋：《词话丛编》第一卷，中华书局1986年版，第203—204页。
② ［德］黑格尔：《美学》第1卷，朱光潜译，商务印书馆1979年版，第369页。

词作进行主观"意见"的阐释而忽略艺术特性的审美发现，后者则对词家词作进行主观和客观相统一的分析，从而获得对其艺术特性的审美发现，揭示艺术创作的独创性和审美风格的特殊性。应该说，在批评意识上，菊庄要胜过后山。这在某种意义上也表明南宋词话在批评意识上的自觉与不断完善。

第二节　批评易安词论

这则词话为转录胡仔的言论，也代表了魏氏的看法。所以，我们不妨给予注意：

李易安云："五代干戈，四海瓜分豆剖，斯文道熄。独江南李氏君臣尚文雅，故有'小楼吹彻玉笙寒''吹皱一池春水'之词，语虽奇甚，所谓亡国之音哀以思也。逮至本朝，礼乐文武大备，又涵养百余年，始有柳屯田永者，变旧声作新声，出《乐章集》，大得声称于世。虽协音律，而辞语尘下。又有张子野、宋子京兄弟、沈唐、元绛、晁次膺辈继出，虽时时有妙语，而破碎何足名家。至晏元献、欧阳永叔、苏子瞻、学际天人，作为小歌词，直如酌蠡水于大海，然皆句读不葺之诗尔。又往往不协音律者，何耶？盖诗文分平仄，而歌词分五音，又分五声，又分六律，又分清浊轻重。且如近世所谓《声声慢》《雨中花》《喜迁莺》，既押平声韵，又押入声韵。《玉楼春》本押平声韵，又押上去声，又押入声。本押仄声韵，如押上声则协，如押入声则不可歌矣。王介甫、曾子固，文章似西汉，若作一小歌词，则人必绝倒，不可读也。乃知别是一家，知之者少。后晏叔原、贺方回、秦少游、黄鲁直出，始能知之。又晏苦无铺叙，贺苦少典重，秦即专主情致，而少故实，譬如贫家美女，非不妍丽，而终乏富贵态。黄即尚故实而多疵病，譬如良玉有瑕，价自减半矣。苕溪渔隐曰："易安历评诸公歌词，皆指摘其短，无一免者。此论未公，吾不凭也。其意盖自谓能擅其长，以乐府名家者。退之诗云：'不知群儿愚，那用故谤伤。蚍蜉撼大树，可笑不自量。'正为此辈发也。"①

易安的批评颇有西方现代女权主义批评的意味，她力图消解由男性话语垄断的艺术价值评价世界，其颠覆的策略在于，从词的文体论视角解构男性词作的形式意义，或者说是从词的形式美规则入手，试图否定由异性角色垄断的文化符号。在深层心理上，她所抗衡的对象是整个男性世界的文化霸权，而并非是某些具体的男性作家。她积累有关词的文体形式和审美标准的丰富经验，成为对抗男性文化霸权的工具。在这个视点上，我们就可以理解易安在词的批评意识上的倾向源自她的深层的心理逻辑。而与此相对应，胡仔则从维护传统的男性世界的话语权力的意识出发，力图恢复被易安所破坏的价值系统，对于女性所持有的潜意识的轻视和偏见构成了不可更改的价值准则，而他试图凭借这种价值准则拒斥易安的富于理性逻辑的批评。这种拒斥甚至带有情绪化的色彩，失去了批评家应有的理性逻辑和公允气度。尤其是引用韩愈的诗句来言说，在批评策略和态度上既非合理又非公道，有强词夺理和恶言相加之嫌。魏庆之征引这则词话，其立场和态度与胡仔无疑是契合的，其词学意识也是维护传统的男性话语霸权和价值中心的地位，他对词的艺术价值问题却采取存而不论的态度，这种有意识或无意识的回避方

---

① 唐圭璋：《词话丛编》第一卷，中华书局1986年版，第202页。

式，也从深层次反映在男性话语占垄断地位的古代文化中，文化的性别角色所具有的潜在意义既从属于权力系统，也是一种伦理价值的象征。从这个意义来说，易安的抗衡所包容的意蕴是超越艺术本身和美学本身的，和胡仔、魏庆之的上述观念相比，要可贵得多。

总的来说，魏氏词话由于体例上的原因，多转述他人之见，所以说不上有系统性，缺乏自我创新的理论意义，但作为南宋词话的一个中间环节，有其存在的价值。

第 四 章

黄升《中兴词话》

　　黄升，字叔旸，号玉林，又号花庵词客。生卒年均不详。闽县人。无意科举，沉湎山水，雅意歌咏。淳祐九年编成《花庵词选》二十卷，在词坛影响颇大。该书前十卷《唐宋诸贤绝妙词选》，收辑唐五代及北宋词，后十卷《中兴以来绝妙词选》，收辑南宋词，并附己作。胡德方序云："玉林此选，博观约取，发妙音于众乐并奏之际，出至珍于万宝毕陈之中，使人得一编，则可以尽见词家之奇，厥功不亦茂乎？玉林早弃科举，雅意读书，间从吟咏自适。阁学受斋游公尝称其诗为晴空冰柱。闽帅秋房楼公闻其与魏菊庄为友，并以泉石清士目之。其人如此，其词选可知矣。"对其人品与词品均评价甚高，也肯定了其词选的艺术价值。《四库全书总目提要》云黄升："词亦上逼少游，近摹白石。斋游公赠诗所云'晴空冰柱'者庶几似之。"冯煦《蒿庵论词》称其词："专尚细腻。"综上所述，黄升既有丰富的创作实践，又有一定的理论眼界，为词学的重要人物。但由于本书只考察"词话"这么一个逻辑范围，仅就《词话丛编》所辑《中兴词话》，简略地讨论有关词话的内容。

第一节　词与历史文化语境

黄升对词的看法，具有历史主义意识，他从历史背景及相关的文化语境来思考词作的内容与形式问题，如他论胡铨、张仲宗及其词作，即是从历史理性的价值角度出发的：

> 绍兴戊午之秋，枢密院编修胡铨邦衡上书乞斩秦桧，得罪，责昭州监当。后四年，慈宁归养，秦讽台臣，论其前言弗效，除名送新州编管。三山张仲宗以词送其行云："梦绕神州路。怅秋风、连营画角，故宫离黍。底事昆仑倾砥柱。九陌黄流乱注。聚万落千村狐兔。天意从来高难问，况人生易老悲如许。更南浦，送君去。凉生岸柳消残暑。耿斜河、疏星淡月，断云微度。万里江山知何处。回首对床夜语。雁不到、书成谁与。目断青天怀今古。肯儿曹恩怨相尔汝。举大白，唱金缕。"又数年，秦始闻此词，仲宗挂冠已久，以它事追赴大理削籍焉。事见《挥尘后录》。二公虽见抑于一时，而流芳百世，视秦桧犹苏合香之于蜣螂丸也。

黄升从政治与道德的立场进行价值判断，把词看作是意识形态的工具，这与南宋时期的政治矛盾和民族矛盾的尖锐冲突存在密切的联系，文艺成为政治斗争的重要工具，有时甚至是文化人唯一的工具。黄升在这种社会环境下从事词之批评，所以他以近乎历史主义的方法"结合历史背景、理论方法、政治参与、作品分析，去解释作品与社会相互推动的过程"①。这是中国传统的文化批评和艺术批评，但这种传统的批评在现代中国很大程度上被否定了，其理由在于，它只注意到道德层面的存在因素而忽略审美层面的因素，只关注艺术的内容而遗忘了艺术的形式。然而，这种否定是片面的和缺乏辩证法观念的，艺术总是在一定历史文化语境中形成的，因此它无法超越道德伦理观念和其他意识形态而存在，对艺术作品进行历史主义的分析是完全必要的。德国文化哲学家卡西尔认为："艺术可能被看成是道德真理的一幅寓意画。它被看作是在其感性形式下隐含着某种伦理意义的一个讽喻，一种借喻的表达。"② 他肯定了艺术作品所隐藏的道德内涵。黄升的方法也应该被肯定，它是在特定历史时期的批评观念的产物。

黄升一方面从历史的政治背景出发考察词家词作，另一方面从历史的文化语境出发来考察词家词作，以探求文艺家所具有的审美独创性和艺术继承性。如他评论放翁的词：

> 杨诚斋尝称陆放翁之诗敷腴，尤梁溪复称其诗俊逸，余观放翁之词，尤其敷腴俊逸者也。如《水龙吟》云："韶光妍媚，海棠如醉，桃花欲暖。挑菜初闲，禁烟将近，一城丝管。"如《夜游宫》云："璧月何妨夜夜满。拥芳柔，恨今年、寒尚浅。"如《临江仙》云："鸠雨催成新绿，燕泥收尽残红。春光还与美人同。论心空眷眷，分袂却匆匆。只道真情易写，奈何怨句难工。水流云散各西东。半廊花院月，一帽柳桥风。"皆思致精妙，超出近世乐府。至于《月照梨花》一词云："霁景风软，烟江春涨。小阁无人，绣帘半上。花外姊妹相呼，约撷蒲。修蛾忘了当时样。寻思一晌，感事添惆怅。胸酥臂玉消

---

① 张京媛主编：《新历史主义与文学批评·前言》，北京大学出版社 1993 年版，第 6 页。
② ［德］卡西尔：《人论》，甘阳译，上海译文出版社 1985 年版，第 175 页。

减、拟见双鱼。倩传书。"此篇杂之唐人《花间集》中，虽具眼，未知乌之雌雄也。

既评点出"敷腴俊逸"的艺术风格，勾勒其独具一格的审美特征，认为"思致精妙，超出近世乐府"，言说了其艺术的独创性；又评点《月照梨花》词作，"杂之唐人《花间集》中，虽具眼，未知乌之雌雄也"，这又揭示放翁词对文化语境的承袭性，反映放翁词显示了艺术风格的多样化和丰富性。诚如卡西尔所论："艺术使我们看到的是人的灵魂最深沉和最多样化的运动。"[①]"艺术可以包含并渗入人类经验的全部领域。在物理世界或道德世界中没有任何东西，没有任何自然事物或人的行动，就其本性和本质而言会被排除在艺术领域之外，因为没有任何东西能抵抗艺术的构成性和创造性过程。"[②]黄升具有文化哲学的眼光，因此能够从社会意识形态的广泛联系上对艺术进行深切的把握。再如他评论辛弃疾的词：

"宝钗分，桃叶渡。烟柳暗南浦。怕上层楼，十日九风雨。断肠点点飞红，都无人管，倩谁唤、流莺且住。鬓边觑，应把花卜心期，才簪又重数。罗帐灯昏，哽咽梦中语。是他春带愁来，春归何处，却不解带将愁去。"此辛稼轩词也。风流妩媚，富于才情，若不类其为人矣。至于《贺王宣子平寇》则云："白羽风生貔虎噪，青溪路断猩鼯泣。"《送郑舜举赴召》则云："此老自当兵十万，长安正在天西北。"与夫"吴楚地、东南坼，英雄事、曹刘敌。被西风吹尽，了无陈迹"等语，则铁石心肠发于词气间，凛凛也。盖其天才既高，如李白之圣于

---

① 〔德〕卡西尔：《人论》，甘阳译，上海译文出版社1985年版，第189页。
② 同上书，第201页。

诗，无适而不宜，故能如此。

黄升并非拘泥于从社会历史和意识形态的角度来推求艺术文本的美学解答，而深入艺术内在的肌理去考察艺术家心理的复杂性和艺术创造的多元性。他勾勒出辛弃疾词的另一方面的风貌——"风流妩媚，富于才情"，将艺术文本所显露的艺术风格的多样性描摹出来了。但是，他并未脱离辛弃疾艺术风格的确定性来探讨问题，仍然把握住辛词的审美特征："铁石心肠发于词气间，凛凛也。盖其天才既高，如李白之圣于诗，无适而不宜，故能如此。"他的艺术观念不是简单因袭"以世论人"的社会历史学派的方法，而是从艺术的内在审美风格出发论述具体的问题，避免了仅从主观逻辑出发将丰富的艺术现象纳入一个僵死的理论模式中去的缺陷，这一点令今人也难以企及。

第二节　词作论

黄升《中兴词话》的词作论十余则，所论大都简略，然能切中肯綮，显露精湛的审美判断：

　　诚斋文集中有答周丞相小简云："辱相国有尽子诗写来之教，春前偶醉余梦语《忆秦娥》小词云：'新春早。春前十日春归了。春归了。落梅如雪，野桃红小。老夫不管春催老。只图烂醉花间倒。花间倒。儿扶归去，醒来窗晓。'仰供仲尼之莞尔，不胜主臣。"诚斋长短句殊少，此曲精绝，当为拈出，以告世之未知者。

　　朱希真有《西江月》云："世事短如春梦，人情薄似秋云。不须计较苦劳心。万事元来有命。幸遇三杯酒美，况逢一朵花新。片时欢笑且相亲。明日阴晴未定。"辞虽浅近，意甚深远，可以警世之役役于非望之福者，非止旷达而已。

对上述两首词作，黄升表示一定程度的赞赏，前者写初春时节的景致，以"落梅如雪，野桃红小"的审美意象，洗练地勾勒出初春的神韵，又融主体于春景，写出天人和谐，主体沉醉于审美体验之中而相忘万物的超越境界。此种"醉境"，与德国尼采所言的狄俄尼索斯的"酒神精神"有相同点，此种"酒神精神"既是一种审美的体验境界，又是一种艺术的创造境界，尼采云："狄俄尼索斯的激奋如果不是透过原始民族在赞美歌中所说的麻醉剂的影响而产生，就是透过欣喜地贯穿整个自然结构中春天活力的来临而产生。经过这样的激奋以后，个人便完全忘记了自己。"[1] 诚斋词作所隐含的审美体验和尼采所云的"酒神精神"建立在对"整个自然结构中春天活力"的"醉境"体验过程，"个人便完全忘记了自己"，"老夫不管春催老。只图烂醉花间倒"是进入物我两忘的审美超越的境界，它既是现实的生命境界，也是理想的艺术境界，而词承担了沟通这两重世界的桥梁作用。另一方面，诚斋词作的"醉境"有不同于尼采"酒神精神"之处，尼采的"狄俄尼索斯"精神，主要是指非理性的强力意志的盲目冲动，属于内在生命力突破现实压抑达到巅峰状态从而得到释放的精神活动，它与后来的人本主义心理学的"高峰体验"（peak experience）有相似之处。而诚斋词作的"醉境"更多消解了非理性的内容，处于心理的非压抑状态，始终以平和超然的淡泊心态和自然相交流，这种审美体验始终是脉脉温情和有所节制的，"儿扶归去，醒来窗晓"正勾勒出"乐

---

① ［德］尼采：《悲剧的诞生》，刘琦译，作家出版社 1986 年版，第 16 页。

而不淫，哀而不伤"的传统儒学本色。词作的审美体验和艺术境界均达到极高的品位。后阕词，写法单纯，采用两个浅近的明喻，辅佐以口语化的言辞，说明世态炎凉和命有定论的世界观与人生观，玉林说它"辞虽浅近，意甚深远，可以警世之役役于非望之福者，非止旷达而已"，抓住了词的要领。

第 五 章

俞文豹词话

俞文豹，字文蔚，括苍人（今浙江丽水）。生卒年均不详，约宋理宗嘉熙末前后在世。生平事迹亦不可考。其著述甚多。有《清夜录》一卷、《古今艺苑谈概》上下集各六卷。《吹剑录》一卷、《吹剑录外集》一卷。《吹剑录》有淳祐三年（1243）自序，《外集》有淳祐十年自序。今本《吹剑集》有其词一首。俞文豹词话主要见诸《吹剑录》与《清夜录》之中。以下，选几则予以分析。

第一节　话语阐释

俞文豹词话注意微观的文本分析，这种微观的文本分析建立在对词的话语读解上，通过读解而阐释自己领会的意义。

杜工部流离兵革中，更尝患苦，诗益凄怆。《忆舍弟》诗"戍鼓断人行，边秋一声雁。露从今日白，月是故乡明。"《孤雁》诗"惟怜一片影，相失万重云。望尽似犹见，哀多如更闻。"其思深，其情苦，读之使人忧思感伤。东坡《卜算子》词亦然，文豹尝妄为之释："缺月挂疏桐"，明小不见察也。"漏断人初静"，群谤稍息也。"时见幽人独往来"，进退无处也。"缥缈孤鸿影"，悄然孤立也。"惊起却回头"，犹恐谗慝也。"有恨无人省"，谁其知我也。"拣尽寒枝不肯栖"，不苟依附也。"寂寞沙洲冷"，宁甘冷淡也。

杜子美流离兵革中，其咏内子云："香雾云鬟湿，清辉玉臂寒。何时倚虚幌，双照泪痕干。"欧阳文忠、范文正矫矫风节，而欧公词云："寸寸柔肠，盈盈粉泪，楼高莫近危栏倚。"又"薄幸辜人终不愤，何时枕上分明问。"文正词云："都来此事，眉尖心上，无计相回避。"又："明月楼高休独倚，酒入愁肠，化作相思泪。"林和靖梅诗及"春水净于僧眼碧，晚山浓似佛头青"之句，可想见其清雅。而《长相思》词云："君泪盈，妾泪盈，罗带同心结未成，江头潮已平。"情之所钟，虽贤者不能免，岂少年所作耶？惟荆公诗词，未尝脂粉语。

东莱先生注观澜文，谓《后赤壁赋》结尾用韩文公《石鼎联句》，叙弥明意。文豹谓不然。盖弥明真异人，文公真纪实也，与此不同。《金刚经》曰："一切有为法，如梦幻泡影。"东坡先生贯通内典，深悟此理，尝赋《西江月》云："休言万事转头空，未转头时皆梦。"赤壁之游乐则乐矣，转眼之间，其乐安在？以是观之，则我与二客、鹤与道士皆一梦也。

李颀诗"请量东海水，看取浅深愁"；李后主词"问君还有几多愁，恰似一江春水向东流"；秦少游则以三字尽之曰"落红万点愁如海"，而语益工。刘改之《多景楼》诗："江山千古英雄泪，山掩诸公富贵羞。"一空前作矣。

西方现代阐释学的代表人物伽达默尔认为："只要我们理解了某个本文——也就是说，至少把握了它所涉及的语言——该本文对我们来说才能是一部语言艺术作品。甚至当我们听某种纯粹的音乐，我们也必须'理解'它。并且只有当我们理解它的时候，当它对我们来说是'清楚的'时候，它对我们来说才作为艺术的创造物存在在那里。"① 在阐释学的理论意义上，文本（text）只有被"清楚"地阐释之后，才具有艺术作品的存在意义。俞文豹在这种阐释学的视角下进行诗词的话语释义，是无可厚非的。他对苏轼《卜算子》的阐释主要是微观释义，然而，他的注释方法继承了汉儒注经的模式，过度地穿凿附会和胶柱鼓瑟，或者说将理解的权力过度地使用，以主观任意的想象解释文本的意义，把艺术作品中的隐喻和象征的不可言说的"意义"和审美趣味言说"清楚"，就跌入了思维的泥潭。西方的诠释（interpretation）概念，"其近代阶段始于十九世纪初，施莱尔马赫（Schleiermacher）所建立的圣经诠释学导致了对'本文的意义'这一问题高度自觉意识的产生；到了十九世纪末，狄尔泰（Dilthey）便将施氏的神学诠释学进一步推向普遍化和伦理化，诠释在他的理论体系中占据着非常重要的地位，成为理解人类的精神创造物、探讨整个'精神科学'（Geisteswissenschaften）的基础"②。无疑，诠释学在人文领域开展了一场思维的革新。然而，西方现代诠释学的思维局限之一，就是预置观念与意义，并确信只有推测出文本的确定的"清楚"的意义之后，它才具备了艺术作品的存在意义与价值。这一方面容易导致过度诠释的弊端，另一方面也违背了文艺的审美特性。而俞文豹对苏轼《卜算子》的阐释，恰恰就存在这两方面的局限性。俞氏的诠释，无疑是"过度诠释"（overinterpretation）。"这种批评方法无异于给予读者无拘无束、天马行空地'阅读'本文的权利。艾柯认为这是对'无限衍

---

① ［德］汉斯‐格奥尔格·伽达默尔：《真理与方法》上卷，洪汉鼎译，上海译文出版社1999年版，第117。"本文"（text），现在通行译为"文本"。

② ［意］艾柯等：《诠释与过度诠释》，王宇根译，生活·读书·新知三联书店1997年版，第4页。

义'（unlimited semiosis）这一观念拙劣而荒谬的挪用。"① 俞文豹的释义无疑存在过度诠释的毛病，脱离文本的客观意义寻求自我主观的命意。从艺术的审美特性来看，艺术品具有神秘含蓄、不可言谈的特征，尤其是中国的古典诗词，追求意在言外、言不尽意、言有尽意无穷、隐秀蕴藉的审美境界。刘勰云："隐以复意为工，秀以卓绝为巧，斯乃旧章之懿绩，才情之嘉会也。夫隐之为体，义生文外，秘响傍通，伏采潜发，譬爻象之变互体，川渎之韫珠玉也。"② 司空图云："情性所至，妙不自寻。"③ "韵外之致，味外之旨。" "象外之象，景外之景。"④ 他们都深切认识到文学作品存在着含蓄空灵、缥缈不定、意趣神秘、不可言诠、不可尽言等审美特性。诗词的释义不能"说死"和一味"死说"，否则，既可以落入过度诠释的窠臼，也不免掉入机械思维的陷阱。因此，俞氏的话语阐释不免利弊交织。

俞氏对杜子美、欧公、林和靖等人诗词的阐释，就不是单纯依赖于话语而转向注重感情意蕴的发掘，获得了相对合理的感悟："情之所钟，虽贤者不能免，岂少年所作耶？"认为诗词作品表达真实的情绪符合艺术的客观规律，即使贤者也不能免除，更何况是"少年所作"。当然，他更推崇王安石的诗词，没有"脂粉语"，认为王安石达到了非常人所能达到的人生境界和艺术境界。俞氏以佛教典籍《金刚经》的"一切有为法，如梦幻泡影"的观念，诠释苏轼的《西江月》，认为作者"贯通内典，深悟此理"，在词中表现出虚无空幻的世界观、人生观和审美观，呈现出梦幻美的艺术意象。由此，将佛理和艺术创作实行逻辑关联，揭示出它对艺术理念

---

① ［意］艾柯等：《诠释与过度诠释》，王宇根译，生活·读书·新知三联书店1997年版，第10页。

② （六朝）刘勰：《文心雕龙·隐秀》，上海古籍出版社2015年11月第1版，第231页。

③ 《司空图二十四诗品》。

④ （唐）司空图撰：《司空表圣文集》，上海古籍出版社2013年11月第1版，第42页。

和审美情趣的潜在影响。俞文豹对李颀、李后主、秦少游、刘改之词作的话语修辞和文体传承进行阐释，分析词作在内容与形式方面的艺术创新，最后刘改之"一空前作"，肯定其艺术价值。此种以话语阐释而揭示文本艺术价值的做法，都是相对正确的诠释学意识的体现。

第二节　艺术鉴赏

俞文豹博览群书，学识精湛，著述丰硕。他对词作有比较精深敏锐的鉴赏力，常以只言片语切中要害和点通脉络，获得审美发现和艺术感悟。

吴门王平子《题雪猎图》："烽火一息三千年，汉家将军画凌烟。胡儿不识征战事，龙沙万里今桑田。丽谯声里梅花角，云暗雪深风色恶。长嘶一骑骢蝉联，狼帽毡裘寒矍铄。韝鹰走犬登平冈，狂狐剔眼魂飞扬。贯雕落雁真戏剧，高鸟略尽良弓藏。凤鸣居士双眼碧，少年读书勇无敌。但知横行翰墨场，岂料一禽终不获。向来百非今已无，笔端有口聊自误。故将胸中磊落事，写作人间雪猎图。"平子尤工小词，有《谒金门》云："书一纸，小研吴笺香细。读到别来心下事，蹙残眉上翠。怕落旁人眼底，搓向抹胸儿里。针线不恢收拾起，和衣和闷睡。"

稼轩帅越，招刘改之，不去，而寄情《沁园春》曰："斗酒彘肩，风雨渡江，岂不快哉。被香山居士，约林和靖，与东坡老，驾勒吾回。坡谓：西湖正如西子，浓抹淡妆临镜台。二公者，皆掉头不回，只管传杯。白云：天竺去来，图画里峥嵘楼观开。爱东西二涧，纵横水绕，两山南北，高下云堆。遽曰：不然。暗香浮动，只好孤山先探梅，须晴去，访稼轩未晚，且此徘徊。"此词虽粗刺，而局段高，与三贤游，固可眇视稼轩，视林、白之清致。则东坡所谓"淡妆浓抹"，已不足道。稼轩富贵，焉能浼我哉。

《大江东去》词，三"江"，三"人"，二"国"，二"生"，二"故"，二"如"，二"千"，以东坡则可，他人固不可。然语意到处，他字不可代，虽重无害也。今人看人文字，未论其大体如何，先且指点重字。

东坡在玉堂，有幕士善讴，因问："我词比柳词何如？"对曰："柳郎中词，只好十七八女孩儿，执红牙拍板，唱'杨柳外，晓风残月'。学士词，须关西大汉，执铁板，唱'大江东去'。"公为之绝倒。

东坡问秦少游："别后有何作？"少游举"小楼连苑横空，下窥绣毂雕鞍骤"。坡曰："十三个字，只说得一人骑马楼前过。"文豹亦谓公次沈立之韵"试问别来愁几许，春江万斛若为情"，十四字只是少游"愁如海"三字耳，作文亦如此。又少游《曲游春》云："脸薄难藏泪。"又云："哭得浑无气力。"又云："但掩面满袖啼红。"一词乃至三言哭泣。

吕许公乞休致，荐陈文惠尧佐为代。文惠自同州入相，因许公诞日，献《踏莎行》云："二社良辰，千家庭院，翩翩又睹双飞燕。凤凰巢稳许为邻，潇湘烟暝来何晚。乱入红楼，低飞绿岸，画梁轻拂歌尘散。为谁归去为谁来，主人恩重珠帘卷。"许公喜，命文惠歌之。歌毕，公笑曰："只恐卷帘人已老。"文惠应声曰："莫愁调鼎事无功。"文豹谓拜官公朝，谢恩私门，至形之启札，尤为浅露，若文惠此词，则辞隐而义彰矣。

　　俞文豹词话以直接明了的印象式批评和经验性批评贯穿始终，却能切中要害，指出词作艺术价值的高下，并且时常有独到见解。他对王平子的评价，以其《题雪猎图》七言诗衬映其"尤工小词"的艺术特点，并且以一阕《谒金门》作为佐证，以互相参证的方法评点出作者精湛的诗词造诣。对刘改之《沁园春》一词的品评，精妙而准确："此词虽粗刺而局段高，与三贤游，固可眇视稼轩，视林、白之清致。则东坡所谓'淡妆浓抹'，已不足道。稼轩富贵，焉能浼我哉。"寥寥数语，呈现出刘改之词的超越常人的奇特想象力和美学胆识。而对苏轼《念奴娇·赤壁怀古》，俞文豹一反诗词鉴赏的常规经验和修辞定式，从"重字"角度入手，指出苏轼与众不同的大手笔——"以东坡则可，他人固不可"。从以往一般的艺术概念和诗词特性来说，一首词作中，忌讳重复使用词汇，更何况用了三"江"、三"人"、二"国"、二"生"、二"故"、二"如"、二"千"。俞文豹认为："然语意到处，他字不可代，虽重无害也。今人看人文字，未论其大体如何，先且指点重字。"所谓词汇的变与不变，重与不重，不能作为判断艺术价值的机械标准，是否呈现审美的独创性才是判断的依据，或者是否显现出某种意趣和情致，像苏轼的这首词虽然出现诸多"重字"，但重而无害，反而具有独特的意蕴和趣味。因此，他嘲讽那些只知道观察词作是否"重字"而根本不知道如何判断艺术价值的迂腐鉴赏者。对于苏词和柳词的比较，俞氏以酒后茶余的故事传说作为背景材料，虽不可靠，却风趣地呈现所谓"婉约"和"豪放"两种不同的艺术风格。对苏轼、秦观"言多意少"的论词"公案"，俞文豹以机智的辩证态度作出决断。他一方面为秦少游辩护，批评苏轼个别作品的不足之处，另一方面，也批评秦观《曲游春》"一词乃至三言哭泣"的弊端。对具体文本进行针对性批评，表明俞氏能够实事求是、敏锐豁达地对待不同的词人和词作，不因为名家而一味赞誉。对于"拜官公朝，谢恩私门"的应酬奉和之作，俞文豹认为应从其题材的功能和目的性来考察，一般不能对其艺术性有较高的估衡，但是，他认为陈文惠的《踏莎行》"辞隐而义彰"，可见，俞氏的鉴赏有着灵活历练、不拘一格的超越眼光。

第三节　历史意识

词乐起源这一问题，尤其词与音乐的渊源关系，可以追溯到遥远而复杂的历史与文化诸多方面，是一个相对棘手的问题。而这一问题，又是根基性问题，它更能反映出思考者的历史观和文化意识、艺术观和审美观。俞文豹对于词乐的历史溯源，折射出自己比较广泛的意识形态。

太宗平高昌，尽收其乐，凡十部，曰龟兹，曰疏勒，曰安国，曰康国，曰高丽，曰西凉，曰高昌，曰燕乐，曰清伎乐，曰天竺，凡燕享皆奏之。明皇尤所爱好，如羯鼓曲者，夷乐也，故以戎羯名之。明皇乃谓羯鼓八音之领袖，非他乐可比。尝一日听琴未终，遽曰："令花奴取羯鼓来，为我解秽。"其他如浑脱队、泼寒胡、苏幕遮、合生歌、葱西踏歌之类，喧播朝野，熏染成俗。文人才士，乃依乐工拍弹之声，被以长短句，而淫词丽曲，布满天下矣。国朝虽建大晟府，鼎新雅乐，而声容节奏，亦只用唐八十四调，凡雅俗二部，悉踵宇文之旧。文豹因是以观唐虞商夏之世，虽有三苗蛮夷荆楚，而未尝深入为寇。自周人通道于九夷八蛮，杂用四夷之乐，方其盛时，怀畏宾服，乃其衰也，戎心玩侮，窥伺凭陵，幽厉之时，遂至交侵中国。晋至取戎女，狄至灭卫国，齐至用莱兵，赵至服胡服，秦至以夷狄并天下，汉至以公主妻单于，则佛之盛也宜哉。虽然，释教以善道诱人，儒教犹得以并行，夷乐以淫声荡人，雅乐遂至于尽废。世变至此，虽豪杰之士，无所施矣。故我徽宗欲废佛教，易靴为履，示禁胡服之渐。

俞文豹溯源历史勾画词的发展历程，主要从音乐和词的密切关系揭示词产生的原因。唐太宗"平高昌"，征服边境少数民族，也掠夺作为战利品的十种音乐：龟兹、疏勒、安国、康国、高丽、西凉、高昌、燕乐、清伎乐、天竺。从"尽收其乐"这个用语，这个"十"可能不是实数，也许为诸种音乐的代表数字。后来，这些少数民族的音乐，它们既作为唐人宴饮享乐场合的娱乐形式，又成为文学的新体裁——"词"的音乐基础。唐明皇"尤所爱好，如羯鼓曲者，夷乐也，故以戎羯名之。明皇乃谓羯鼓八音之领袖，非他乐可比。尝一日听琴未终，遽曰：'令花奴取羯鼓来，为我解秽。'"甚至对传统的音乐形式——"琴"丧失了兴趣而沉迷于胡乐"羯鼓"。"其他如浑脱队、泼寒胡、苏幕遮、合生歌、葱西踏歌之类，喧播朝野，熏染成俗。文人才士，乃依乐工拍弹之声，被以长短句，而淫词丽曲，布满天下矣。"正是在这些少数民族的音乐基础之上，由"文人才士"精心加工而形成词这一文学形式，它是音乐和文学交融的新型艺术果实。胡仔《苕溪渔隐词话》云："唐初歌辞多是五言诗或七言诗，初无长短句。自中叶以后，至五代，渐变为长短句。及本朝尽为此体。"这也说明隋唐燕乐的流行，风靡一时的琵琶曲、笙曲、笛曲、羯鼓曲等，经过文人雅士、民间艺人的依谱填词，达到词曲一体、声字相符。并且借鉴以往五言、七言的诗歌形式以及民间歌曲的因素，最终形成音乐和谐、格律严谨而松散有致的长短句的曲子词。所以，现今学界比较流行的看法是："作为一种音乐文艺，词的产生、创作与传播，都同隋唐燕乐有着密切的关系。中国的古代音乐，经历了先秦的雅乐、汉魏六朝的清乐，与隋唐的燕乐几个重要的发展阶段。隋唐燕乐是由西域音乐与中原音乐融汇而成的一代新乐，当时朝野风行，还东传至朝鲜与日本。它对先前沿袭已久的诗歌与音乐的结合方式，也带来了重大变革。在乐工伶人的合作下，词人们按照乐曲的节奏旋律撰写与之相应的长短句歌词。其特点是'由乐以定词'，不再是前代乐府那样'选词以配乐'。这种新的以诗入乐的方式，唐时刘禹锡称为'依曲拍为句'，宋时就定名为'按谱填词'，数以百计的曲调词调，就由此创作并定型下来。"① 俞文豹指出了词来源于唐代征战的收获之一：少数民族的"燕乐"。和今人不同，俞氏有强烈的汉民族中心的思想意识，固守对少数民族的文化偏见和种族歧视。从文化保守主义的立场和观点来看待文化变革，同时坚持文艺活动中的道德判断的倾向，指责"淫词丽曲，布满天下"。因此，俞文豹的审美意识和文化立场存在比较明显的逻辑矛盾。一方面，他对词这种新兴的文学形式给以积极的审美肯定，表现出自己的价值认同和情感接受；另一方面，他对词所源的文化系统持有鄙视和偏见，以民族主义的文化保守立场和狭隘的道德判断去否定词所包含的现世内容与精神构成。"国朝虽建大晟府，鼎新雅乐，而声容节奏，亦只用唐八十四调，凡雅俗二部，悉踵宇文之旧。"所谓"雅俗"之分的观念，也是汉民族保守的文化本位主义对少数民族的排斥和歧视的显露。

俞文豹对历史的知性反思带有浓重的汉民族情感色彩。他从物质文化和精神文化诸多方面，宣泄对少数民族排斥和鄙视的情绪。他以绝对的拒绝心理反对文化交流和文化融合，只是对佛教保持了道德伦理意义上的宽容和赞许。俞氏文化保守主义的悲剧情绪表现

---

① 马兴荣等主编：《中国词学大辞典》，浙江教育出版社1996年版，第4页。

出一种传统士大夫的意识形态的痛苦："夷乐以淫声荡人，雅乐遂至于尽废。世变至此，虽豪杰之士，无所施矣。"看来，一种"无可奈何花落去"的悲凉心态就是俞氏的精神写照。当然，我们不能超越历史的局限性责备俞文豹的这种历史意识和文化立场，只能理解一个传统士大夫对于自我所心仪的精神家园陷落的文化悲哀，他所表露出的彻底绝望的悲剧意识，可以唤起我们对于文化演变的深刻反思。如果说，俞氏当时所感觉的文化演变虽然不一定属于"历史的必然要求和这个要求的实际上不可能实现之间的悲剧性冲突"[①]。然而，的确包含着悲剧化的情感因素。不过，当历史演进至今，这也许转换为一种喜剧性体验，我们不再是单纯的民族国家和单一文化模式的文化圈，而是以中华民族为主体的多种文化相融合的国家形式，俞氏的文化痛苦和绝望的审美态度，可以转化为我们喜剧化的体验。正如马克思在《路易·波拿巴的雾月十八日》中所说："黑格尔在某个地方说过，一切伟大的世界历史事变和人物，可以说都出现两次。他忘记补充一点：第一次是作为悲剧出现，第二次是作为笑剧出现。"[②] 如果我们把俞文豹昔日的文化担忧看作是悲剧性的，那么，我们中华民族的迄今文化融合就是作为喜剧而出现的。文化融合首先以精神的痛苦和绝望的情绪开辟道路，而最终结果就是人类精神的喜剧化的体验。文化融合的历史过程，也是一个由痛苦到快乐、由悲剧至喜剧的情感转换的过程，它是以历史时间和心灵谅解为前提、为依据的，它最终是由历史的辩证法和物质生产力的双重力量作为自己的理性逻辑和客观规律。而俞文豹却是以诗性的历史意识体验到了它们冰冷的力量和强大的法则。

---

① 《马克思恩格斯选集》第 4 卷，人民出版社 1972 年版，第 346 页。
② 《马克思恩格斯选集》第 1 卷，人民出版社 1972 年版，第 603 页。

第 六 章

罗大经词话

罗大经，字景纶，吉州庐陵人。生卒年均不详。宁宗嘉定时（1222）为太学生。理宗宝庆二年（1226）进士，曾任容州法曹掾。其撰有《鹤林玉露》十六卷，包含一些词话资料。

第一节　词的价值判断

罗大经词话偏重从价值判断出发对词家或词作进行探讨，所以弥散着浓厚的道德伦理气氛。如对康伯可的评价：

> ……然其后秦桧当国，伯可乃附会求进，擢为台郎。值慈宁归养，两宫燕乐，伯可专应制为歌词，谀艳粉饰，于是声名扫地，而世但以比柳耆卿辈矣。桧死，伯可亦贬五羊。

这种评价主要牵涉创作主体的价值判断，依据道德伦理的准则来进行，由对词作者的生平行藏、人格品质的分析而结合他的具体作品进行价值评价。这种传统的"知人论世"的方法，和当今马克思主义文艺理论的历史唯物主义的方法有相似之点，也和其他社会历史批评的文艺方法有异曲同工之处，这种批评方式的合理性在于，它将社会历史现实和创作主体密切联系起来进行考察，以揭示两者的逻辑关系，在精神活动的双向动态过程把握艺术创作的思想实质和价值内容；其次是将创作者的精神人格及其心理结构进行伦理分析或道德判断，并以此作为评价其文学创作活动及其文学作品的动机、目的、效果，包括它所蕴含的主观意义的依据。如对康伯可的评价即采取上述的观念和方法，从其政治立场和仕途取向的角度，从社会批判的立场给予价值判断，从而达到"因人废文"的目的。此种批评的不合理之处是，它局限在对文学作品进行外部研究，只注意文学作品所反映的社会历史内容，侧重从创作者的道德伦理因素考察其创作过程，而忽略文学非意识形态的审美性存在，忽略文学作品的艺术形式单独存在的审美价值，也缺乏对创作主体的创作活动进行深入仔细的辩证分析，只是从简单的逻辑判断对待复杂的精神产品，这种社会历史批评方法的弊端在词话中也有所存在，应该引起我们的关注。例如，康词中，的确存在着不少艺术上有价值的上乘之作，他的一些咏物词、写景词，均体现了较高的审美趣味，应该给予肯定。

与批评康伯可形成对照的是，罗大经对辛弃疾给予道德伦理的肯定，并以道德观念作为价值评价的参照系，对辛词进行艺术价值的肯定。应该说，罗大经的评价相对客观公正，也基本符合文艺的客观实践和审美特征。但总的来看，罗大经的社会学批评意识在对词家词作的实际运用过程中，得失相等，这也决定了他在词话方面的成就是有限的。

第二节 词的审美判断

罗大经词话的另一方面是对词进行艺术层面的审美判断，涉及词的创作的具体技术方面，如修辞技巧、音韵格律诸方面。在有关词的创作以及鉴赏方面，《鹤林玉露》存在着值得重视的词学观念。如对词"清雅"风尚的推崇，认为它代表了词的审美价值倾向。罗大经赞赏徐似道的词："渊子词清雅，余尤爱其'夜泊庐山'词云：'风紧浪淘生，蛟吼鼍鸣。家人睡着怕人惊，只有一翁扪虱坐，依约三更。雪又打残灯，欲暗还明。有谁知我此时情，独对梅花倾一盏，还又诗成。'"他对"清雅"未作深入的理论诠释，但凭借这首词，我们可以作出大致的推断。那就是超越功名利禄的独处山林的审美情怀，作者寻求的是隐逸的孤独感和空寂美，追求的是"雪""三更""残灯""梅花""酒"等"清雅"的审美意象，而这些激发了内在的艺术共鸣，暗合他推崇"清雅"的美学主张，因此得到他的褒扬。罗大经在词的鉴赏方面也有精湛敏感的眼光，如他对诗词的"喻愁"手法的细致分析，甚启人思。

诗家有以山喻愁者，杜少陵云"忧端如山来，澒洞不可掇"，赵嘏云"夕阳楼上山重叠，未抵春愁一倍多"是也。有以水喻愁者，李颀云"请量东海水，看取浅深愁"，李后主云"问君能有几多愁？恰似一江春水向东流"，秦少游云"落红万点愁如海"是也。贺方回云"试问闲愁知几许？一川烟草，满城风絮。梅子黄时雨"盖以三者比愁之多也，尤为新奇，兼兴中有比，意味更长。

上述关于语言修辞的类比研究，涉及文学语言的比喻意象，以山喻愁和以水喻愁，是将熟悉的语言意象进行"陌生化"的诗性处理，以达到新颖奇巧的审美效果，但这仍在"明喻"的范畴；而以"一川烟草，满城风絮。梅子黄时雨"的多种意象来"暗喻"主观情感的"愁"之心理，则极为罕见，属于一种极富想象力和审美智慧的艺术灵感的创造，它体现了贺方回词作的艺术独创性。用现代文艺观来看，贺铸词对于"愁"的"暗喻"，创造了诸种意象聚合的"潜沉意象"（Sunken），"它总是潜伏在'全部视觉之下'，它诉诸感官以具体的意象，但不作明确的投射和清楚的呈现……因此，适合沉思性的诗歌"①。贺铸词之喻，的确达到了上述艺术效果，罗大经认为："以三者比愁之多也，尤为新奇，兼兴中有比，意味更长。"可谓切中贺铸词的艺术技巧的经脉，展现贺铸词审美创造的卓绝才能。另外，罗大经对诗词的"叠字"的研究，也呈现修辞美学的意义。

> 诗有一句叠三字者，如吴融《秋树》诗云"一声南雁已先红，摵摵凄凄叶叶同"是也。有一句连三字者，如刘驾云"树树树梢啼晓莺、夜夜夜深闻子规"是也。有两句连三字者，如白乐天云"新诗三十轴，轴轴金玉声"是也。有三联叠字者，如《古诗》云"青青河畔草，郁郁园中柳。盈盈楼上女，皎皎当窗牖。娥娥红粉妆，纤纤出素手"是也。有七联叠字者，昌黎《南山》诗云"延延离又属，夬夬叛还遘。喁喁鱼闯萍，落落月经宿。誾誾树墙垣，巘巘架库厩。参参削剑戟，焕焕衔莹琇。敷敷花披萼，閜閜屋摧霤。悠悠舒而安，兀兀狂似狃。超超出犹奔，蠢蠢骇不懋"是也。近时李易安词云"寻寻觅觅，冷冷清清，凄凄惨惨戚戚"，起头连叠七字。以一妇人，乃能创意出奇如此！

罗大经对于诗词的语言修辞的关注，表明他对文学内部因素的

---

① ［美］韦勒克、沃伦：《文学理论》，刘象愚等译，生活·读书·新知三联书店1984年版，第221页。

重视，深入对词的具体审美功能的探讨，即从语言音韵的环节探索词的艺术美的表现，这样的研究具有实证性的和可操作性的意义，尤其对词的创作和鉴赏等活动具有实践意义与价值。而这种研究的意义，要超过上述对词家和词作进行单纯的社会历史内容的道德评价和伦理判断的意义。

综上所述，罗大经《鹤林玉露》所包含的词话内容不太丰富，其理论价值也远逊于王灼、胡仔等同时代名家的词话，但也蕴含一些值得考察的思想胚芽。

第 七 章

刘克庄词话

　　刘克庄（1187—1269），初名灼，后更名克庄。字潜夫，号后村，莆田人。宁宗嘉定二年（1209）以荫补将仕郎，次年调靖安主簿。十七年（1224）知建阳令，因咏《落梅》诗，激怒史弥远，卷入江湖诗案，免官家居十载。后通判吉州，理宗端平二年（1235）随真德秀入朝。淳祐初特赐同进士出身。景定元年（1260）授兵部侍郎兼中书舍人。五年，以焕章阁学士致仕。咸淳五年卒，年八十三。谥文定。林希逸为撰行状，洪天锡为撰墓志铭（见《后村先生大全集》卷一九四、一九五）。刘克庄一生四度从政，声誉良好。文学创作上建树丰硕，为江湖派大家之一。有《后村先生大全集》二百卷传世，其中长短句五卷，别出单行者有汲古阁本《后村别调》一卷、《彊村丛书》本《后村长短句》五卷。后村的诗，初学"四灵"，又学晚唐姚合、贾岛、许浑、王建等，与江湖诗人戴复古、敖陶孙交往。后来，眼界开阔，渐觉江西诗派"资书以为诗失之腐"，晚唐诗体"捐书以为诗失之野"，"四灵"则寒俭刻削，江湖派肤廓泛滥，转而推崇陆游、辛弃疾。后村的词自成一格，虽离大家境界尚有距离，但也成就斐然。杨慎《词品》云："《后村别调》一卷，大抵直致近俗，效稼轩而不及也。"陈廷焯《云韶集评》云："潜夫感激豪宕，其词与安国相伯仲，去稼轩虽远，正不必让刘（过）、蒋（捷）。世人多好推刘、蒋，直以为稼轩后劲，何也？"刘熙载《艺概》云："刘后村词，旨正有语有致。其《贺新郎·席上闻歌有感》云：'粗识国风关雎乱，羞学流莺百啭。总不涉闺情春怨。'又云：'我有平生离鸾操，颇哀而不愠微而婉。'意殆寓其词品耶。"冯煦《蒿庵论词》云："后村词与放翁、稼轩，犹鼎三足。其生于南渡，拳拳君国，似放翁。志在有为，不欲以词人自域，似稼轩。"其文，《四库全书总目》称："文体雅洁，较胜其诗"。

第一节　否定性批评

刘克庄在词的鉴赏活动中，敢于进行否定性的评论，无论作者为名家或大家，还是地位显赫者，他都表现出批评家的思想锋芒和艺术个性。他的否定性批评，一是涉及对于前人词作的某些话语的模仿或掉书袋现象，二是关系到"崇性理而抑艺文"的狭隘的道德批评思潮。

长短句昉于唐，盛于本朝。余尝评之：耆卿有教坊丁大使意态，美成颇偷古句，温、李诸人困于挦扯。近岁放翁、稼轩，一扫纤艳，不事斧凿，高则高矣，但时时掉书袋，要是一癖。叔安刘君落笔妙天下间，为乐府丽不至亵，新不犯陈，借花卉以发骚人墨客之豪，托闺怨以寓放臣逐子之感，周、柳、辛、陆之能事庶乎，其兼之矣。然词家有长腔，有短阕，坡公戚氏等作，以长而工也。唐人《忆秦娥》之词曰："西风残照，汉家陵阙。"《清平乐》之词曰："夜夜尝留半被，待君魂梦归来。"以短而工也。余见叔安之似坡公者矣，未见其似唐人者。叔安当为余尽发秘藏，毋若李卫公兵法妙处，不以教人也。

近人长短句多脱换前人诗，《七夕》词云："傲豪今夜为情忙，那得工夫送巧。"然罗隐已云："时人不用穿针待，没得心情送巧来。"《送别》词云："不如饮待奴先醉，图得不知郎去时。"然刘驾已云："我愿醉如泥，不见君去时。"《宫词》云："一夜御前宣往，六宫多少人愁。"然王建诗云："闻有美人新进入，六宫未见一时愁。"

为洛学者皆崇性理而抑艺文，词尤艺文之下者也，昉于唐而盛于本朝。秦郎"和天也瘦"之句，脱换李贺语耳，而伊川有亵渎上穹之诮，岂惟伊川哉！秀上人罪鲁直劝淫，冯当世愿小晏损才补德，故雅人修士，相戒不为。或曰："鲁庵也为之，何也？"余曰："议论至圣人而止，文字至经而止。""杨柳依依，雨雪霏霏"，非感时伤物乎？"鸡栖日夕"，"黍离麦秀"，非行役吊古乎？"熠耀宵行""首如飞蓬"，非闺情别思乎？宜鲁庵之为之也。鲁庵已矣，子孝迈英年，妙才超轶，词采溢出，天设神授，朋侪推独步，耆宿避三舍，酒酣耳热，倚声而作者，殆欲摩刘改之、孙季蕃之垒。今士非黄策子不暇观，不敢习，未有能极古今文章变态节奏，而得其遗意如君者。昔孔氏欲其子为《周南》《召南》，而不欲其面墙，他日与人歌而善，必使反之而后和之。盖君所作，原于《二南》，其善者，虽夫子复出，必和之矣。乌得以小词而废之乎！

孙花翁死，世无填词手。后有黄孝迈，近又有汤野孙，惜花翁不及见。此事在人赏好。坡、谷亟称少游，而伊川以为亵渎，莘老以为放泼。半山惜耆卿谬用其心，而范蜀公晚喜柳词，客至辄歌之。余谓坡、谷怜才者也。半山、伊川、莘老卫道者也。蜀公感熙宁、元丰多事，思至和、嘉祐太平者也。今诸公贵人，怜才者少，卫道者多，二君词虽工，如世不好何？

> 然二君皆约而在下世，故忧患不入其心，姑以流连光景、歌咏
> 太平为乐，安知他日无蜀公辈人击节赏音乎！

刘克庄对于词的鉴赏，坚持客观公允而不溢美粉饰的实事求是态度，显露令人敬佩的辩证理性的批评意识。他对于陆游、辛弃疾这样的盛名大家，既评断其艺术上"一扫纤艳，不事斧凿"的成就，也对其"时时掉书袋"的倾向给以否定。对于周美成"颇偷古句"的做法表示一定程度的不满。尤其是认为"近人长短句多脱换前人之诗"，对这种状况给以明显的价值否定。固然，词导源于诗，或者说，它本身就是诗的"别家"，诗与词存在着文学体裁和美学观念上的双重渊源。客观地说，词借鉴于诗的创作方法和修辞技巧，甚至袭用和点化诗的意境、格调、气韵、话语诸方面，这就是刘克庄所云的"颇偷古句""近人长短句多脱换前人之诗"的现象。对这一现象必须辩证分析而不能一概而论，不能简单地全盘否定。刘克庄以辩证否定的态度看待这一问题，对于直接袭用古人诗句的做法，他给予直接否定，刘克庄批评不良的抄袭倾向，勇气可嘉。对于《七夕》《送别》《宫词》等词作的仿袭现象，他不留情面地进行否定性评价。而对于"虽用前语，而反胜之"的词作，则予以赞赏和肯定，以一种辩证与宽容的态度从事词学批评。

传统的文学批评往往存在着道德批评的倾向，古希腊的柏拉图主张"监督诗人们，强迫他们在诗里只描写善的东西和美的东西的影象，否则就不准他们在我们的城邦里做诗"[①]。亚里士多德在《诗学》里提出"净化"（katharsis）理论，认为："悲剧是对于一个严肃、完整、有一定长度的行动的模仿……借引起怜悯与恐惧来

---

① ［古希腊］柏拉图：《文艺对话集》，朱光潜译，人民文学出版社1963年版，第62页。

使这种情感得到陶冶。"① 西方现代文艺批评家白璧德（Irving Babitt）和摩尔（Paul Moore）也坚持道德批评，强调文艺作品的道德功能和教化作用。《论语·为政》云："诗三百，一言以蔽之，曰：思无邪。"《论语·宪问》云："有德者必有言，有言者不必有德。"《毛诗序》云："先王以是经夫妇，成孝敬，厚人伦，美教化，移风俗。"东西方的古典美学都主张诗应该体现道德意识和伦理原则，提倡文艺应该表现符合道德的现实生活。也诚如当今学者所言："保持文学的道德标准的文艺研究和批评方法，一直为文艺研究家使用着，不可能只存在于一个流派之中。因为，任何文艺研究和批评都不可能完全无视文艺的思想内容、道德意义和社会影响。"② 这些看法，具有历史与逻辑的合理性。然而，毋庸讳言，道德批评也具有一定的历史局限性和理论局限性，存在着思维方式的弊端，对于文艺作品的精神丰富性以及审美特性估计不足，尤其忽略文艺作品所包含的空灵的情思和超越现实的想象力、诗性的生命智慧。刘克庄显然对于道德批评所存在的弊端有着深刻的认识，他以对词的文体批评为例证，展开对于道德批评的思维方式的逻辑否定。

首先，他把否定的目标对准洛学："为洛学者皆崇性理而抑艺文，词尤艺文之下者也。"认为洛学对于文艺的审美特性缺乏深入认识，程颐对于秦观词的指责出于一种纯粹的道德卫士的立场而非对于文学源流与特性的精湛领悟。其次，他认为词作为当今文体，在艺术本质上导源于《诗经》的人文精神传统，"原于《二南》，其善者，虽夫子复出，必和之矣"。这是对于词的审美特性的独特观照，流露出富于想象力的美学眼光，也是超越了狭隘的道德意识

---

① ［古希腊］亚里士多德：《诗学》，罗念生译，人民文学出版社1962年版，第19页。"陶冶"（katharsis），为宗教术语，为"清洗"的意思。医学术语的意思则是"宣泄""平衡"等。学者们一般将它翻译为"净化"。

② 张长青：《文艺学方法论》，湖南师范大学出版社1993年版，第42页。

的审美批评。最后，刘克庄表达对道德批评方法的强烈否定，把众多的道德批评者称为"卫道者"，认为"今诸公贵人，怜才者少，卫道者多"。也就是说，在文艺批评活动中，流行思潮更多瞩目于道德伦理原则而轻视文艺的审美功能和娱乐功能，对于文学作品中所包含的丰富的情感结构和生命智慧有所忽略。当然，刘克庄对于苏轼、黄庭坚等人能够超越狭隘的道德立场而具有审美眼光给以极大的认同，认为他们是"怜才者"，也是持有宽容和广阔的艺术眼界的人物。刘氏以对词的评价为典型例证说明文学批评中所存在的以道德意识为主宰的现象，而对这一现象的思考成为自己的理论内容之一。

第二节　审美的艺术批评

正是不满于流行的道德批评，刘克庄以自我的努力在词话中进行审美的艺术批评。

> 放翁长短句云："元知造物心肠别，老却英雄似等闲。""秘传一字神仙诀，说与君知只是顽。""一句丁宁君记取，神仙须是闲人作。""君记取，封侯事在，功名不信由天。""元来只有闲难得，青史功名，天却无心惜。"《渔父词》云："一竿风月，一蓑烟雨，家在钓台西住。卖鱼生怕近城门，况肯到、红尘深处。潮生理棹，潮平理缆，潮落浩歌归去。时人错把比严光，我自是、无名渔父。"《鹧鸪天》云："杖履寻春苦未迟，洛城樱笋正当时。三千界外归初到，五百年前总自知。吹玉笛，渡清伊，相逢休问姓名谁。小车处士深衣叟，曾是天津共赋诗。"《好事近》云："混迹寄人间，夜夜画楼银烛。谁

见五云丹灶，养黄芽初熟。春风归从紫皇游，东海宴旸谷。进罢碧桃花赋，赐玉尘千斛。"又云："平旦出秦关，雪色驾车双鹿。借问此行安住，赏清伊修竹。汉家宫殿劫灰中，春草几回绿。君看变迁如许，况纷纷荣辱。"《朝中措》云："怕歌愁舞懒逢迎，妆晚托春酲。总是向人深处，当时枉道无情。关心近日，啼红密诉，翦绿深盟。杏馆花荫恨浅，画堂银烛嫌明。""情知言语难传恨，不似琵琶道得真。"其激昂感慨者，稼轩不能过；飘逸高妙者，与陈简斋、朱希真相颉颃；流丽绵密者，欲出晏叔原、贺方回之上，而世歌之者绝少。

雍陶《送春》诗云："今日已从愁里去，明年莫更共愁来。"稼轩词云："是他春带愁来，春归何处，却不解和愁将去。"虽用前语，而反胜之。

刘君澜尝请方蒙仲序其诗以示余，余曰：诗当与诗人评之，蒙仲文人，非诗人，安能评诗？今又请余评其词，余谢曰：词当协律，使雪儿春莺辈可歌，不可以气为色，君所作未知协律否？前辈惟耆卿、美成尤工，君其往问之。读余此评者必笑曰：君谓蒙仲不能评诗，顾君能评词乎？

艺之至者不两能，善画者不必妙词翰，有词翰者不必工画。前代惟王维、郑虔兼之。维以词客画师自命，虔有三绝之名。本朝文湖州、李龙眠亦然。过江后称杨补之，其墨梅擅天下，身后寸纸千金。所制"梅词"《柳梢青》十阕，不减《花间》、《香奁》及小晏、秦郎得意之作。词画既妙，而行书姿媚精绝，可与陈简斋相伯仲。顷见碑本，已堪宝玩，况真迹乎？孟芳此卷，宜题曰："逃禅三绝"。

刘克庄对于陆游的词进行的艺术批评建立在对文本的感受基础之上，他选取放翁几首词作为例证来说明其独特的审美魅力。"其激昂感慨者，稼轩不能过；飘逸高妙者，与陈简斋、朱希真相颉颃；流丽绵密者，欲出晏叔原、贺方回之上，而世歌之者绝少。"刘克庄以比较的方式给陆游的词以艺术价值的定位。对于词袭用诗的状况，刘氏否定机械模仿而缺乏创新的"偷句"现象，而肯定稼轩的"虽用前语，而反胜之"的点化旧语、脱胎换骨的艺术创新。在文体的审美形式方面，刘克庄强调词的"协律"，认为评断词的标准之一，就是看它能否"使雪儿春莺辈可歌"，因为配乐而歌是构成词的音乐美的特性之一。所谓"能评词"，关键在于能够对词的音律有深入的理解，刘克庄无疑具备评词的艺术眼力。刘氏还论及词与画相得益彰的艺术现象："艺之至者不两能，善画者不必妙词翰，有词翰者不必工画。前代惟王维、郑虔兼之。维以词客画师自命，虔有三绝之名。"苏轼曾论道："味摩诘之诗，诗中有画；观摩诘之画，画中有诗。"[①] 西方的莱辛在《拉奥孔》里也论述诗与画的问题，他更多地将这两种艺术形式作出美学的区别，提出一些精湛见解，然而，对两种艺术形式的内在逻辑联系缺乏深入的探究。中国古典艺术有诗画同源的美学观念，后来又滋生诗、画、书、印等诸种艺术形式交织和谐的现象。刘克庄在此饶有兴致地论述到词与画渗透的现象，他认为只有少数文人能够达到词与画皆擅长的境界。刘克庄推崇杨补之擅画墨梅，而又题《柳梢青》十阕"梅词"，"不减《花间》《香奁》及小晏、秦郎得意之作"，"寸纸千金"。这也许是刘氏作出的最高的艺术评价了。"词画既妙，而行书姿媚精绝，可与陈简斋相伯仲"，这样又递进了一步，等于说是词、画、书三绝。这种艺术评价关注审美形式的问题，显然比单纯的道德批评有美学的眼光。

---

① 毛德富等主编：《苏东坡全集》，北京燕山出版社 2009 年 1 月第 2 版，第 5586 页。

第八章

陈郁词话

陈郁（1184—1275），字仲文，号藏一，临川（今江西抚州，《江西通志》作崇仁）人。宋理宗朝曾以布衣充缉熙殿应制，又充东宫讲堂掌书。据周密《武林旧事》卷六，陈郁为诸色伎艺人，为御前应制。卒于德祐元年。事迹约略见于其子世崇所撰《随隐漫录》。陈郁有《藏一话腴》传世，《全宋词》辑其词四首。陈郁词话保存于《藏一话腴》之中。

第一节 "痛苦"——创作动因

文学是人类精神结构的自由象征，它的创造动因之一，是创作主体的心灵痛苦，这种痛苦既可能来自弗洛伊德所说的"童年的创伤性经验"，也可能是成年时期所经受的生活磨难及其对外在事物的间接体验。然而，无论是什么方面或形式的痛苦，它们都构成创作的激发性的和压抑性的势能，促使创作主体进行文本写作，以宣泄和释放这种痛苦的情绪，以获得心理的净化和平衡。

作诗作文，非多历贫愁者决不入圣处。三闾厄而骚独步，杜少陵愁而诗冠古今，退之欲人辍一饮之费以活己而文起八代、上窥至阄，孟郊斫山耕水，贾岛薪米俱无，穷尤甚焉，其诗清绝高远，非常人可到，良有以也。白石道人姜尧章气貌若不胜衣，而笔力足以扛百斛之鼎，家无立锥而一饭未尝无食客，图史翰墨之藏充栋汗牛，襟期洒落如晋宋间人，意到语工，不期于高远而自高远。黄景说谓造物者不以富贵浼尧章而使之声名焜耀于无穷，正合前意。甚矣，回之贫贱不足忧，而学不充道不闻，深可虑也。

陈郁以文学史丰富而典型的例证说明这样的事实：痛苦构成创作主体的内在驱动力，所谓"贫愁"则是形成"痛苦"的因素之一。陈郁列举屈原、杜甫、韩愈、孟郊、贾岛等古代文学家和当代词人姜夔这些人艰难困苦的经历，以期证明文学精品往往来源于创作主体经受生活磨难和品尝痛苦的心理体验，尤其是姜夔的例证呈现令人信服的力量。姜夔处于国运衰微之世，常有伤时念乱的黍离之悲，加之仕途无望和情场失意，终身沦落江湖而旅食依人，然而，在国运和个人际遇都艰难窘迫、忍受巨大痛苦的境况里，却创作出脍炙人口、深邃高远的诗词佳作，在这些作品中置入的痛苦情绪，成为艺术魅力与审美格调的有机结构。陈郁揭示出"痛苦"这一心理要素成为词之写作的重要动因之一。在西方文学史，这样的例证也不胜枚举。法国小说家莫泊桑父母离异的往事给他的刺激如此强烈，"以致他一直有一种惨遭遗弃的孤零之感。这也直接反映在他的小说创作中。据统计，他以弃儿和私生子的悲剧为题材的小说作品，竟达三十二篇之多"[①]！艾特玛托夫确信："悲剧性是这样一种强大的力量，它能使人们精神升华，从而去思考生活的意义。在道德不道德，永恒与昙花一现，崇高与猥鄙的冲突中，一个人存

---

① 张英伦：《莫泊桑传》，山西人民出版社1985年版，第24页。

在的意义及其重要性的大小，取决于他的人格如何以及精神境界的高低。"① 痛苦的经历与体验有助于形成道德高尚、灵魂崇高的人格，这又直接地影响到作家的文学创作活动。它们形成一个紧密的精神链条和情感逻辑，使文学具有永久不衰的热情冲动和心理张力。陈郁的这则词话，从痛苦这个情感因素揭示出诗词写作的一个主体动因。

第二节　超越前人

太白云："请君试问东流水，别意与之谁短长。"江南后主曰："问君还有几多愁，恰似一江春水向东流。"略加融点，已觉精彩。至寇莱公则谓"愁情不断如春水"，少游云"落红万点愁如海"，青出于蓝而胜于蓝矣。

李易安工造语，故《如梦令》"绿肥红瘦"之句，天下称之。余爱赵彦若剪彩花诗云："花随红意发，叶就绿情新。""绿情红意"似尤胜于李云。

周邦彦字美成，自号清真。二百年来以乐府独步，贵人学士、市侩妓女知美成词为可爱，而能知美成为何如人者百无一二也。盖公少为太学内舍选，年未三十作《汴都赋》，铺张扬厉，凡七千言，奏之于天子，命近臣读于迩英阁，遂由诸生擢太学正，声名一日震耀海内。值神宗上宾，后哲宗置之文馆，又徽宗列之郎曹，皆自文章而得。至于诗歌自经史中流出，当时以诗名家如晁、张，皆自叹以为不及。

---

① 参见《苏联文学》1986 年第 5 期，第 53 页，"艾特玛托夫答记者"。

赵昂总管始肄业临安府学，困踬无聊赖，遂脱儒冠，从禁弁升御前应对。一日阜陵眸之德寿宫，高庙宴席间，问今应制之臣张抡之后为谁，阜陵以昂对。高庙俯睐久之，知其尝为诸生，命赋据霜词。昂奏所用腔，令缀《婆罗门引》。引奏所用意，诏自述其梗概。即进呈云："暮霞照水，水边无数木芙蓉。晓来露湿轻红。十里锦丝布障，日转影曈昽。向楚天空迥，人立西风。夕阳道中，叹秋色、与愁浓。寂寞三千粉黛，临鉴妆慵。施朱太赤，空惆怅、教妾若为容。花易老，烟水无穷。"高庙喜之，赐银彩加等，仍俾阜陵与之转官。我朝之奖励文人也如此。

传统的文论诗论往往崇古抑今，认为后人的文学作品主要是模仿经典而很难超越古人。而陈郁的词话则超越这种保守迂腐的艺术观念，从话语的修辞创新方面肯定后人对于前人的借鉴和超越。他以例证说明，李白、李后主、秦少游，后者对前者均有所模仿，但是"略加融点，已觉精彩"，青出于蓝而胜于蓝。赵彦若的"绿情红意"虽然借鉴了李易安的"绿肥红瘦"，但也有突破与新意。陈郁的词话思想包含辩证发展的因素，尽管对前人的佳作予以肯定，但是没有墨守对于经典的迷信和崇拜，而是以发展的眼光审视艺术的进步，因此获得的结论比较客观和具有创见。他认为周美成"二百年来以乐府独步，贵人学士、市儇妓女知美成词为可爱"，在文本的影响和传播意义上超越了古人的经典，不能不说是审美和艺术的进步。陈郁意识到，正是对于前人的借鉴与超越，才可能使文学薪火相传、繁荣发展。而结合历史现实考察，两宋的国家制度对于文士词人的优待也为他们超越前人、繁荣文学创作提供了良好的社会条件和物质保障。他以一则生动的"故事"讲述了"我朝之奖励文人也如此"的文化风气，以此说明文学与文化的繁荣发展离不开社会政治的提倡和鼓励，由此也揭示出这样的道理：尽管有时候，文艺的发展和物质生产力的发展不平衡，然而从整个社会历史的进程来考察，它们又是平衡的。马克思在《政治经济学批判·导言》里说："关于艺术，大家知道，它的一定的繁盛时期决不是同社会的一般发展成比例的，因而也决不是同仿佛是社会组织的骨骼的物质基础的一般发展成比例的。"① 马克思指出物质生产的发展和同艺术生产的不平衡关系，认为进步的概念决不能在通常的抽象的意义上去理解。这无疑是一种历史唯物主义见解。然而，这一见解是就某些历史阶段、特定的文艺现象而言的，不能推及人类文化的整个历史过程，我们也不能片面地理解物质生产和艺术生产的不平衡关系的理论。因此，从这层理论意义上，陈郁的词话提供给我们一个历史文化的证据，文艺的发展和物质生产的发展、社会意识形态的发展在总体上基本平衡，良好的社会氛围有助于文学艺术的繁荣发展。

---

① 《马克思恩格斯选集》第 2 卷，人民出版社 1972 年版，第 112—113 页。

第九章

周密《浩然斋词话》

周密（1232—1298），字公谨，号草窗，祖籍济南，流寓湖州。宋亡后归隐杭州，与王沂孙、张炎、仇远等人结成词社，于山林湖畔中吟唱，其词风与吴文英（号梦窗）相近，世人并称"二窗"。周密著有《草窗词》《浩然斋雅谈》等集。《浩然斋雅谈》共三卷，上卷为考证与评论，中卷为诗话，下卷为词话。《词话丛编》辑其下卷为《浩然斋词话》。

第一节 词与民俗

周密《浩然斋词话》中对词涉及民俗的内容表现了一定兴趣，将词的艺术美和民俗内容作了逻辑关联。

杨缵"除夕"词《一枝春》云："竹爆惊春，竞喧阗、夜起千门箫鼓。流苏帐掩，翠鼎暖腾香雾。停杯未举。奈刚要、送年新句。应自有、歌字清圆，未夸上林莺语。从他岁穷日暮。纵闲愁、怎减刘郎风度。屠苏办了，迤逦柳忺梅妒。宫壶未晓，早骄马绣车盈路。还又把、月夕花朝，自今细数。"又，罗希声、孙花翁所书"除夕"一词云："小童教写桃符，道人还了常年例。神前灶下，被除清净，献花酌水。祷告些儿，也都不是，求名求利。但吟诗写字，分数上面，略精进、尽足矣。饮量添教不醉。好时节、逢场作戏。驱傩爆竹，软饧酥豆，通宵不睡。四海皆兄弟，阿鹊也、同添一岁。愿家家户户，和和顺顺，乐昇平世。"①

古词有元夕望远行："又到元宵台榭。记轻衫短帽，酒朋诗社。烂漫向、罗绮丛中驰骋，风流俊雅。转头是三十年话。量减才悭，自觉是、欢情衰谢。但一点难忘，酒痕香帕。如今雪鬓霜髭，嬉游不忺深夜。怕相逢、风前月下。"②

词与世俗生活的关系密切，其重要特征是走入民间，表现下层人民的日常活动，通过描写一系列丰富有趣的事件，尤其是风土民情、习俗礼仪等方面的内容，建构具有审美意象的艺术情境，表达主体的思想情感和审美趣味。民俗进入词的表现空间，拓宽词的表现内容，使词充实新的内涵，从而获得独特的美学风韵。周密对词与民俗的关系有敏锐的体察，其词话所载的两阕词，将节令、景致、游赏、饮食、陈设、玩好、服饰等均纳入艺术的表现领域，以民俗为基点，勾勒出丰富多姿、气韵生动的生活图景。尽管周密对两阕词没有进行细致的评论，但作为富于艺术代表性的作品予以收录，可见其赞赏态度。

第二节　词的文学继承性

文学是历史文化的产物，是意识形态的存在方式之一，因此，

---

① 唐圭璋：《词话丛编》第一卷，中华书局 1986 年版，第 223—224 页。
② 同上书，第 231—232 页。

它必然体现出对传统的继承性。这种继承性表现在多方面，既可能在表现方法、技巧方面，也可能在社会内容、思想意识方面，既可能在语言修辞、审美趣味方面，又可能在艺术风格、情境格调方面。而两宋文学对唐代文学的继承可谓是全方位的，尤其是在语言修辞方面。黄庭坚就认为："词意高胜，要从学问中来尔。"① "老杜作诗，退之作文，无一字无来处，盖后人读书少，故谓韩、杜自作此语耳。古之能为文章者，真能陶冶万物，虽取古人之陈言入于翰墨，如灵丹一粒，点铁成金也。"② 他又说："诗意无穷，而人之才有限。以有限之才追无穷之意，虽渊明、少陵不得工也。然不易其意而造其语，谓之换骨法。窥入其意而形容之，谓之夺胎法。"③ 黄庭坚的"点铁成金"和"夺胎换骨"的艺术主张，实质上也就是修辞美学的观念。它关注从语言修辞的层面探索汲取传统文学的语言菁华，并予以点化和再创，以形成富有新的命意的语言意象，达到艺术的审美表现。

> 周美成长短句，纯用唐人诗句，如"低鬟蝉影动，私语口脂香"，此乃元、白全句。贺方回尝言，吾笔端驱使李商隐、温庭筠常奔走不暇。则亦可谓能事也。④

这则词话虽然简短，亦未作什么评价，但却表明周密对词这一文学样式在语言修辞方面对传统的继承和发展的肯定，显示了他对于修辞美学的注重，是在技术层面上对词的艺术性所作出的理论思考。

---

① 郑永晓整理：《黄庭坚全集辑校编年》（上中下），江西人民出版社 2008 年版，第 1627 页。

② 同上书，第 733 页。

③ （宋）惠洪：《冷斋夜话·卷一》。

④ 唐圭璋：《词话丛编》第一卷，中华书局 1986 年版，第 234 页。

第 十 章

沈义父《乐府指迷》

沈义父，字伯时，人称时斋先生。吴江震泽人。生卒年均不详，约宋理宗淳祐中前后在世。宋理宗嘉熙元年（1237）以赋领乡荐，仕至南康军白鹿洞山长。以文名于时，宋亡隐居不仕。长于词曲，有《乐府指迷》。沈义父的《乐府指迷》，与王灼的《碧鸡漫志》、张炎的《词源》被公认为两宋词学的三部重要理论著作。从词话的发展历程来看，《乐府指迷》实际上和张炎的《词源》作为宋末词话的双峰，构筑起两宋词话的一座结构完整的理论大厦。

第一节　审美创造论

沈义父对词的思考主要围绕创作这个轴心展开，《乐府指迷》开篇即论"作词之法"。然而，沈义父并非拘泥于具体的写作技巧方面，而是从审美创造的艺术视界，首先为词的创作设定可供参照的价值标准和美学概念，并且从理论上相应规定了必须遵守的四个原则，由此开始对词学的思考。《乐府指迷》云：

> 余自幼好咏诗。壬寅秋，始识静翁于泽滨。癸卯，识梦

窗。暇日相与倡酬，率多填词，因讲论作词之法。然后知词之作难于诗。盖音律欲其协，不协则成长短之诗。下字欲其雅，不雅则近乎缠令之体。用字不可太露，露则直突而无深长之味。发意不可太高，高则狂怪而失柔婉之意。思此，则知所以为难。①

上述论述，无疑受到翁元龙（静翁）、吴文英的影响，但沈义父将此上升为理论的概括，形成自我的艺术概念，所以我们将之归属于他的词学思想。在此，沈义父为词界定了四个审美创造的原则，即"音律欲其协""下字欲其雅""用字不可太露""发意不可太高"。首先，从形式上规定词必须符合音律，只有"协"律，才能使词的审美特性显现出来。不然则成为长短之诗。其次，从审美理想上确立"雅"的目标。此处的"下字欲其雅"，不局限在语言传达的意义上，而是包括语言表达在内的整个词作的思想意蕴，这个"雅"，既指语言，又指由语言所表现出的文本意义、风格等方面。再次，从传统的艺术观念出发，对词的审美风格作出标画。"用字不可太露"，这一方面涉及艺术传达的技巧，从语言表现角度强调词应追求字面的曲折委婉；另一方面涉及美学观念的取向，以空灵含蓄作为艺术的价值旨归。后者具有更重要的理论意义。中国传统诗论讲究"含蓄美"，它既是审美风格的指向，又作为艺术创造的技巧。刘勰推崇"深文隐蔚，余味曲包。辞生互体，有似变爻。言之秀矣，万虑一交。动心惊耳，逸响笙匏"。② 并将之界定为"隐秀"。司空图心仪诗歌的"韵外之致，味外之旨"和"不著一字，尽得风流"的艺术境界，将"含蓄"作为艺术美的构成之一。严羽欣赏"羚羊挂角，无迹可求""言有尽而

---

① 唐圭璋：《词话丛编》第一卷，中华书局1986年版，第277页。
② （南朝）刘勰：《文心雕龙·隐秀》，上海古籍出版社2015年11月第1版，第232页。

意无穷"的审美趣味。均和沈义父的这一主张有相通之处，或者更确切地说，《乐府指迷》的这一看法是对上述美学观念的继承。最后，从思想内容的表现方面，主张"发意不可太高，高则狂怪而失柔婉之意"。这一看法，从美学意义上讲，甚有创见。沈义父不赞成"发意太高"，一方面是和他主张词的创作应该"含蓄"的观念相对应；另一方面表明他不赞成词的思想意蕴过于"狂怪"，有违传统的伦理道德，或者一味地和意识形态相联系，带上明显的说教色彩，而是倾向词的意蕴要"柔婉"，要注重审美特性。

沈义父的论词四标准，诚如蔡嵩云所言："《词源》论词，独尊白石。《指迷》论词，专主清真。张氏尊白石，以其古雅峭拔，特辟清空一境；沈氏主清真，则以其合乎上揭四标准也。"① 如果说张炎论词是推崇姜夔，以姜夔的词作作为词之创作的艺术标准，而沈义父论词则标举周邦彦，以周邦彦的词作作为词之创作的艺术标准。而上述"四标准"，又带有以特殊指导普遍的意义。所以，沈义父云：

> 凡作词，当以清真为主。盖清真最为知音，且无一点市井气。下字运意，皆有法度，往往自唐宋诸贤诗句中来，而不用经史中生硬字面，此所以为冠绝也。学者看词，当以《周词集解》为冠。②

应该说，论词以某一词家为准绳的思维方式并不十分合理，但确立一个具有代表性或典型性的艺术类型或审美风格，作为创作的借鉴和仿效的标准，从创作实践上讲，存在某些合理性。但关键在

---

① 蔡嵩云：《乐府指迷笺注》，人民文学出版社 1981 年版，第 41 页。
② 唐圭璋：《词话丛编》第一卷，中华书局 1986 年版，第 277—278 页。

于，不能将某一词家完美化和单一化，作为唯一的创作模式固定下来，这样就势必使艺术创作走入僵死机械的境地。沈义父主张在艺术创作方面宗法清真，他所提出的"四原则"，具有较大包容性，可以避免陷入单一的模仿而导致艺术文本的雷同化弊端。同时，他对清真也并非完全不加辩证地肯定，也适当地指出某些不足，有"轻而露"之失，"如清真'天便教人，霎时厮见何妨'，又云：'梦魂凝想鸳侣'之类，便无意思，亦是词家病，却不可学也"。可见沈义父的词之创作标准虽然以周邦彦词作为参照，但又并非拘泥于此，而是较好地将普遍性和特殊性结合起来，制定艺术创造的审美标准。

第二节 艺术技巧论

《乐府指迷》对艺术的技巧问题十分重视，作为探讨的主要对象。沈义父的艺术技巧论，既有从普遍的美学意义上论述词的创作内容，也有从具体的写作方法的角度，思考一些技术性的表述环节。《乐府指迷》的"技巧论"，占整个篇幅的大多数，词话总共二十九则，技巧论占约二十则之多，可见作者对其重视的程度。沈义父的技巧论可大略划分为这几个方面：

结构方面。结构决定整篇词作能否构成有机的统一体，它关系艺术文本能否建构自我的美学价值。沈义父对结构十分重视，他认为词的结构的完善与否直接地关系艺术品位的高低。《乐府指迷》云：

（论起句）大抵起句便见所咏之意，不可泛入闲事，方入主意。咏物尤不可泛。①

（论过处）过处多是自叙，若才高者方能发起别意。然不可太野，走了原意。②

（论结句）结句须要放开，含有余不尽之意，以景结尾最好。如清真之"断肠院落，一帘风絮"，又"掩重关，遍城钟鼓"之类是也。或以情结尾亦好。往往轻而露，如清真"天便教人，霎时厮见何妨"，又云："梦魂凝想鸳侣"之类，便无意思，亦是词家病，却不可学也。③

沈义父的结构方法论首先着眼于"起句、过处、结句"这三个重要环节，因为这三个环节在整体结构中占有举足轻重的地位，写作一首词，把握住这三个基本环节，就意味着抓住了关键。沈义父的这一思路，遵循了结构的整体性原则。从具体层面看，他讲起句要相关主题，不要游离中心而"泛入闲事"，"咏物尤不可泛"可谓精辟之见。词之"过处"或"过片"，在结构中必须具有承上启下的机制，沈义父提出"过处多是自叙"，他更多考虑的是过片的黏合作用，张炎《词源》也持同样的看法："过片不要断了曲意，须要承上转下"。但沈义父又从思想内容的连贯性上考虑词的结构的统一性，认为在"过处"，一般不可以"发起别意"，即使某些才能过人者"发起别意"，也不能偏离中心，"走了原意"。与"过处"不同，沈义父认为词的"结句"，应该"要放开"，同时要"含有余不尽之意"。这并不意味着他认为词在结尾可以在思想内容方面偏离主题，而是表明沈义父考虑到词在结尾应该深化主题，使主题具有重新阐释的可能性，形成一个由接受者再度理解的审美空

---

① 唐圭璋：《词话丛编》第一卷，中华书局 1986 年版，第 278—279 页。
② 同上书，第 279 页。
③ 同上。

间。"以景结尾最好",这样可以使词更富有象征性和寓意性,增添艺术的潜在魅力。有关结构方面,沈义父在"作大词与作小词法"一则还有论述:

> 作大词,先须立间架,将事与意分定了。第一要起得好,中间只铺叙,过处要清新。最紧是末句,须是有一好出场方妙。作小词只要些新意,不可太高远,却易得古人句,同一要炼句。①

上述看法与前面基本相似,仍然强调结构的整体性原则,所不同的是主张"过处要清新",显然他又注意到从思想意蕴方面考虑词的结构问题。"最紧是末句,须是有一好出场方妙",作小词要有"新意",此种思考,反映了沈义父从思想内容方面考虑到词作整体结构的完整性和统一性。

语言修辞方面。语言修辞是沈义父格外思索的对象,在他的思维深处存在词的艺术价值主要是由语言表达来体现的这样的意识,所以他在语言修辞方面首要考虑的是语言表达的含蓄性和曲折性,由此达到艺术美的生成和实现。他在"咏物不可直说"则云:

> 炼句下语,最是紧要,如说桃,不可直说破桃,须用"红雨""刘郎"等字。如咏柳,不可直说破柳,须用"章台""灞岸"等字。又咏书,如曰"银钩空满",便是书字了,不必更说书字。"玉箸双垂",便是泪了,不必更说泪。如"绿云缭绕",隐然鬂发,"困便湘竹",分明是簟。正不必分晓,如教初学小儿,说破这是甚物事,方见妙处。往往浅学俗流,

---

① 唐圭璋:《词话丛编》第一卷,中华书局1986年版,第283页。

多不晓此妙用，指为不分晓，乃欲直捷说破，却是赚人与耍曲矣。如说情，不可太露。①

沈义父的"代字"观念，从狭义上讲，其实是语言修辞的一种方法，如"借代"之类。从广义上讲，也可视为艺术手法之一，如象征、隐喻之类。其目的在于造成含蓄朦胧、意在言外的艺术效果。从这个意义来看，他的上述见解不乏合理性。当然，在实际的运用过程，不免会导致陈陈相因、机械摹写的弊端，这与作者的初衷是相违背的。王国维在《人间词话》批评"代字"说，认为："词忌用代字。美成《解花语》之'桂华流瓦，境界极妙，惜以桂华二字代月耳，梦窗以下，则用代字更多。其所以然者，非意不足，则语不妙也。盖意足则不暇代，语妙则不必代。"王国维的看法又不免走入另一极端，完全否定"代字"说，也失之刻板。倒是蔡嵩云观点比较正确："炼句下语，以婉曲蕴藉为贵。作慢曲更须留意及此。说某物，有时直说破，便了无余味，倘用一二典故印证，反觉别增境界。但斟酌题情，揣摩辞气，亦有时以直说破为显豁者。谓词必须用替代字，固失之拘；谓词必不可用替代词，亦未免失之迂矣。"② 他对王国维的观点表示了批评。从具体的艺术实践考察，沈义父的"代字"说对词的语言表现确有值得借鉴的地方，合理内核不能全盘否定。

沈义父还主张词在语言上应向唐诗学习，从优秀的传统中汲取营养。他说："要求字面，当看温飞卿、李长吉、李商隐及唐人诸家诗句中字面好而不俗者，采摘用之。即如《花间集》小词，亦多好句。"沈义父的这一看法，既可以说是对两宋以来的词作对于唐人诗歌语言借鉴的经验总结，又可以说是进一步拓宽了后世词作对

---

① 唐圭璋：《词话丛编》第一卷，中华书局1986年版，第280页。
② 蔡嵩云：《乐府指迷笺释》，人民文学出版社1963年版，第62页。

唐诗语言学习仿效的道路，但负面的意义也不可忽视，就是容易使创作主体沉湎在品尝他人语言果实的同时而丧失自我的语言创造能力。

咏物与用事方面。关于咏物与用事这两个方面，既构成词写作的基本内容，又作为词之表现手法的主要对象，沈义父花费了一些笔墨进行探讨，包含某些值得注意的观点。关于咏物与用事，《乐府指迷》仍倾向以含蓄委婉为旨归。他说：

> 咏物词，最忌说出题字。如清真梨花及柳，何曾说出一个梨、柳字。梅川不免犯此戒，如"月上海棠"咏月出，两个"月"字，便觉浅露。他如周草窗诸人，多有此病，宜戒之。①

> 如咏物，须时时提调，觉不可晓，须用一两件事印证方可。如清真咏梨花《水龙吟》第三、四句，引用"樊川""灵关"事。又"深闭门"及"一枝带雨"事。觉后段太宽，又用"玉容"事，方表得梨花。若全篇只说花之白，则是凡白花皆可用，如何见得是梨花。②

> 作词与诗不同，纵是花卉之类，亦须略用情意，或要入闺房之意。然多流淫艳之语，当自斟酌。如只直咏花卉，而不着些艳语，又不似词家体例，所以为难。又有直为情赋曲者，尤宜宛转回互可也。③

> 词中用事使人姓名，须委曲得不用出最好。清真词多要两人名对使，亦不可学也。如《宴清都》云："庾信愁多，江淹恨极。"《西平乐》云："东陵晦迹，彭泽归来。"《大酺》云："兰成憔悴，卫玠清羸。"《过秦楼》云："才减江淹，情伤荀

① 唐圭璋：《词话丛编》第一卷，中华书局1986年版，第284页。
② 同上书，第279页。
③ 同上书，第281页。

倩。"之类是也。①

综观沈义父有关咏物与用事的看法，他欣赏咏物在似与不似之间、近与不近之间，讲究主观表现与客观物象之间的审美距离，由此造成陌生化的艺术效果。正如德国古典美学家康德所论："自然只有在貌似艺术时才显得美。艺术也只有使人知其为艺术而又貌似自然时才显得美。"② 沈义父的看法，尽管与康德不完全相同，但都试图在艺术表现与客观对象之间建立一种辩证和谐、不即不离的关系，以求得审美魅力的实现。现在看来，均为不失明智的美学主张。从技巧层面上讲，咏物要追求含蓄委婉，避免直指，也是一定的艺术经验的总结，符合一般的艺术规律。与表现内容相联系，沈义父认为"咏物"，必须辩证地处理好情感表现的问题。他认为词表现情感必须有所节制，"尤宜宛转回互可也"，倾向于情感传达含蓄节制。与"咏物"相联系，沈义父认为"用事"也必须遵循含蓄曲折的艺术原则，不能"浅露"和采用直接说破的方法，而必须"用事使人姓名，须委曲得不用出最好"。他甚至批评自己一向取法的清真，认为其用事多处明显地引用两个人名，是词的创作者所不应该仿效的。

音韵格律方面。沈义父虽然不是张炎那样的格律派，对词的声腔音韵进行了细致而深入的探索，但他的《乐府指迷》仍然从技巧论的视角，对词的写作中的音韵格律等问题进行了研究，提出诸多不无借鉴意义的观点。首先，他认为叶律是必然性的前提。他批评借口豪放而违背音韵格律的写作倾向：

---

① 唐圭璋：《词话丛编》第一卷，中华书局1986年版，第282—283页。
② 朱光潜：《西方美学史》下卷，人民文学出版社1979年版，第385页。参见康德《判断力批判》第45节。

> 近世作词者，不晓音律，乃故为豪放不羁之语，遂借东坡、稼轩诸贤自诿。诸贤之词，固豪放矣，不豪放处，未尝不叶律也。如东坡之《哨遍》杨花《水龙吟》，稼轩之《摸鱼儿》之类，则知诸贤非不能也。①

对于音律的恪守是沈义父论词的准则之一，他为以东坡、稼轩为代表的豪放派作辩护，指出豪放派同样遵循叶律的规则，批评了近世之人不遵从音律的创作方法。其次，对用韵问题的看法。《乐府指迷》云：

> 押韵不必尽有出处，但不可杜撰。若只用出处押韵，却恐窒塞。②

> 词中多有句中韵，人多不晓。不惟读之可听，而歌时最要叶韵应拍，不可以为闲字而不押。如《木兰花》云："倾城。尽寻胜处。""城"字是韵。又如《满庭芳·过处》："年年，如社燕。""年"字是韵。不可不察也。其他皆可类晓。又如《西江月》起头押平声韵，第二、第四就平声切去，押侧声韵。如平声押"东"字，侧声须押"董"字、"冻"字韵方可。有人随意押入他韵，尤可笑。③

沈义父对押韵持变通的态度，认为押韵不必尽有出处，但又不能随意杜撰。他明确提出词中韵的问题，无论在理论上还是在实践上，都对词的创作产生一定的影响。词中韵问题，前人探讨甚少，沈义父可谓是较早对此方面进行关注的词学家。他对这一问题的发现，

---

① 唐圭璋：《词话丛编》第一卷，中华书局1986年版，第282页。
② 同上书，第280页。
③ 同上书，第283页。

有助于对词的格律研究的深入和在形式方面更完善地指导词的写作。再次，对词的平仄的看法。沈义父尤其考虑了词中的去声字问题，发表了独到的见解：

> 腔律岂必人人皆能按箫填谱，但看句中去声字最为紧要。然后更将古知音人曲，一腔三两只参订，如都用去声，亦必用去声。其次如平声，却用得入声字替。上声字最不可用去声字替。不可以上声去入，尽道是侧声，便用得，更须调停参订用之。古曲也有拗音，盖被句法中字面所拘牵，今歌者亦以为碍。如《尾犯》之用"金玉珍珠博"，"金"字当用去声字。如《绛都春》之用"游人月下归来"，"游"字合用去声字之类是也。①

沈义父知道人人"按箫填谱"已是不现实的要求，把握句中的去声字"最为紧要"，它关系到词作能否合乎音律的一般性规定。由此，他提出了解决问题的办法："如都用去声，亦必用去声。其次如平声，却用得入声字替。上声字最不可用去声字替。不可以上声去入，尽道是侧声，便用得，更须调停参订用之。"这一看法，为写作者提供了操作上的方便和理论依据，"为不知音乐者依四声协律开方便之法门"。② 这一主张，为清代的万树所汲取，在其《词律》中得到进一步的阐发。最后，关于词腔方面。沈义父认为：

> 古曲谱多有异同，至一腔有两三字多少者，或句法长短不等者，盖被教师改换。亦有嘌唱一家，多添了字。吾辈只当以古雅为主，如有嘌唱之腔不必作。且必以清真及诸家目前好腔

---

① 唐圭璋：《词话丛编》第一卷，中华书局1986年版，第280—281页。
② 王运熙、顾易生：《中国文学批评史》第四卷，上海古籍出版社1996年版，第691页。

为先可矣。①

沈义父的腔"以古雅为主"的见解，仍坚持了他宗法古雅的美学观念，但词腔的"古雅"主要指以名家为准绳，但也参照现世的"好腔"，而对"嘌唱"之腔则不必效法。这一看法，与张炎颇为接近。

第三节　辩证的词学眼光

沈义父的词家论虽然在数量上不算多，仅有几则，但精练概括，切中要害。特别值得赞赏的是，他纵论词家得失，以辩证的方法贯穿其中，可谓开创词话上的先例：

康伯可、柳耆卿音律甚协，句法亦多好处。然未免有鄙俗语。②

姜白石清劲知音，亦未免有生硬处。③

梦窗深得清真之妙。其失在用事下语太晦处，人不可晓。④

施梅川音律有源流，故其声无舛误。读唐诗多，故语雅澹。间有些俗气，盖亦渐染教坊之习故也。亦有起句不紧切处。⑤

孙花翁有好词，亦善运意。但雅正中忽有一两句市井语，

---

① 唐圭璋：《词话丛编》第一卷，中华书局1986年版，第283页。
② 同上书，第278页。
③ 同上。
④ 同上。
⑤ 同上。

可惜。①

沈义父论及六位词家，一方面肯定他们在艺术上的某些成功之处，如康、柳在音律上协调，句法方面有优点，姜白石风格清劲，通晓声律，吴梦窗继承了周美成的词艺之妙，施梅川音律能够师法古人，语言"雅澹"，孙花翁善于创造意境，等等。另一方面对他们艺术上的不足之处提出批评，如康、柳词作中的某些鄙俗的内容，姜白石这样的艺术大家也难免有技巧上或语言上的"生硬"之处，吴梦窗运用典故流于晦涩，造成理解上的困难，施梅川染有教坊的俗气，有时起句游离主题，孙花翁语言上有一些市井气味，等等。应该说，沈义父的上述批评，首先遵循实事求是的批评原则，基本上符合各位词家的创作实际，而不是从主观逻辑出发进行随意的评点。其次，他的批评意识包含深刻的辩证法观念，能够从一分为二的视角对作家进行艺术评价，既肯定其具有艺术价值的一面，又否定其不具有艺术价值的一面。也不因为某一词家的名望、影响而忽略对其艺术上某些不足的批评。再次，这种批评属于审美批评而不是道德批评、历史批评，它侧重于对作品进行美学意义和艺术价值方面的批评，而不是局限于某种义理、道德观念等方面的社会学的批评，关注的是批评的审美本位问题。最后，沈义父将几位词家并列起来批评，达到一定的连贯性和系统性，使之产生逻辑联系，成为一种相对宏观的批评方法，为后来的词话树立系统批评的模式，开启一条并列评价作家作品的路径。这些在当时来看，都难能可贵。

总而言之，沈义父的《乐府指迷》和张炎的《词源》一样，代表南宋词话的最高水准，标志着词话这一批评样式的渐趋成熟和

---

① 唐圭璋：《词话丛编》第一卷，中华书局1986年版，第278页。

深入发展。但它同样具有张炎词话的缺陷，那就是在注重审美批评和艺术价值的判断的同时，忽略对词作和词家进行社会历史的批评，因此对现实的思想内容缺乏注意，由于重形式而轻内容导致在思想性上失去深度。但这种失误不妨碍这部词话作为那个时代的词话批评的优秀之作的地位，因为我们不能以现代人的批评意识去衡量古代批评家。

第十一章

刘壎词话

刘壎（1240—1319），字起潜，南丰人。生于宋理宗嘉熙四年，卒于元仁宗延祐六年，享年八十岁。刘壎博览群书，工于诗文。至大四年（1311），为南剑州学官，后为延平教授卒。刘壎才力卓荦，擅长四六，著有《隐居通议》三十一卷、《水云村稿》十五卷，又有《英华录》并行于世。其词话主要载于《隐居通议》之中。

第一节　创作心理

对于创作主体心理结构的分析是刘壎词话的一个重要部分。和其他文学形式一样，词的写作是主体心理结构以话语隐喻的方式所表达的情绪与意义。因此，对于创作主体的心理气质的认识尤为必要。所以，刘壎认为创作主体之"气象"对于词的意境格调起到决定性的作用。

> 汉高祖《大风》之歌曰："大风起兮云飞扬，威加海内兮归故乡，安得猛士兮守四方。"宋太祖《咏日出》之诗曰："欲出未出红刺刺，千山万山如火发。须臾拥出大金盆，赶退残星逐退月。"陈后主之诗曰："午睡醒来晚，无人梦自惊。夕

阳如有意，偏傍小窗明。"南唐李后主之词曰："樱桃落尽春归去，蝶翻轻粉双飞。"又曰："门巷寂寥人去后，望残烟草萋迷。"合四君之所作而论之，则开基英雄之主，与亡国衰弱之君，气象不同，居然可见。[1]

（利履道登）尤工长短句，常有《水调》曰："相聚不知好，相别始知愁。笋舆伊轧穿尽，斜照古平州。今夜荒风脱木，明夜山长水远，后夜已他州。转觉家山远，何计去来休。酒堪沽，花可买，月能留。相思酒醒，花落五更头（此处缺二字）。长记疏梅影底，一笛紫云飞动，相对大江流。此别舞一月，一月一千秋。"此词极涵婉沈细。其自况词有云："花外潮回，剑边虹去，抚寒江千里。"意气又豁然矣。赋虞美人草云："当时养士知何许，总把降幡去。汉家王气塞乾坤，一树盈盈不为、汉家春。"意度弥佳。他词盈帙，丽语层出，但儿女情多，终伤正气耳。履道家盯城之西门，以礼记擢第，仕止都宁都尉。[2]

次山幼强记该洽，善辨论，每讲说经史及古今诗文，辄累千百言，成诵无凝滞。中年以后工唐律，锻炼精深，绝出风云月露之外。平生著作极多，兵祸无一字存矣。其在赣也，犹闲道寄予一曲，感慨国事。其词曰："倚西风、招鸿送燕，年华今已知客。青奴一饷贪凉梦，昨夜酒红无力。愁似织。听鸣叶寒蝉，话到情无极。舞衣春入。叹带眼偷移，琴心不断，襟袖旧时窄。红尘陌，谁寄佳人消息。任他珠网瑶瑟。金钗两鬓霓裳曲，总是浪歌闲拍。长夜笛，且慢析、轻匀留醉酒垆侧。烟青雾白。望残照关河，晴云楼阁，何处是秋色。"味其语意，悲愤深矣。他文多不记忆，尚俟博采，当续书之。[3]

---

① 施蛰存、陈如江辑录：《宋元词话》，上海古籍出版社 1999 年版，第 605 页。
② 同上书，第 604 页。
③ 同上书，第 605 页。

　　刘熙由宋入元，然而，情感上依恋两宋江山，所谓"故国情怀"是传统士大夫的精神皈依和价值信仰。正是这种文化心理结构，决定其词话弥散着深沉的怀旧意识和悼亡意识。他对四位国君的诗词剖析，着重从主体心理方面探究文本所呈现的格调气韵。他认为"开基英雄之主，与亡国衰弱之君，气象不同"，这里的所谓"气象"，可以将之理解为主体精神，或者说是一种心理结构，它决定了诗词写作的情感势能和力度。因此，词，不能单向度地理解为一种话语技巧和隐喻方式，而必须和它的创作主体的精神结构密切联系起来考察。所谓主体的"气象"，既是一种人生境界、政治境界，也是一种趣味境界、美学境界，它决定诗词写作的格调气势。显然，从"气象"而言，刘熙心仪"开基英雄之主"，而对"亡国衰弱之君"投以鄙夷。然而，这种评价却是采用和古罗马时代的朗吉努斯（Casius Longinus，213—273）的"崇高"概念相类似的以伦理道德政治作为衡量文本的尺度的方式，不免有所偏颇。因为在朗吉努斯看来："人格与风格两者不仅不是相脱离、相背离，而是辩证的统一。作者必须有伟大的人格才能有伟大的风格，伟大的风格是伟大的人格在语言上的反映。"① 当然，从一般的理论意义上说，这种观点没有什么疑问。而问题在于，艺术有时候和道德伦理存在着距离和差异，正如克罗齐所言："艺术活动不是一种道德活动……善良的意志能造就一个诚实的人，却不见得能造就一个艺术家。既然艺术并不是意志活动的结果，所以艺术便避开了一切道德的区分，倒不是因为艺术有什么豁免权，而是因为道德的区分根本就不能用于艺术。"② 克氏的观点虽然有些偏激，然而毕竟区分了道德与艺术的本质差异，澄清以往存在的将两者混淆的美学观念。刘熙的词学观念尽管有理论的合理性，将文学作品的价值和主体的人

① 蒋孔阳、朱立元主编：《西方美学通史》第 1 卷，上海文艺出版社 1999 年版，第860 页。
② ［意］克罗齐：《美学原理·美学纲要》，朱光潜译，外国文学出版社 1983 年版，第213 页。

格精神联系起来理解，然而这种理解的片面性在于，没有把主体的道德结构和文本的美学魅力作出区分。尽管亡国之君也许在伦理道德政治方面有所欠缺，但是，他们的词作依然可能有极高的艺术价值和审美价值。就两位后主而言，他们的道德伦理政治方面的人格也许和其艺术作品构成一个反比例的关系。不过，刘壎词话，的确从主体精神方面揭示出诗词创造的一个重要因素。

刘壎认为利登词"丽语层出，但儿女情多，终伤正气耳"。从个体的情感构成评点文本的艺术风格和道德内涵。所说"丽语层出，儿女情多"和词的绮艳空灵、优美婉约、缠绵悱恻等传统审美特性是符合的，他的这种批评也许过于偏重道德标准，因此，"正气"概念也就是伦理道德的内涵派生，这样的阐释无疑会损害文艺的审美特性和艺术的形式之美。然而，联系刘壎生于乱世、有亡国的历史感和悲剧化痛苦，他从切身的情感体验来衡量文学价值，就是一个可以理解的状况了。由此，我们也理解他对赵次山词作为什么如此青睐了："味其语意，悲愤深矣。"赵次山"平生著作极多，兵祸无一字存矣"。战乱，对于文化的破坏略见一斑，这也是刘壎对于战乱的感慨与厌恶情绪的流露。因此对于赵氏词作的这种评断，既是对于历史的悲悼，对于国家危亡的忧郁，也是对于文本的价值认同和情感共鸣。从文本考察，赵词的确隐喻着一种离愁别绪、国破家亡的悲剧意识，艺术上也有极高的修辞技巧和审美趣味。

第二节　辩证的审美批评

刘壎词话，有辩证思维的意识，注重从审美角度分析文本的艺术特性、意境情趣、修辞技巧等方面的构成，不囿于名家崇拜，辩证地分析他们词作的不足之处，树立了一个批评的范例。

> 世言杜子美长于诗，其无韵者，辄不可读。曾子固长于文，其有韵者，辄不工。东坡词如诗，少游诗如词。此数公者，皆名儒大才，俱不免有偏处。[①]

> "病骨棱棱瘦欲飞，业根犹坠爱梅非。梦魂夜夜寻花去，时带寒香踏月归。"此陈伯西咏梅绝笔也。伯西吉之，泰和人，学杨补之咏梅，其酷嗜如师，而得笔外意。作推蓬图，或半树，或一树，横斜曲折，莫不天成，而诗尤清苦。世言补之未尝作半树梅，惟伯西喜作半树。余藏补之醉笔扇面，后有《玉烛新》"梅"词一阕，补之自书，笔法槎牙可爱，独恨未见西伯梅耳。其词曰："荒山藏古寺。见傍水梅开，一枝三四，兰枯蕙死。登临处、慰我魂消惟此。可堪红紫。曾不解、和羹结子。高压尽、百卉千葩，因君合修花史。韶华且莫吹残，待浅揾树煤，写教形似，此时胸次，疑冰雪、洗净从前尘滓。吟安个字，判不寐、勾牵幽思，谁伴我、香宿蜂媒，光浮月姊。"右《玉烛新》，绍兴乙亥岁，子杨子所作。[②]

刘壎论词体现一定的辩证思维和实事求是的态度，对不同作家、不同文体分门别类地进行探讨，辨析优点和不足。如他对杜子美、曾子固、苏东坡、秦少游的诗、文、词，一一评点，分辨艺术上的成败优劣，认为苏轼以诗为词，秦观以词为诗，都没有将不同文体的审美特性作出区分而有所偏颇。由此，刘壎大胆推断："此数公者，皆名儒大才，俱不免以偏处。"他不因名家而为其掩饰，不对他们于某一文体的掌握有欠缺而闭目不见，而是客观公正地批

---

① 施蛰存、陈如江辑录：《宋元词话》，上海古籍出版社 1999 年版，第 606 页。
② 同上。

评。刘埙词话，体现出自我的审美精神，善于发现不同类型之中存在共同的审美意象。例如，他对于杨补之和陈伯西咏梅的诗词和以梅为题材的绘画的艺术鉴赏，融入传统美学的诗画同源、天人合一、意在笔外等观念。他评价陈伯西咏梅画梅"莫不天成""得笔外意"，给予极高的审美推崇。传统美学认为"天人合一"的境界为自然和谐、物我一体的心灵自由、审美宁静、智慧生成的最高美学境界和艺术境界，刘埙"天成之作"的评价，无疑借用了"天人合一"的传统美学概念对陈伯西的"梅图"给予很高的价值评断。而"得笔外意"，则揭示陈伯西在师承的基础上又有自我的艺术独创精神，能够师法自然造化，取意境于对自然与人生的领悟。对于杨补之以"梅"为题材的词、画、书三位一体的"醉笔扇面"之作，刘埙的推崇赞誉之情溢于言表，表现出纯粹审美的鉴赏趣味。杨补之"醉笔扇面"，为中国古典艺术的多种类型汇聚同一文本的现象，古人所谓诗书画"三绝"或诗书画印"四绝"的现象随着社会史和艺术史的不断进步而逐渐增多。刘埙词话所言的杨补之的画词书"三绝"，我们只能领略其词的艺术之美，这不能不说是审美憾事。然而，我们从杨氏的《玉烛新》"梅"词中，领略到它意境天成、妙造自然、情景交融的艺术魅力，也深感刘埙审美眼力的确精准。

第十二章

张炎《词源》

张炎（1248—1320），字叔夏，号玉田，又号乐笑翁。临安人。南宋初期名将张俊六世孙。宋亡后，隐居不仕，以至卖卜为生，落魄以终。张炎工于词作，因春水词得名，人因号之为张春水。张炎与周密、王沂孙为词友，与仇远、袁桷、戴表元等人交游。其《山中白云词》，领宋末词之风骚，开拓词艺新颖独特的美学境界。因其论词推崇姜夔，倡"清空"与"骚雅"之说，故后世遂以"姜张"并称。仇远称其词："意度超玄，律吕协洽，不特可写青檀口，亦可被歌管荐清庙。方之古人，当与白石老仙相鼓吹。"① 戴表元云："饮酣气张，取平生所自为乐府词自歌之，噫呜宛抑，流丽清畅，不惟高情旷度，不可褒企，而一时听之，亦能令人忘去达穷得丧所在。"② 清初，因浙派推崇提倡，张炎词一时声誉鹊起，《山中白云词》被广泛翻刻，有"家白石而户玉田"之说。

张炎积累丰富的词之创作经验，又有艺术家的悟性与灵感，"诗有姜尧章深婉之风，词有周清真雅丽之思，画有赵子固潇洒之意，未脱承平公子故态，笑语歌哭，骚姿雅骨，不以夷险变迁也。其楚狂与？其阮籍与？其贾生与？其苏门啸者与？"③ 张炎的人生，

---

① （宋）仇远：《山中白云词序》。
② 《戴表元集》，李军、辛梦露校点，吉林文史出版社 2008 年 12 月第 1 版，第 179 页。
③ （宋）舒岳祥：《赠玉田序》。

蕴含历史的悲剧意识，也包容诗性的情怀。他于晚年精心撰写词学理论著作《词源》，这部词话呈现出诗与思交融的心灵历程，将丰富的艺术感悟和严谨的逻辑思辨完好地结合起来，可谓体大思精：既建构相对完整的理论体系，形成一系列逻辑范畴、美学概念，又深入地研究词之创作与欣赏的诸多问题，使词之探索进入一个崭新的境界。《词源》的出现，标志着两宋词话达到了理论成熟的阶段。《词源》共分两卷，上卷为音律论，共十四目，考证律吕词乐，甚为详赡精湛；下卷十五目，涉及词之本体论、起源论、创作论、鉴赏论、风格论、流派论、语言论、技法论等方面。有《音谱》《拍眼》《制曲》《句法》《字面》《虚词》《清空》《意趣》《用事》《咏物》《节序》《赋情》《离情》《全曲》《杂论》等目。篇末附有《杨守斋作词五要》。张炎的《词源》为后世所青睐，相关研究亦较为丰富，然而从美学视界进行探索并不多见。

第一节　词的起源和审美特性

词的起源问题为众多词论家所瞩目，因为这个问题关涉词的艺术本体论和审美本质论，只有解决这一问题，才可能对词的审美特征进行深入的阐述，它对建构词学的基本概念和一般性原理至关重要。张炎对此作出自我的思考：

> 古之乐章、乐府、乐歌、乐曲，皆出于雅正。粤自隋、唐以来，声诗间为长短句。至唐人则有《尊前》《花间》集。迄于崇宁，立大晟府，命周美成诸人讨论古音，审定古调。沦落之后，少得存者，由此八十四调之声稍传。而美成诸人又复增

演慢曲、引、近，或移宫换羽，为三犯、四犯之曲，按月律为之，其曲遂繁。①

和王灼相同，张炎从历史主义的视界考察词的起源，更侧重从音乐的角度确立词的起源问题，甚至将诸多的文学样式界定为来源于"雅正"，可见他把音乐和文学的密切程度提升到前所未有的阶段。他确立了词之诞生的具体时间表并以周美成为轴枢勾画出词之演变和发展的轨迹，由此为契机，他进一步论述了词的审美本质问题。他甚至对周美成这样的音律大家都存有微词，批评其"而于音律，且间有未谐"。可见张炎对词的音律问题非常眷注，他将词的形式美首先定位在音律的层面上。"故平生好为词章，用功逾四十年，未见其进。今老矣，嗟古音之寥寥，虑雅词之落落，僭述管见，类列于后，与同志者商略之。"在这表露心迹的自述中，我们可以窥见张炎对于词的音律及其审美本质的殷殷之情。应该说，张炎对词的审美本质的注意超过了对词的起源问题的关注，他所思考的问题更为深入和具体，进而提出自己的词学理论：

　　词以协音为先，音者何，谱是也。古人按律制谱，以词定声，此正"声依永，律和声"之遗意。有法曲，有五十四大曲，有慢曲。若曰"法曲"，则以倍四头管品之，即荜篥也，其声清越。大曲则以倍六头管品之，其声流美。即歌者所谓曲破，如《望瀛》，如《献仙音》，乃法曲，其源自唐来。如《六么》，如《降黄龙》，乃大曲，唐时鲜有闻。法曲有散序、歌头，音声近古，大曲有所不及。若大曲亦有歌者，有谱而无

---

① 唐圭璋：《词话丛编》第一卷，中华书局1986年版，第255页。

曲，片数与法曲相上下。其说亦在歌者称停紧慢，调停音节，方为绝唱。惟慢曲引近则不同，名曰小唱，须得声字清圆，以哑筚篥合之，其音甚正，箫则弗及也。慢曲不过百余字，中间抑扬高下，丁、抗、掣、拽，有大顿、小顿、大住、小住、打、掯等字。真所谓"上如抗，下如坠，曲如折，止如槁木，偃中矩，句中钩，累累乎端如贯珠"之语，斯为难矣。①

先人晓畅音律，有《寄闲集》，旁缀音谱，刊行于世。每作一词，必使歌者按之，稍有不协，随即改正。曾赋《瑞鹤仙》一词云："卷帘人睡起。放燕子归来，商量春事。芳菲又无几。减风光都在，卖花声里。吟边眼底。被嫩绿、移红换紫。甚等闲、半委东风，半委小桥流水。还是苔痕湔雨，竹影留云，做晴犹未。繁华迤逦。西湖上、多少歌吹。粉蝶儿、扑定花心不去，闲了寻香两翅。那知人一点新愁，寸心万里。"此词按之歌谱，"声"字皆协，惟"扑"字稍不协，遂改为"守"字，乃协。始知雅词协音，虽一字亦不放过，信乎协音之不易也。又作《惜花春起早》云"锁窗深"，"深"字音不协，改为"幽"字，又不协，改为"明"字，歌之始协。此三字皆平声，胡为如是？盖五音有唇齿喉舌鼻，所以有轻清重浊之分，故平声字可为上入者此也。听者不知宛转迁就之声，以为合律，不详一定不易之谱，则曰失律。矧歌者岂特忘其律，抑且忘其声字矣。述词之人，若只依旧本之不可歌者，一字填一字，而不知以讹传讹，徒费思索。当以可歌者为工，虽有小疵，亦庶几耳。②

其一，张炎肯定"声依永，律和声"的传统诗论，从文学和音

---

① 唐圭璋：《词话丛编》第一卷，中华书局 1986 年版，第 255—256 页。
② 同上书，第 256—257 页。

乐的结合点上把握词的审美特性，"词以协音为先，音者何，谱是也。古人按律制谱，以词定声，此正'声依永，律和声'之遗意"。他将词的"协音"看作是第一性的审美要素，"按律制谱，以词定声"构成词之创作的极其重要的形式因素和必然准则，这既是词作为文体存在的修辞学需要，又是作为词之创作的审美创造的艺术规定性，张炎从美学的理论高度标明了词的审美特性。其二，张炎论述"法曲""大曲"的"清越"与"流美"的不同特性，并就词的协音问题进行细致的分析："盖五音有唇齿喉舌鼻，所以有轻清重浊之分，故平声字可为上入者此也。听者不知宛转迁就之声，以为合律，不详一定不易之谱，则曰失律。"词的审美规定性体现在音律的内在规律方面，由此形成词之创作必须符合轻重清浊等音韵方面的规则，而这些规则又构成词的形式美的要素，"失律"则意味着对词的审美特性的背离。可见，张炎已经将词的"合律"作为词的先行审美标准。其三，张炎援引《瑞鹤仙》一词作为例证说明"雅词协音，虽一字亦不放过，信乎协音之不易也"。他甚至主张以牺牲字面的意义为代价，也要符合音律的规则，使其按之歌谱。此种看法，虽然有舍本逐末之嫌，以追求形式的完美而对内容有所忽视，但这种矫枉过正的主张却从另一个侧面反映张炎对音律的审美规则的恪守。纵览张炎对词的音律的审美要求，可见其对于形式美的极端推崇，他将形式因素看作是构成词的艺术价值的先决条件。

第二节　词的审美理想

张炎所心仪的词即所谓"雅词"，而"雅词"则作为他艺术的审美理想的终极追求。张炎在艺术观念上为雅词作了如下的界定：

词要清空，不要质实。清空则古雅峭拔，质实则凝涩晦昧。姜白石词如野云孤飞，去留无迹。吴梦窗词如七宝楼台，眩人眼目，碎拆下来，不成片断。此清空质实之说。梦窗《声声慢》云："檀栾金碧，婀娜蓬莱，游云不蘸芳洲。"前八字恐亦太涩。如《唐多令》云："何处合成愁。离人心上秋。纵芭蕉不雨也飕飕。都道晚凉天气好，有明月、怕登楼。前事梦中休。花空烟水流。燕辞归、客尚淹留。垂柳不萦裙带住，谩长是，系行舟。"此词疏快，却不质实。如是者集中尚有，惜不多也。白石词如《疏影》《暗香》《扬州慢》《一萼红》《琵琶仙》《探春》《八归》《淡黄柳》等曲，不惟清空，又且骚雅，读之使人神观飞越。①

张炎提出两个对立的范畴：清空与质实。前者作为艺术审美理想的核心概念，它既是张炎的美学价值取向，也是判断词作的批评标准，是引导词之创作和欣赏的先行规定；后者则作为前者的对应性的负面存在，是与前者相背离的创作倾向，它为前者确立一个可供否定的对象。由此两者的规定性，就自然地构成一个逻辑相承的辩证关系，上升为理论思维的抽象，这标志着理论思考的自觉和成熟。正是上述美学范畴和艺术的核心概念的提出，显示《词源》区别于以往词话沉湎于现象描述或事实罗列而忽略进行理论分析与逻辑抽象的思维特征。正是上述思维方式的确立和艺术标准的阐释，它呈现《词源》作为美学理论的存在价值。从艺术的创作和欣赏视角来考察，清空和质实的范畴更深层的意义在于，它代表张炎对词的审美追求，"清空"，是创作目的，也是欣赏标准，是张炎艺术创造的理想境界，也是张炎的最高美学批评尺度，它上升为张炎的终

---

① 唐圭璋：《词话丛编》第一卷，中华书局1986年版，第259页。

极性审美理想。而"质实"作为铺垫性的范畴，作为被否定的方面而存在，成为不可缺席的对应性对象而具有意义。

如果我们稍稍分析"清空"与"质实"这一对范畴的话，就不难发现，从语义学意义上看，"清"与人品的价值品评是结合在一起的，魏晋时期将"清"视为一种理想的人格状态。如《世说新语·赏誉》载："王戎目阮文业，清伦有鉴识。汉元以来，未有此人。""山公（巨源）举阮咸为吏部郎。目曰'清真寡欲。万物不能移也。'""清"，作为一个普遍的概念在文艺理论中出现，是在刘勰《文心雕龙》中，如《风骨》中有"嵇志清峻，阮旨遥深""五言流调，则清丽居宗"。《明诗》中有"张衡《怨篇》，清典可味"。唐代司空图《诗品》特辟"清奇"一品，作为艺术风格的一个重要审美价值取向。可见，"清"，无论在品评现实人物还是评价艺术作品方面，都是作为审美理想的价值导向而出现的。清代沈祥龙对张炎的"清空"范畴作了这样的阐释："清者，不染尘埃之谓；空者，不著色相之谓。清则丽，空则灵，如月之曙，如气之秋。"① 朱崇才认为："'清空'未尝不是一种风格，但又不仅仅是一种风格。它更多地是一种心灵的追求，一种超越人间俗世的精神遨游。现实世界中的不得意，在心灵的虚拟世界中应该得到代偿。"② 清空作为张炎词话的中心范畴，它主要表征对艺术的理想境界的期待，作为一种被追寻的具有最高审美价值的文本存在，它所包含的精神内涵既不仅仅是指向一种艺术风格，又不是单纯局限在艺术创作的虚拟方式和具体技巧的层面上，而是集聚为艺术理想的一种高度抽象化的精神本体，上升为既在语言之中又超逸语言之外的心灵的审美领悟和艺术直觉，它属于高度思辨的理论果实而具有特殊的美学意义与价值。如果我们再进一步剥离"清空"这一思维

① 唐圭璋：《词话丛编》，中华书局 1986 年版，第 4054 页。
② 朱崇才：《词话学》，（台湾）文津出版社 1999 年版，第 401 页。

果实的话，则可发现这样的内核："清空则古雅峭拔，质实则凝涩晦昧"。"古雅"与"峭拔"构成内核的两个基质。遵循着张炎的思维脉络，笔者将"古雅"理解为艺术文本所蕴含的情感内容，属于骚雅高远的心灵旨趣，它承袭《诗经》和《楚辞》艺术传统的精神内涵，是一种比喻性的概念。而将"峭拔"诠释为显现在文本中的艺术的超越飘洒、峻峭隐逸的语言意象。而二者的和谐融和就构成"清空"的艺术境界和美学意趣。它不仅是一种词风，而是极为重要的艺术旨趣和审美理想，代表了一种终极的美学追求，这种追求将艺术的内容与形式、主观与客观、创造与欣赏、风格与技巧等方面达到完善的统一。

张炎"清空"的审美理想又不单纯地以抽象思辨的方式呈现出来，而是从抽象到具体，从一般规定性走向具体的艺术现象，以最具代表性的作家和作品展开自己的具体内容。他将姜夔及其词作作为"清空"的具体象征。"姜白石词如野云孤飞，去留无迹。""白石词如《疏影》《暗香》《扬州慢》《一萼红》《琵琶仙》《探春》《八归》《淡黄柳》等曲，不惟清空，又且骚雅，读之使人神观飞越。"张炎为"清空"寻找到的典型代表是南宋词人姜夔及其词作。"野云孤飞，去留无迹"，是以诗意的隐喻阐明，姜夔的词具有与现实的距离感和超越性，追求理想化的可能世界和抒写虚拟的审美幻觉，体现为绝对自由、不留踪迹的精神个体的孤独漫游。这就是张炎所神往的"雅词"，亦为"清空"的典型代表。"不惟清空，又且骚雅"，骚雅作为与清空密切关联的词学概念，它在逻辑上不是与前者形成并列关系，而是从属关系或附庸关系，骚雅是对清空的完善和丰富。张炎说姜夔词作的清空与骚雅，仍然从艺术的审美理想角度出发，两者均包含艺术文本对美学终极价值的迷恋和期待。张炎此处的"骚雅"，一方面继承传统诗学的"骚雅"观念，即《诗经》的"赋比兴风雅颂""美刺""兴观群怨"等美学思想，以及《楚辞》的"香草美人""虬龙君子""上下求索"的艺术手法；另一方面，张炎的"骚雅"又被赋予新的内涵，它汲取王灼的"中正则雅"的看法，既规定词秉承"温柔敦厚""乐而不淫，哀而不伤"的传统诗教，又倾向词以合律、去浮艳、不"为情所役"为旨归。可见，在张炎的词之艺术理念中，所钟情的是那种超越现实生活的客观事物而寻求纯粹审美形式的词家词作，词舍弃现实性的存在而追求可能性的虚拟世界，放弃种种功利性目的而追求纯粹艺术性的审美表现，是走向自律的纯形式艺术文本。从具体的艺术技巧上讲，他心仪空灵流动、自然天成的写法，反对对词章的留有斧痕的精雕细刻。所以，他从消极方面来论"质实"，将之视为"清空"的对立面，"清空则古雅峭拔，质实则凝涩晦昧"。他认为吴文英的《声声慢》属于"质实"之作，"吴梦窗词如七宝楼台，眩人眼目，碎拆下来，不成片断"。他认为吴文英的词作，流于词章的雕琢，用典较多，容易造成理解的语言障碍。尽管词章优美，但艺术上仍有缺憾。对张炎的词之审美理想，我们应辩证分析，尽管其中不乏形式主义和唯美主义的片面性，忽略文艺对社会历史的表现及其自身的责任感，但它的合理内核在于：它从美学的角度提升了词的艺术品位，对词的创作和欣赏进行了精湛的研究，强调了审美形式和艺术技巧在词的创作中的重要作用，同时，他的上述看法，促进词向着更精致和更完美的艺术境界靠拢。

第三节　艺术创造论

在审美理想这一价值杠杆的引导下，张炎进一步探讨词的艺术创造问题。应该说，张炎不同于以往词论家的长处是，他既有丰富的创作经验，又有艺术家的灵感和悟性，所以，他论词往往能使理论和实践相融合，时有独到的发现和精辟的见解。

有关张炎的艺术创造论，我们试图从内容与形式两个方面进行论述。

在艺术创造的内容方面，张炎首先提出"意趣"的概念，将之界定为词的创作的首要准绳。《词源》云：

> 词以意趣为主，要不蹈袭前人语意。……此数词皆清空中有意趣，无笔力者未易到。①

张炎枚举苏轼《水调歌头·明月几时有》《洞仙歌·冰肌玉骨》，王安石《桂枝香·金陵怀古》，姜夔《暗香》《疏影》等词作，以此为例说明词之艺术创造的首要原则是，在思想内容上必须有新的意蕴和趣味，不能重复别人的思想和语言。这表明张炎主张词之创作必须具备独创、高远的意趣，强调词人审事立意的重要性，词尚雅正的美学观念首先被规定为在思想内容方面的创新和语言表现形态方面的求变。"不蹈袭前人语意"，就意味着在创作上提出思想和语言的双重独创性的要求。应该说，张炎在这里明确地提出了艺术的"不可重复"的美学原则。其次，张炎提出"精思"的原则，认为在词的创作过程中，"词章先宜精思，俟语句妥溜，然后正之音谱，二者兼得，则可造极玄之域"。张炎的"精思"原则，从文艺学的观念来看，就是强调艺术构思的精致和深入，以思想内容为先导，以巧妙独创的意境为轴心，达到审美创造的目的。张炎同时认为，"精思"为本，而"语句""音谱"的要求为末，可见，他并不主张"以文害辞"，为了审美形式而牺牲思想内容，为了合律

---

① 唐圭璋：《词话丛编》第一卷，中华书局1986年版，第260页。

而放逐意趣神韵。张炎的看法是辩证的，对后者也不忽略，他认为在"精思"的前提下，"二者兼得，则可造极玄之域"，从而达到艺术美的理想境界。再次，张炎对词的情感表现问题提出独特的看法，呈现一定的美学价值。

> 簸弄风月，陶写性情，词婉于诗。盖声出莺吭燕舌间，稍近乎情可也。若邻乎郑卫，与缠令何异也？……皆景中带情，而存骚雅。故其燕酣之乐，别离之愁，回文题叶之思，岘首西州之泪，一寓于词。若能屏去浮艳，乐而不淫，是亦汉魏乐府之遗意。①

> "春草碧色，春水绿波，送君南浦，伤如之何。"矧情至于离，则哀怨必至。苟能调感怆于融会中，斯为得矣。……离情当如此作，全在情景交炼，得言外意。有如"劝君更尽一杯酒，西出阳关无古人"，乃为绝唱。②

> 词欲雅而正，志之所之，一为情所役，则失其雅正之音。耆卿、伯可不必论，虽美成亦有所不免。如"为伊泪落"，如"最苦梦魂，今宵不到伊行"，如"天便教人，霎时得见何妨"，如"又恐伊，寻消问息，瘦损容光"，如"许多烦恼，只为当时，一晌留情"，所谓淳厚日变成浇风也。③

一方面，张炎继承传统诗论的"表情"说，认为词有"簸弄风月，陶写性情"的功能。在进一步意义上，张炎还接受了儒家诗教的"温柔敦厚""乐而不淫，哀而不伤""发乎情，止乎礼义"等观点，对艺术的"表情"功能持有辩证的看法。他既承认词理应

---

① 唐圭璋：《词话丛编》第一卷，中华书局 1986 年版，第 263—264 页。
② 同上书，第 264 页。
③ 同上书，第 266 页。

表现主观世界的情志，又认为词在表现情感方面必须有所选择，应该摒弃不合"雅正"标准的情感，如对"郑卫"内容予以排斥而避免降低到"缠令"的境地。另一方面，张炎推崇的是"景中带情，而存骚雅"的词作。张炎所赞赏的"情"，在这里具有两方面的规定性：一是"情"必须和"景"结合起来，它不能单独地作为精神的抽象品，"情"只有凭借"景"的感性形式才可能达到外在的现实性。这与黑格尔的"美就是理念的感性显现"①的美学观颇有相通之处。对后世王夫之的"景情合一"理论，不无启发意义。二是"情"必须在"骚雅"的界限内活动，要遵循"屏去浮艳"的原则。"情"，不能脱离"骚雅"的制约，或者说"骚雅"作为"情"的主导性构成，决定情感内容和外显程度。再一方面，张炎对艺术的"表情"说，进行更为深入的思考："词欲雅而正，志之所之，一为情所役，则失其雅正之音。"张炎此处的"情"，它的概念规定性是一个相对的内容，它所指的是个体存在的情感欲望，而不是普遍意义的社会化情感。张炎主张艺术文本不应当表现这种单纯的缺乏社会意义的情感。艺术表现情感似乎是个毋庸置疑的定论，然而，张炎在此思考的是，要达到"雅正"的艺术标准，接近最高的审美理想，艺术必须超越情感欲望的限定和束缚，追求主观情志之外的精神漫游和实现心灵界更自由、深刻的意义，从而获得雅正之音的现实性。这也意味着，词之创作如果为"情感"这个单一的因素所制约，那么，就难以达到较高的美学境界和获得一定的艺术价值的实现。应该看到，张炎对艺术与情感的关系的认识远比一般文艺理论家深刻和辩证，已窥视到艺术创造和情感表现之间的复杂联系。而和现代美国的文艺理论家苏珊·朗格的"艺术表情论"相比较，朗格认为"艺术是人类情感符号的创造"。②但她

---

① ［德］黑格尔：《美学》第 1 卷，朱光潜译，商务印书馆 1979 年版，第 142 页。
② ［美］苏珊·朗格：《情感与形式》，刘大基等译，中国社会科学出版社 1986 年版，第 2 页。

认为艺术不应当只表现个人的情感，而应该表现普遍的人类情感，只有这样的艺术才称得上是较完善的和达到一定价值的艺术。张炎和朗格都看到"艺术情感"这一概念的丰富性和复杂性，并且均对艺术表情的问题进行深刻而辩证的思考。两者的差异在于，朗格对情感在艺术中的负面作用丝毫没有涉及，而张炎却阐发了对情感在艺术作品的负面作用的独特理解。张炎的这一思想，我们可以追溯到先秦的庄子，庄子以他特异的诗性思维，对情感进行哲学反思，他否定情感对人的本质存在所具有的重要意义，认为情感是人的非本质存在，是精神之"伪"，它遮蔽心灵的悟性和想象力，束缚精神的自由和智慧，因此他主张人应该"无情"，从而回归自然的本质。所以，庄子主张将情感与美、情感与艺术作出逻辑的分离。[①]与庄子的诗性哲学不同，张炎没有在美学上完全否定情感的存在意义，他既肯定艺术与情感的逻辑联系，认为艺术必须表现情感这一人类的精神结构，又意识到了情感在艺术中的负面影响，认为词的创作不能单纯地沉湎在情感之中而丧失对"雅正"这一审美理想的追求。最后，张炎强调在词的创作上要"语意新奇"。语言既是文学的表现工具和媒介，也是文学的思想本身和存在本体，马克思说，语言是思想的直接现实，海德格尔认为"语言是存在之家"，卡西尔则将语言看成是艺术的存在本质。在上述意义中，语言构成艺术的思想内容的基本环节。张炎强调词的创作的"语意新奇"，更多从内容的层面来考虑，他所说的"语意新奇"是与"意趣""精思"等概念密切联系在一起的，都强调词的创作应包含丰富的思想内容这一美学观。

犹如对于内容问题的重视一样，张炎对于词的创作"形式"这一极也十分关注，包含诸多甚启人思的观点。我们主要从制曲、句

---

① 颜翔林：《美非情感》，《江海学刊》1998 年第 6 期。

法、字面、虚字等方面予以阐述，其他相关内容，本着论述的方便和逻辑性，归纳在"艺术技巧论"一节中论述。

张炎围绕词的文体论的思维中心展开论述，从词这一独特的文学形式入手，运思如何达到词之创作的"雅正"和"清空"的审美艺术标准。首先，张炎强调的是"制曲"问题。这是词之写作的关涉形式的首要环节，它也贯穿到词之创作活动的整个过程。

> 作慢词，看是甚题目，先择曲名，然后命意。命意既了，思量头如何起，尾如何结，方始选韵，而后述曲。最是过片，不要断了曲意，须要承上接下。如姜白石词云："曲曲屏山，夜凉独自甚情绪。"于过片则云："西窗又吹暗雨。"此则曲之意脉不断矣。词既成，试思前后之意不相应，或有重叠句意，又恐字面粗疏，即为修改。改毕，净写一本，展之几案间，或贴之壁。少顷再观，必有未稳处，又须修改。至来日再观，恐又有未尽善者，如此改之又改，方成无瑕之玉。倘急于脱稿，倦事修择，岂能无病？不惟不能全美，抑且未协音声。作诗者且犹旬锻日炼，况于词乎？①

张炎所论的"制曲"，尽管也包含艺术内容的某些方面，如"命意"，但主要考虑的是形式结构的问题。"先择曲名"，作为词的文体，在创作上的第一个程序当然是先确立曲牌，这是作为词的艺术形式的第一项准则。以下张炎主要讨论具体的形式环节。如开头、结尾、过片、选韵、修改等方面。这里显然包含一种类似于结构主义的整体眼光，强调词的有机整体的完美。所以，他特别点出"过

---

① 唐圭璋：《词话丛编》第一卷，中华书局 1986 年版，第 258 页。

片"的重要性，因为词在形式结构上是由相对独立的又存在逻辑联系的两片或多片的段落组成的，"过片"关系到词的整体的完整和统一，牵涉词在形式上是否完美、结构上是否和谐等关键问题。因此，他强调"过片""不要断了曲意，须要承上接下"，并以姜夔的词为例，作了说明。其次，张炎进一步探讨"句法"问题。他说：

> 词中句法，要平妥精粹。一曲之中，安能句句高妙，只要拍搭衬副得去，于好发挥笔力处，极要用功，不可轻易放过，读之使人击节可也。①

张炎以丰富的创作经验说明，"词中句法，要平妥精粹"，词的创作很难达到语言的句句高妙，只要把握住"好发挥笔力处"，投入奇思妙想，结构出富有意趣的语句，就达到了艺术创作的目的。这种有所取舍的观点，反映了玉田对于词的精湛的认识与领悟。再次，张炎对牵涉形式的"字面"，也表述了自己的看法：

> 句法中有字面，盖词中一个硬字用不得。须是深加锻炼，字字敲打得响，歌诵妥溜，方为本色语。如贺方回、吴梦窗，皆善于炼字面，多于温庭筠、李长吉诗中来。字面亦词中之起眼处，不可不留意也。②

此处的"字面"关涉语言修辞的方面，和实现词的艺术形式的优美与完善存在着密切的联系。张炎所讲的"字面"，实际就是语言的锤炼，讲究词既要有精当的修辞，又要遵循音律的规则，从两方面

---

① 唐圭璋：《词话丛编》第一卷，中华书局 1986 年版，第 258 页。
② 同上书，第 259 页。

规定词的写作必须符合文体形式美的要求，"一个生硬字用不得"，"须是深加锻炼"，可见张炎对此有十分严格的要求。最后，关涉词对虚字的运用。《词源》云：

> 词与诗不同，词之句语，有二字、三字、四字，至六字、七、八字者，若堆叠实字，读且不通，况付之雪儿乎？合用虚字呼唤，单字如"正、但、任、甚"之类，两字如"莫是、还又、那堪"之类，三字如"更能消、最无端、又却是"之类，此等虚字，却要用之得其所。若使尽用虚字，句语又俗，虽不质实，恐不无掩卷之诮。①

在文体的形式差异上，张炎指出词与诗的不同，由此决定词比诗更多地运用虚字，词在音乐上除了合律的需要，还必须能被歌者吟唱。张炎充分意识到虚字在词的创作过程中的特殊意义，认为虚字既要普遍使用，又要恰到好处，"用之得其所"，而不能一味使用，破坏艺术的整体美。

纵览张炎有关词的艺术创作论，可见他从内容与形式的完美结合上辩证思考诸多问题，其中包含许多富有价值的美学见解。

第四节　艺术技巧论

和艺术创造论密切相关，张炎对词的艺术技巧问题也十分醉心。如果说对他的艺术创造论，我们主要是从内容与形式这一视点切入考察的，是从一般理论形态上来认识张炎的词学思想，那么，

---

① 唐圭璋：《词话丛编》第一卷，中华书局1986年版，第259页。

我们现在从"艺术技巧"这个更为具体、更为"技术化"的层面上，进一步考察张炎的词学理论。

张炎的艺术技巧论内蕴丰富，牵涉较多的方面，在此，主要从以下几个方面略作探讨：

其一，用事。《词源》云：

> 词用事最难，要体认著题，融化不涩。如东坡《永遇乐》云："燕子楼空，佳人何在，空锁楼中燕。"用张建封事。白石《疏影》云："犹记深宫旧事，那人正睡里，飞近蛾绿。"用寿阳事。又云："昭君不惯胡沙远，但暗忆江南江北。想佩环月下归来，化作此花幽独。"用少陵诗。此皆用事不为事所使。[①]

词必须"用事"，而"用事"又必须"体认著题，融化不涩"。张炎以东坡、白石的词为例说明既用事又不为事所使才称得上高超的艺术技巧。词之"用事"，关键在于"融化"，务必使过去时的事物和现在时的事物达到内在的逻辑统一，使其具有意义或情感的联系，既用事又超越于事，使"用事"为表达创作者的主观情志服务，而"不为事所使"。张炎的看法无疑是正确的。而岳珂在《桯史》中只是单纯批评辛弃疾词"新作微觉用事多耳"，未能就"用事"的技巧作出进一步的阐释，其实，词的"用事"多少并非与技巧的高下成比例关系，关键取决于张炎所论的"融化不涩"。

其二，咏物。作为诗歌常用的表现技巧，"咏物"包含较为复杂的主客体关系，如何逼真传神地描摹客观对象，含蓄委婉地传达

---

① 唐圭璋：《词话丛编》第一卷，中华书局1986年版，第261页。

主观世界的复杂情感，既要达到主客一体，又要力求物我两忘，使对客观世界的象征和隐喻凭借感性形象得以实现，又不露斧凿痕迹，的确是件困难的事情。张炎说：

> 诗难于咏物，词为尤难。体认稍真，则拘而不畅，模写差远，则晦而不明。要须收纵联密，用事合题。一段意思，全在结句，斯为绝妙。……白石《暗香》《疏影》咏梅（词略），《齐天乐》赋促织（词略），此皆全章精粹，所咏了然在目，且不留滞于物。至如刘改之《沁园春》咏指甲（词略），又咏小脚（词略），二词亦自工丽，但不可与前作同日语耳。①

刘勰《文心雕龙·物色》云："窥情风景之上，钻貌草木之中。吟咏所发，志惟深远；体物为妙，功在密附。"刘勰的看法与张炎略为相似，但张炎更多是从词的文体形式来思考"咏物"问题的。他以灵活辩证的态度对待这一问题，在理论和实践上均有一定的合理性。他认为，一方面，观察和描写事物，必须与对象保持合适的审美距离，不能"稍真"，使距离太近，否则会导致"拘而不畅"的败笔；另一方面，又不能与客观对象拉开太大的距离，"模写差远"，产生"晦而不明"的结果。所以他主张"咏物"而"不留滞于物"，使客体物象与主体情志保持不即不离的审美距离或艺术表现的"距离"。再一方面，张炎主张词之咏物，其关键之点还必须注意"结句"，这与他一向重视词的整体结构的完美是密切联系的。最后，张炎对"咏物"的对象选择发表看法，从他对刘改之咏"指甲""小脚"的委婉批评，我们可以体察到张炎不赞成词的"咏物"局限在某些难见思想意义和社会内容的事物方面，即使对

---

① 唐圭璋：《词话丛编》第一卷，中华书局 1986 年版，第 261—262 页。

这些对象的歌咏达到了"工丽"的标准，但毕竟缺乏艺术应有的社会意义和美学价值。

其三，令曲。《词源》云：

> 词之难于令曲，如诗难于绝句，不过十数句，一句一字闲不得。末句最当留意，有有余不尽之意始佳。当以唐《花间集》中韦庄、温飞卿为则。又如冯延巳、贺方回、吴梦窗亦有妙处。至若陈简斋"杏花疏影里、吹笛到天明"之句，真是自然而然。大抵前辈不留意于此，有一两曲脍炙人口，余多邻乎率易。近代词人，却有用力于此者。倘以为专门之学，亦词家射雕手。①

令曲为词之最短小的样式，所以写作难度必然增加，张炎将令曲和绝句相比，认为双方都属于容量最小的文体，所以"一句一字闲不得"。他强调末句的重要性，讲究整体结构的和谐有致，注重艺术上有"不尽之意"，留有审美的"空白点"和欣赏者的再创空间。张炎还认为令曲创作不能因其篇章短小就刻意雕琢，而应"自然而然"，才符合艺术的规律。

其四，韵律。无论在理论研究或创作实践上，张炎对词的韵律一向都十分重视，认为对韵律技巧的掌握是关系到艺术成败的关键。结合自我丰富的作词实践，张炎指出：

> 词之作必须合律，然律非易学，得之指授方可。若词人方始作词，必欲合律，恐无是理，所谓千里之程，起于足下，当渐而进可也。……音律所当参究，词章先宜精思，俟语句妥

---

① 唐圭璋：《词话丛编》第一卷，中华书局1986年版，第264—265页。

溜，然后正之音谱。二者兼得，则可造极玄之域。①

词不宜强和人韵，若倡者之曲韵宽平，庶可赓歌。倘韵险又为人所先，则必牵强赓和，句意安能融贯？徒费苦思，未见有全章妥溜者。东坡"次章质夫杨花"《水龙吟》韵，机锋相摩，起句便合让东坡出一头地，后片愈出愈奇，真是压倒古今。我辈倘遇险韵，不若祖其元韵，随意换易，或易韵答之，是亦古人"三不和"之说。②

先从广义的"律"来讲，张炎主张学律、合律的循序渐进，词章"精思"为先，然后考虑语句流畅，最后再"正之音谱"。只有凭借这种合理有序的写作过程，才能保证词的合律。再从狭义的"韵"来讲，张炎不赞成"强和人韵"，尤其是那些险韵、难韵。如果一味强和，片面追求韵脚形式上的统一，则必然损坏句意的融贯，导致词的意境美失落。所以，他认为如果"倡者之曲韵宽平，庶可赓歌"，反之，则可以"随意换易，或易韵答之"。可见张炎在押韵方面，采取变通灵活的态度，不拘泥于形式而牺牲词的意蕴。

第五节　鉴赏论

张炎在词的鉴赏方面，也有诸多精湛之见，显示他既作为理论家、创作家，也作为鉴赏家的敏锐的艺术眼光和美学悟识。由于张炎的鉴赏论和他的创作论密切联系，考虑到创作论我们已经进行了讨论，现主要从两个方面简略考察其有关词的鉴赏与批评

---

① 唐圭璋：《词话丛编》第一卷，中华书局1986年版，第265页。
② 同上书，第265—266页。

问题。

首先，这里牵涉确立对词进行艺术评价的审美标准问题。张炎鉴赏或评价的主观标准主要有三个方面：清空、意趣、精思。这个标准，既是创作的美学要求，也是鉴赏的艺术尺度。而统摄这个标准的核心即是所谓"雅正"。"雅正"概念，我们在前面已作了分析，它包含思想内容和艺术形式的统一、主观想象和客观现实的统一、景与情的统一等方面。更为具体的表述则是，张炎评价词章，既要看思想内容是否有创新，又要看思想内容是否高雅脱俗，既注重对词作所蕴含的主观情志的理解，又要看其是否"为情所役"，"为情所役"的词作不符合理想的艺术标准。所以他批评柳耆卿、康伯可、周美成、吴文英等人的有些词为情所累，格调不高，"失其雅正之音"。张炎确立上述艺术标准的同时，又推举姜夔词作为这种标准的象征品，"姜白石词如野云孤飞，去留无迹。……不惟清空，又且骚雅，读之使人神观飞越"。由此，张炎使他的批评标准从主观过渡到客观，以白石词作为评价艺术优劣的参照品。

其次，对词家词作的批评。张炎对诸多词人词作进行艺术鉴赏与批评，主要以精练简洁的评点，对其艺术得失作出分析。

> 东坡词如《水龙吟》咏杨花、咏闻笛，又如《过秦楼》《洞仙歌》、《卜算子》等作，皆清丽徐舒，高出人表。《哨遍》一曲，隐括《归去来辞》，更是精妙，周、秦诸人所不能到。[①]
>
> 秦少游词体制淡雅，气骨不衰。清丽中不断意脉，咀嚼无渣，久而知味。[②]

---

① 唐圭璋：《词话丛编》第一卷，中华书局 1986 年版，第 267 页。
② 同上。

晁无咎词名冠柳，琢语平帖，此柳之所以易冠也。①

辛稼轩、刘改之作豪气词，非雅词也。于文章余暇，戏弄笔墨，为长短句之诗耳。②

元遗山极称稼轩词，及观遗山词，深于用事，精于炼句，有风流蕴藉处，不减周、秦。如"双莲"、"雁邱"等作，妙在模写情态，立意高远，初无稼轩豪迈之气。岂遗山欲表而出之，故云尔。③

康、柳词亦自批风抹月中来，"风月"二字，在我发挥，二公则为风月所使耳。④

张炎的词家论，主要性质是美学的批评，较少关涉社会历史等意识形态方面，更多属于艺术风格和艺术技巧方面批评。如他肯定苏轼词"清丽徐舒，高出人表"，尤其对《哨遍》一曲，评价甚高："櫽括《归去来辞》，更是精妙，周、秦诸人所不能到"。这也表明张炎对词"櫽括体"并不存有偏见，认为只要能"脱胎换骨，点铁成金"，也能达到艺术上的"精妙"效果。张炎对名家也敢于批评和善于批评，其批评并非凭借主观之见，而是建立在对作品的客观分析上。如他批评"辛稼轩、刘改之作豪气词，非雅词也。于文章余暇，戏弄笔墨，为长短句之诗耳"，虽然不一定完全符合辛、刘二人的创作实际，但基本上还是依据对作品的客观鉴赏来界定的。张炎对康伯可、柳永的词的风格所作的界定虽然存在对某些方面的否定，但的确勾勒出康、柳二人的艺术特征。总的来说，张炎对词家词作的鉴赏，多持客观公允的态度，不尚情绪化的偏激，注重以作品说话，将鉴赏与批评更多赋予审美的理念之中，也鲜明地

---

① 唐圭璋：《词话丛编》第一卷，中华书局 1986 年版，第 267 页。
② 同上。
③ 同上。
④ 同上。

体现了"雅正"的艺术趣味。

如果说张炎的词话还存在某种不足之处的话，那就是，因作者沉湎纯美学纯艺术的理论思考，对词的社会历史内容以及意识形态方面有所忽略，然而，也许正是因其所"短"，才显现出它在美学创见上的所"长"。这也许是我们所不能苛求古人的原因之一吧。

主要参考文献

一 古代典籍

《诸子集成》，中华书局 1954 年版。

《老子》，中华书局 1986 年版。

《论语》，中华书局 2006 年版。

《南华真经注疏》，郭象注，成玄英疏，中华书局 1998 年版。

王弼：《老子注》，楼宇烈校释，中华书局 2008 年版。

《王弼集》，中华书局 1980 年版。

《阮籍集校注》，中华书局 1987 年版。

《嵇康集》，人民文学出版社 1962 年版。

释僧祐：《弘明集》，上海古籍出版社 1991 年版。

《陆柬之文赋》，上海书画出版社 2000 年版。

刘勰：《文心雕龙》，上海古籍出版社 2010 年版。

钟嵘：《诗品》，上海古籍出版社 2007 年版。

《金刚经》，中华书局 2007 年版。

慧能：《坛经》，中华书局 2012 年版。

陆德明：《经典释文·庄子音义》，中华书局 1983 年版。

释赞宁：《宋高僧传》，中华书局 1987 年版。

释普济：《五灯会元》，中华书局 1984 年版。

郭熙：《林泉高致》，中华书局 2010 年版。

周邦彦：《清真集》，中华书局 1981 年版。

《苏轼诗集》，中华书局 1982 年版。

《张载集》，中华书局 1978 年版。

《二程集》，中华书局 1981 年版。

《沧浪诗话校释》，人民文学出版社 2005 年版。

《朱子语类》，中华书局 1999 年版。

陈振孙：《直斋书录解题》，武英殿聚珍本。

陈师道：《后山先生集》，四部备要本。

脱脱等：《宋史》，中华书局 1977 年版。

马端临：《文献通考》，上海商务印书馆 1936 年版。

永瑢等：《四库全书总目提要》，上海商务印书馆 1933 年版。

宣颖：《南华经解》，清康熙六十年宝旭斋刊本。

郭庆藩：《庄子集释》，中华书局 2004 年版。

王先谦：《庄子集解》，中华书局 1987 年版。

王夫之：《庄子解》，中华书局 1964 年版。

李渔：《闲情偶寄》，中国社会科学出版社 2009 年版。

刘熙载：《艺概》，中华书局 2009 年版。

何文焕：《历代诗话》，中华书局 1981 年版。

王鹏运：《四印斋所刻词》，上海古籍出版社 1989 年版。

二　今人著述

北京大学哲学系中国哲学史教研室编写：《中国哲学史》，中华书局
　　1980 年版。

蔡嵩云：《乐府指迷笺释》，人民文学出版社 1981 年版。

陈鼓应：《悲剧哲学家尼采》，生活·读书·新知三联书店 1987
　　年版。

陈鼓应:《老庄新论》,上海古籍出版社 1992 年版。

崔大华:《庄学研究》,人民出版社 1992 年版。

邓广铭:《稼轩词编年笺注》,上海古籍出版社 1993 年版。

范明生:《晚期希腊哲学和基督教神学》,上海人民出版社 1993
年版。

冯俊等:《后现代主义哲学讲演录》,商务印书馆 2003 年版。

冯友兰:《中国哲学史新编》,人民出版社 1980 年修订本。

高宣扬:《当代法国思想五十年》,中国人民大学出版社 2005 年版。

高宣扬:《福柯的生存美学》,中国人民大学出版社 2005 年版。

侯外庐等:《中国思想通史》,人民出版社 1957 年版。

侯外庐等主编:《宋明理学史》,人民出版社 1997 年版。

蒋孔阳:《德国古典美学》,商务印书馆 1980 年版。

蒋孔阳、朱立元主编:《西方美学通史》,上海文艺出版社 1999
年版。

李泽厚:《批判哲学的批判》,人民出版社 1984 年版。

刘放桐:《现代西方哲学》,人民出版社 1990 年修订本。

刘永济:《词论》,上海古籍出版社 1981 年版。

龙榆生:《龙榆生词学论文集》,上海古籍出版社 1997 年版。

马兴荣等:《中国词学大词典》,浙江教育出版社 1996 年版。

缪钺、叶嘉莹:《灵谿词说》,上海古籍出版社 1987 年版。

钱仲联:《后村词笺注》,上海古籍出版社 1982 年版。

全增嘏:《西方哲学史》,上海人民出版社 1983 年版。

任继愈主编:《中国哲学史》,人民出版社 1979 年版。

唐圭璋:《词话丛编》,中华书局 1986 年版。

唐圭璋:《全宋词》,中华书局 1965 年版。

唐圭璋:《宋词纪事》,上海古籍出版社 1982 年版。

汪子嵩、范明生、陈村富、姚厚介等:《希腊哲学史》,人民出版社

1993 年版。

王国维：《人间词话》，中华书局 2009 年版。

王易：《词曲史》，东方出版社 1996 年版。

王运熙等：《中国文学批评史》，上海古籍出版社 1996 年版。

吴梅：《词学通论》，上海商务印书馆 1932 年版。

吴熊和：《唐宋词通论》，浙江古籍出版社 1989 年版。

伍蠡甫主编：《西方文论选》，上海译文出版社 1979 年版。

夏承焘等：《辛弃疾》，上海古籍出版社 1979 年版。

《现象学与哲学评论》（《现象学与中国文化》），上海译文出版社 2003 年版。

《现象学与哲学评论》（《现象学在中国》特辑），上海译文出版社 2003 年版。

徐崇温主编：《存在主义哲学》，中国社会科学出版社 1986 年版。

徐复观：《中国艺术精神》，华东师范大学出版社 2001 年版。

颜翔林：《后形而上学美学》，中国社会科学出版社 2010 年版。

颜翔林：《怀疑论美学》，商务印书馆 2015 年版。

颜翔林：《审美范畴》，中国社会科学出版社 2018 年版。

颜翔林：《死亡美学》，中国社会科学出版社 2014 年版。

颜翔林：《庄子怀疑论美学》，人民出版社 2015 年版。

袁可嘉：《欧美现代派文学概论》，广西师范大学出版社 2003 年版。

张惠民：《两宋词学审美理想》，人民文学出版社 1995 年版。

钟振振：《北宋词人贺铸研究》，（台湾）文津出版社 1994 年版。

钟振振：《东山词校注》，上海古籍出版社 1989 年版。

朱崇才：《词话学》，（台湾）文津出版社 1995 年版。

朱光潜：《西方美学史》，人民文学出版社 1979 年版。

三 中文译本

〔英〕艾耶尔：《20 世纪哲学》，李步楼等译，上海译文出版社

1987 年版。

[奥地利] 爱德华·汉斯立克：《论音乐的美》，杨业志译，人民音乐出版社 1982 年版。

[苏联] 巴克拉捷：《近代德国资产阶级哲学史纲要》，涂纪亮等译，中国社会科学出版社 1980 年版。

[古希腊] 柏拉图：《理想国》，郭斌和、张竹明译，商务印书馆 1986 年版。

[古希腊]《柏拉图文艺对话集》，朱光潜译，人民文学出版社 1963 年版。

[法] 保罗·里克尔：《恶的象征》，公车译，上海人民出版社 2003 年版。

[英] 鲍桑葵：《美学史》，张今译，商务印书馆 1985 年版。

[德] 斯宾格勒：《西方的没落——世界历史的透视》，齐世荣等译，商务印书馆 1963 年版。

[法]《波德莱尔美学论文选》，郭宏安译，人民文学出版社 1987 年版。

[美] 波林·玛丽·罗斯诺：《后现代主义与社会科学》，张国清译，上海译文出版社 1998 年版。

[美] C.S. 霍尔、V.L. 诺德贝：《荣格心理学入门》，冯川译，生活·读书·新知三联书店 1987 年版。

[美] D.C. 霍埃：《批评的循环》，兰金仁译，辽宁人民出版社 1987 年版。

[美] 戴维·利明、埃德温·贝尔德：《神话学》，李培茱等译，上海人民出版社 1990 年版。

[法] 笛卡儿：《第一哲学沉思集》，庞景仁译，商务印书馆 1980 年版。

[法] 笛卡儿：《哲学原理》，关文运译，商务印书馆 1959 年版。

［英］E. H. 冈布里奇:《艺术与幻觉》,卢晓华译,工人出版社
1988 年版。

［德］阿多尔诺:《美学理论》,王柯平译,四川人民出版社 1998
年版。

［德］费尔巴哈:《基督教的本质》,荣震华译,商务印书馆 1984
年版。

［奥地利］佛洛伊德:《图腾与禁忌》,杨庸一译,中国民间文艺出
版社 1986 年版。

［英］弗雷泽:《金枝》,徐育新等译,大众文艺出版社 1998 年版。

［美］弗洛姆:《人心》,孙月才、张燕译,商务印书馆 1989 年版。

［奥地利］《弗洛伊德论美文选》,张唤民、陈伟奇译,知识出版社
1987 年版。

［奥地利］弗洛伊德:《梦的释义》,张燕云译,辽宁人民出版社
1987 年版。

［美］弗罗姆:《爱的艺术》,李健民译,商务印书馆 1987 年版。

［美］弗罗姆:《逃避自由》,刘林海译,上海译文出版社 2015
年版。

［法］福柯:《疯癫与文明》,刘北成、杨远婴译,生活·读书·新
知三联书店 1999 年版。

［法］福柯:《性经验史》,佘碧平译,上海人民出版社 2003 年版。

［美］G. F. 穆尔:《基督教简史》,郭舜平等译,商务印书馆 1981
年版。

［德］H. G. 加达默尔:《真理与方法》,洪汉鼎译,上海译文出版
社 1999 年版。

［美］H. 加登纳:《艺术与人的发展》,兰金仁译,光明日报出版
社 1988 年版。

［德］哈贝马斯:《作为“意识形态”的技术和科学》,李黎、郭官

义译，学林出版社 1999 年版。

［德］海德格尔：《存在与时间》，陈嘉映、王庆节译，生活·读书·新知三联书店 1987 年版。

［德］海德格尔：《尼采》，孙周兴译，商务印书馆 2003 年版。

［德］海德格尔：《诗·语言·思》，彭富春译，文化艺术出版社 1991 年版。

［德］海涅：《论德国宗教和哲学的历史》，海安译，商务印书馆 2000 年版。

［阿根廷］豪尔赫·博尔赫斯：《博尔赫斯论诗艺》，陈重仁译，上海译文出版社 2002 年版。

［英］赫伯特·里德：《现代艺术哲学》，曹剑译，百花文艺出版社 1999 年版。

［德］黑格尔：《小逻辑》，贺麟译，商务印书馆 1980 年版。

［德］黑格尔：《美学》，朱光潜译，商务印书馆 1979 年版。

［德］黑格尔：《哲学史讲演录》，贺麟、王太庆译，商务印书馆 1959 年版。

［丹麦］基尔克郭尔：《概念恐惧·致死的病症》，京不特译，上海三联书店 2005 年版。

［法］加缪：《西西弗的神话》，杜小真译，西苑出版社 2003 年版。

［美］杰克·斯佩克特：《艺术与精神分析》，高建平等译，文化艺术出版社 1990 年版。

［日］今道友信等：《存在主义美学》，崔相录、王生平译，辽宁人民出版社 1997 年版。

［美］K.T. 斯托曼：《情绪心理学》，张燕云译，辽宁人民出版社 1987 年版。

［德］卡西尔：《人论》，甘阳译，上海译文出版社 1985 年版。

［德］卡西尔：《语言与神话》，于晓等译，生活·读书·新知三联

书店1988年版。

［美］凯·埃·吉尔伯特、［德］赫·库恩：《美学史》，夏乾丰译，上海译文出版社1989年版。

［德］康德：《纯粹理性批判》，蓝公武译，商务印书馆1960年版。

［俄罗斯］康定斯基：《艺术中的精神》，中国人民大学出版社2003年版。

［德］康德：《判断力批判》，宗白华译，商务印书馆1964年版。

［英］克莱夫·贝尔：《艺术》，周金环、马钟元译，中国文联出版公司1984年版。

［意大利］克罗齐：《美学原理·美学纲要》，朱光潜译，人民文学出版社1983年版。

［德］莱辛：《拉奥孔》，朱光潜译，人民文学出版社1979年版。

［法］罗兰·巴尔特：《符号学原理》，王东亮译，生活·读书·新知三联书店1999年版。

［法］勒维纳斯：《上帝·死亡与时间》，余中先译，生活·读书·新知三联书店1997年版。

［美］雷·韦勒克、奥·沃伦：《文学理论》，刘象愚等译，生活·读书·新知三联书店1984年版。

［美］理查德·乌尔海姆：《艺术及其对象》，傅志强、钱岗南译，光明日报出版社1990年版。

［法］列维－布留尔：《原始思维》，丁由译，商务印书馆1981年版。

［法］列维－斯特劳斯：《野性的思维》，李幼蒸译，商务印书馆1987年版。

［法］卢梭：《社会契约论》，何兆武译，商务印书馆1980年版。

［美］露丝·本尼迪克特：《文化模式》，王炜等译，生活·读书·新知三联书店1988年版。

［美］M. 李普曼主编：《当代美学》，邓鹏译，光明日报出版社
　　1986 年版。

［美］赫伯特·马尔库塞：《爱欲与文明》，黄勇、薛明译，上海译
　　文出版社 1987 年版。

［美］赫伯特·马尔库塞：《审美之维》，李小兵译，生活·读书·
　　新知三联书店 1989 年版。

《马克思恩格斯全集》第 19 卷，人民出版社 1963 年版。

《马克思恩格斯全集》第 26 卷，人民出版社 1974 年版。

《马克思恩格斯全集》第 31 卷，人民出版社 1972 年版。

《马克思恩格斯全集》第 40 卷，人民出版社 1982 年版。

《马克思恩格斯全集》第 42 卷，人民出版社 1979 年版。

《马克思恩格斯选集》第 1—4 卷，人民出版社 1972 年版。

［英］马林诺夫斯基：《文化论》，费孝通等译，中国民间文艺出版
　　社 1987 年版。

［英］马林诺夫斯基：《巫术、科学、宗教与神话》，李安宅译，中
　　国民间文艺出版社 1986 年版。

［美］马斯洛：《存在心理学探索》，李文湉译，云南人民出版社
　　1987 年版。

［美］马斯洛、弗罗姆等：《人的潜能与价值》，林方译，华夏出版
　　社 1987 年版。

［美］马斯洛：《自我实现的人》，许金声、刘峰译，生活·读书·
　　新知三联书店 1987 年版。

《古希腊罗马哲学》，商务印书馆 1961 年版。

［德］玛克斯·德索：《美学和艺术理论》，兰金仁译，中国社会科
　　学出版社 1987 年版。

［法］米盖尔·杜夫海纳：《美学与哲学》，孙非译，中国社会科学
　　出版社 1985 年版。

［法］丹纳：《艺术哲学》，傅雷译，人民文学出版社 1963 年版。

［德］尼采：《悲剧的诞生》，周国平译，生活·读书·新知三联书店 1986 年版。

［美］乔治·桑塔耶纳：《美感》，缪灵珠译，中国社会科学出版社 1982 年版。

［英］R. B. 培里：《价值与评价》，刘继编选，中国人民大学出版社 1989 年版。

［法］R. 巴特：《符号学美学》，董学文、王葵译，辽宁人民出版社 1987 年版。

［美］R. 韦勒克：《批评的诸种概念》，丁泓、余徽译，四川文艺出版社 1988 年版。

［法］热尔曼·巴赞：《艺术史》，刘毅明译，上海人民美术出版社 1989 年版。

［瑞士］荣格：《分析心理学的理论与实践》，成穷、王作虹译，生活·读书·新知三联书店 1991 年版。

［瑞士］荣格：《人·艺术和文学中的精神》，卢晓晨译，工人出版社 1988 年版。

［瑞士］荣格：《心理学与文学》，冯川、苏克译，生活·读书·新知三联书店 1987 年版。

［美］S. 阿瑞提：《创造的秘密》，钱岗南译，辽宁人民出版社 1987 年版。

［法］萨特：《存在与虚无》，陈宣良等译，生活·读书·新知三联书店 1987 年版。

［古希腊］塞克斯都·恩披里克：《悬搁判断与心灵宁静》，包利民等译，中国社会科学出版社 2004 年版。

［美］苏珊·朗格：《情感与形式》，刘大基等译，中国社会科学出版社 1986 年版。

［美］苏珊·朗格：《艺术问题》，滕守尧等译，中国社会科学出版社1983年版。

［德］舍勒：《死·永生·上帝》，孙周兴译，中国人民大学出版社2003年版。

［德］叔本华：《生存空虚说》，陈晓南译，作家出版社1988年版。

［德］叔本华：《作为意志和表象的世界》，石冲白译，商务印书馆1982年版。

［英］罗素：《西方哲学史》，何兆武、李约瑟译，商务印书馆1963年版。

［英］罗素：《宗教与科学》，徐奕春、林国夫译，商务印书馆1982年版。

［英］特伦斯·霍克斯：《结构主义和符号学》，瞿铁峰译，上海译文出版社1987年版。

［美］梯利：《西方哲学史》，葛力译，商务印书馆1995年版。

［美］托马斯·门罗：《走向科学的美学》，石天曙、滕守尧译，中国文联出版公司1985年版。

［美］V.C.奥尔德里奇：《艺术哲学》，程孟辉译，中国社会科学出版社1986年版。

［德］W.沃林格：《抽象与移情》，王才勇译，辽宁人民出版社1987年版。

［德］瓦尔特·本雅明：《发达资本主义时代的抒情诗人》，张旭东、魏文生译，生活·读书·新知三联书店1989年版。

［德］瓦尔特·比梅尔：《当代艺术的哲学分析》，孙周兴、李媛译，商务印书馆1999年版。

［美］威廉·巴雷特：《非理性的人》，杨照明、艾平译，商务印书馆1995年版。

［德］威廉·狄尔泰：《体验与诗》，胡其鼎译，生活·读书·新知

三联书店 2003 年版。

［意大利］维柯：《新科学》，朱光潜译，人民文学出版社 1986 年版。

［德］文德尔班：《哲学史教程》，罗达仁译，商务印书馆 1997 年版。

［德］西美尔：《生命直观》，刁承俊译，生活・读书・新知三联书店 2003 年版。

［德］席勒：《美育书简》，徐恒醇译，中国文联出版公司 1984 年版。

［德］谢林：《艺术哲学》，魏庆征译，中国社会出版社 1996 年版。

［法］雅克・马利坦：《艺术与诗中的创造性直觉》，刘有元等译，生活・读书・新知三联书店 1991 年版。

［法］雅克・施兰格等：《哲学家和他的假面具》，徐有渔等译，社会科学文献出版社 1999 年版。

［古希腊］亚里士多德：《尼各马可伦理学》，廖申白译，商务印书馆 2003 年版。

［古希腊］亚里士多德：《诗学》，罗念生译，人民文学出版社 1962 年版。

［美］约翰・维克雷编：《神话与文学》，潘国庆等译，上海文艺出版社 1995 年版。

［美］詹姆逊：《后现代主义与文化理论》，唐小兵译，北京大学出版社 1997 年版。

［美］詹姆逊：《语言的牢笼・马克思主义与形式》，钱佼汝、李自修译，百花洲文艺出版社 1995 年版。

四　外文文献

Benedetto Croce, *Poetry And Literature*, Carbondale: Southern Illinois

University Press, 1981.

Benedetto Croce, *Aesthetics – As Science of Expression and General Linguistic*, Macmillan & Co. Ltd. , London, 1922.

Theodor W. Adorno, *Aesthetic Theory*, London: Routledge & Keganpaul, 1984.

Theodor W. Adorno, *The Philosophy of Modern Music*, New York: Seabury, 1973.

Hans – Georg Gadamer, *Truth And Method*, New York: The Crossroad, Publishing Corporation, 1989.

Hans – Georg Gadamer, *The Relevance of the Beautiful and other Essays*, Cambridge University Press, 1986.

James Dicenso, *Hermeneutics and The Disclosure of Truth—A Study In The Work of Heidegger, Gadamer, And Ricoeur*, America: The University Press of Virginia, 1990.

Pauline Marie Rosenau: *Post – Modernism and the Social Sciences Insights, Inroads, And Intrusions* Princeton University Press, 1992.

Curt John Ducasse, *The Philosophy of Art*, New York: The Dial Press, 1929.

Nelson Goodman, *Languages of Art*, The Bobbs – Merrill Company, Inc. , 1968.

Wasily Kandinsky, *Concerning the Spiritual in Art*, George Wittenborn Inc. , New York, 1955.

Frederic Jamesom, *Marxism and Form: Twentieth – Century Dialectical Theories of Literature*, Princeton University Press, 1974.

Robin George Collingwood, *The Principles of Art*, Oxford University Press, 1938.

Jean – Paul Sartre, *Essays In Aesthetics*, Selected And Translated By

Wade Baskin, The Citadel Press New York, 1963.

William Barrett, *Irrational Man*, Doubleday & Company, Inc., Garden City, New York, 1962.

Hilary Putnam, *Reason, Truth, and History*, Cambridge University Press, 1981.

Virgil C. Aldrich, *Philosophy of Art*, Prentice – Hall, Inc., 1963.

George Santayana, *The Sense of Beauty: Being The outline of Aesthetic Theory*, Dover Publications, Inc., New York, 1955.

Erich Fromm, *The Heart of Man*, Happer Colopkon Press, New York, 1980.

Michel Foucault, *Language, Counter – Memory, Practice*, Ithaca: Cornell University Press, 1977.

Michel Foucault, *The Archaeology of Knowledge*, New York: Pantheon, 1972.

Martin Heidegger, *Poetry, Language, Thought*, New York : Harper & Row, 1971.

Martin Heidegger, *On The Way to Language*, New York: Harper, 1972.

Ludwig Wittgenstein, *Philosophical Investigations*, Oxford: Blackwell, 1953.

Enst Cassirer, *Symbol, Myth and Culture*, New Haven: Yale University Press, 1979.

Jacques Derrida, *Writing and Difference*, Chicago: The University of Chicago Press, 1978.

Jügen Habermas, *The Structural Transformation of the Public Sphere*, Cambridge, Polity, 1987.

主要人名、术语对照

A

Aphasia	无言、沉默
Aesthetic attitude	审美态度
Ataraksia	宁静
Adorno，Theodor Wiesengrund	阿多诺
Abstraction	抽象
Abstract thought	抽象思维
Aesthetics	美学
Aesthetic mysticism	美学神秘主义
Aesthesis	审美
Aesthetic appreciation	审美欣赏
Aesthetic experience	审美经验
Appearance	表象
Archetypes	原型
Archetypal images	原型意象
Aristotle	亚里士多德
Art	艺术
Artist	艺术家
Antinomy	二律背反

Autonomy	自律
Absolute	绝对
Absolute idea	绝对理念
Alienation	异化
Allegory	寓言、寓意
Anthropologist	人类学家
Axiology	价值论
Apprehension	理解力
Analogy	类比

B

Bell, Clive	贝尔
Beauty	美
Beautiful	美的
Bosanquet, Bernard	鲍桑葵
Bullough, Edward	布洛
Being	在
Black humour	黑色幽默
Bergson, Henri	柏格森
Barthes, Roland	巴特

C

Catharsis	净化
Complex	情结
Collective unconscious	集体无意识
Composition	创作
Conception	概念

Causal laws	因果律
Consonance	和谐
Content	内容
Croce，Benedetto	克罗齐
Criticism	批评
Cassirer，Ernst	卡西尔
Consciousness	意识
Charm	魅力
Composition	构思
Classic art	古典艺术
Classic aesthetics	古典美学
Classicism	古典主义
Connoisseurship	鉴赏能力
Contemplation	观照、静观
Chance	偶然性
Conflict	冲突
Characteristic	特性
Cultural hegemony	文化霸权
Cultural industry	文化产业
Cosmos	宇宙、世界
Cause	原因
Context	语境

D

Description	描述
Diachronical	历时性
Detachment	超然

Disinterestendness	无利害关系
Disposition	意向
Dualism	二元论
Dialectic method	辩证法
Dialogue	对话
Deconstruction	解构
Defamiliarization	陌生化
Descartes，René	笛卡儿
Derrida，Jacques	德里达
Dreams	梦幻
Dionysus	狄俄尼索斯
Death	死亡
Discourse	话语
Desire	欲望、期望
Discharge	释放
Despair	绝望

E

Emotion	情感
Empathy	移情作用
Evaluation	评价
Expression	表现
Essence	本质
Essentialism	本质主义
Epokhe	存疑
Epoche	悬置
Erlebnis	体验

Expectations 期望

Enthusiasm 激情

Element 要素

F

Feeling 情感

Form 形式

Formalism 形式主义

Feuerbach, Ludwig Andreas 费尔巴哈

Fromm, Erich 弗洛姆

Freud, Sigmund 弗洛伊德

Foucault, Michel 福柯

Freedom 自由

Function 功能

Fancy 幻想

Free association 自由联想

Fiction 虚构

Figuration arts 造型艺术

G

Gadamer, Hans – Georg 伽达默尔

Greek 古希腊

Genius 天才

H

Hanslick, Eduard 汉斯立克

Hume, David 休谟

Hegel，Georg Wilhelm Friedrich	黑格尔
Habermas，Jügen	哈贝马斯
Husserl，Edmund	胡塞尔
Hermeneutics	阐释学
Heidegger，Martin	海德格尔
Harmony	和谐
Human nature	人性
Horizon	视界

I

Individualization	个性化
Idea	观念
Id	本我
Intellect	理智
Inspiration	灵感
Introspection	内省
Isostheneia	均等
Imitation	模仿
Idealism	唯心主义
Illusion	幻觉
Instinct	本能
Imagery	意象、比喻
Images	形象
Image	想象
Imagination	想象力
Impression	印象
Interpretation	解释

Irrationalism	非理性主义
Inference	推断
Infinite	无限性
Intuition	直觉

J

Judgement	判断
Jung，Carl	荣格
Justice	正义

K

Kant，Immanuel	康德
Knowledge	知识、认识

L

Levi – Strauss，Claude	列维－斯特劳斯
Lévy – Brühl，Lucién	列维－布留尔
Langer，Susanne	朗格
Logos	逻各斯
Logical positivism	逻辑实证主义
Logical realism	逻辑实在论
Laws	规律
Liberty	自由
Legality	合法性
Libido	原欲
Life instinct	生命本能

M

Marcuse，Herbert	马尔库塞
Meaning	意义
Metaphor	隐喻
Mimesis	模拟
Medium	媒介
Metaphysics	形而上学
Myth	神话
Mythology	神话学
Mask	面具
Mysticism	神秘主义
Madness	迷狂
Materialism	唯物主义
Margin	边缘
Mass	大众
Mainusch，Herbert	曼纽什

N

Nihility	虚无
Nihilism	虚无主义
Nietzsche，Friedrich Wilhelm	尼采
Negation	否定
Normative description	规范性描述
Nationalism	民族主义
Necessity	必然性
Nature	自然
Naturalism	自然主义

Narcissism	自恋欲
Narration	叙述

O

Object	客体
Objectivity	客观性
Originality	独创性
Ontology	本体论
Oedipus complex	俄狄浦斯情结

P

Plato	柏拉图
Pyrrhon	皮罗
Plotinos	普罗提诺
Pattern	样式
Perceptino	知觉
Phenomena	现象
Phenomenalism	现象主义
Phenomenology	现象学
Prehension	领悟
Psychical distance	心理距离
Premiss	前提
Philosophy of art	艺术哲学
Play	游戏
Probability	可能性
Pretence	伪装
Pure art	纯艺术

Pluralism	多元论
Purposiveness	合目的性
Psychoanalysis	精神分析学
Pleasure	快感
Peak—experience	高峰体验
Paganism	偶像崇拜
Poem	诗
Poetry	诗歌
Poet	诗人
Positivism	实证主义
Postmodernism	后现代主义
Power	权利
Primordial images	原始意象

Q

Question	提问
Qualification	限定

R

Reticency	沉默
Rickert，Heinrich	李凯尔特
Representation	再现
Rules	规则
Relation	关系
Rationality	合理性
Reason	理性
Rationalism	理性主义

Rhetoric	修辞学
Recreation	娱乐
Religion	宗教

S

Santayana, George	桑塔耶纳
Salvation	拯救
Skeptical aesthetics	后形而上学美学
Schiller, Friedrich	席勒
Schelling, Friedrich Wilhelm Joseph von	谢林
Schopenhauer, Authur	叔本华
Sartre, Jean – Paue	萨特
Saussure, Ferdinand de	索绪尔
Signifiant	能指
Signifier	所指
Synchronical	共时性
Structure	结构
Structuralism	结构主义
Semantics	语义学
Significant form	有意味的形式
Scepticism	怀疑论、怀疑主义
Sensation	感觉
System	体系
Spiritual distance	心理距离
Style	风格
Subjectivism	主观主义
Subculture	亚文化

Symbols	象征
Super – ego	超我
Symbolism	象征主义
Sign	符号
Self	自我
Soul	心灵、灵魂
Self—consciousness	自我意识
Sublimity	崇高
Symmetry	对称
Spectator	观众
Sentiment	情绪
Sympathy	共鸣
Sublimation	升华
Suppression	压抑
Simmel，Georg	西美尔

T

Truth	真理
Totem	图腾
Taboo	禁忌
Texture	结构、特征
Technic	技巧
Tension	张力
Thinking	思维
Tragedy	悲剧
Tragic consciousness	悲剧意识
The death instinct	死亡本能

Taste	趣味
Traditon	传统
Text	文本
The persona	人格面具

U

Unconscious	无意识
Universality	普遍性
Ugly	丑
Unity	统一性
Utopia	乌托邦
Universe	宇宙、世界

V

Value	价值
Value judgement	价值判断
Viability	生存性
Vision	视觉、幻象
Vent	宣泄

W

Wisdom	智慧
Wittgenstein, Ludwig	维特根斯坦
Windelband, Wilhelm	文德尔班
Work of art	艺术品
Will	意志

后　记

青青河畔草

　　农历小雪后一个没有月色的夜晚，独行湘江岸边，江水的波光流影，犹如空灵缥缈的音乐，轻盈地弥散到湿润的草地。迎着冰凉的风，在柔软像闪烁温暖眼神的水草丛中行走，惊疑地觉得脚下绵延柔软的水草，依然碧绿得像清水里的晶莹翡翠。于是，不忍心践踏江畔夜色中的水草，不想踩碎它宁静和沉默的梦境。人，有时也像这冬夜的青青河畔草，孤独地享受宁静和沉默的美。俗谚云：人活一世，草木一秋。人生苦短，恰如这寒风中战栗的水草，只知开始，不知结束。

　　写完这本小书之后，享受冬夜的宁静和沉默，置身于江畔的青青水草之中，这串串的脚印，像是审美的心迹和符号。

　　子夜时分，惦念着寒风里的青青水草，但愿它能走入今夜的梦境……瞬间，联想起洪泽湖畔、江淮沼泽里的青青水草，慈爱的父亲和善良的外祖母长眠于它们温柔的绿色之中了。如果说，在求学路途上，我的硕士导师、博士导师以及博士后导师，他们给我知识与学术的悉心指导和启发，而父亲母亲和外祖母，是我知识与学术之外的导师，他们以素朴语言和默默举止赋予我良知和悟性。对所有的导师们，我怀有深切的感激之情，一如青青河畔草，无言与沉默，在月光中闪露出晶莹的温暖……人心，应该仿效青青透明的河畔水草。

是为记。

颜翔林

2018 年 11 月 19 日夜定稿于太湖兰庭之"山木居"

2019 年 4 月 28 日修订于太湖兰庭之"山木居"